C. M. Wieland

Geschichte der Abderiten

Teil I

C. M. Wieland

Geschichte der Abderiten
Teil I

ISBN/EAN: 9783741166068

Hergestellt in Europa, USA, Kanada, Australien, Japan

Cover: Foto ©Andreas Hilbeck / pixelio.de

Manufactured and distributed by brebook publishing software
(www.brebook.com)

C. M. Wieland

Geschichte der Abderiten

C. M. WIELANDS

SÄMMTLICHE WERKE

NEUNZEHNTER BAND

GESCHICHTE DER ABDERITEN

ERSTER THEIL.

LEIPZIG

BEY GEORG JOACHIM GÖSCHEN. 1796.

VORBERICHT.

Diejenigen, denen etwann daran gelegen seyn
möchte, sich der Wahrheit der bey dieser
Geschichte zum Grunde liegenden Thatsa-
chen und karakteristischen Züge zu verge-
wissern, können — wofern sie nicht Lust
haben, solche in den Quellen selbst, nehmlich in den Werken eines Herodot, Diogenes Laerzius, Athenäus, Älian, Plutarch,
Lucian, Paläfatus, Cicero, Horaz, Petron,
Juvenal, Valerius, Gellius, Solinus, u. a.

aufzusuchen, — sich aus den Artikeln Abdera und Demokritus in dem Baylischen
Wörterbuche überzeugen, daſs diese Abderiten nicht unter die wahren Geschichten im Geschmacke der Lucianischen
gehören. Sowohl die Abderiten, als ihr
gelehrter Mitbürger Demokrit, erscheinen
hier in ihrem wahren Lichte: und wiewohl
der Verfasser, bey Ausfüllung der Lücken,
Aufklärung der dunkeln Stellen, Hebung
der wirklichen und Vereinigung der schein-
baren Widersprüche, die man in den vorbe-
meldeten Schriftstellern findet, nach unbekannten Nachrichten gearbeitet zu haben
scheint; so werden doch scharfsinnige Leser
gewahr werden, daſs er in allem diesem

einem Gewährsmanne gefolget ist, dessen Ansehen alle Äliane und Athenäen zu Boden wiegt, und gegen dessen einzelne Stimme das Zeugnifs einer ganzen Welt, und die Entscheidung aller Amfiktyonen, Areopagiten, Decemvirn, Centumvirn und Ducentumvirn, auch Doktoren, Magistern und Bakkalaureen, sammt und sonders ohne Wirkung ist, nehmlich der Natur selbst.

Sollte man dieses kleine Werk als einen, wiewohl geringen, Beytrag zur Geschichte des menschlichen Verstandes ansehen wollen: so läfst sichs der Verfasser sehr wohl gefallen; glaubt aber, dafs es auch unter diesem so vornehm klingenden Titel weder mehr noch weniger sey,

als was alle Geschichtbücher seyn müssen,
wenn sie nicht sogar unter die schöne Me-
lusine herab sinken, und mit dem schalsten
aller Mährchen der Dame D'Aulnoy in
einerley Rubrik geworfen werden wollen.

Inhalt des Ersten Theils.

ZWEYTES BUCH.

Hippokrates in Abdera.

DRITTES BUCH.

Euripides unter den Abderiten.

DIE ABDERITEN.

ERSTER THEIL.

ERSTES BUCH.

Demokritus unter den Abderiten.

---

1. Kapitel.

Vorläufige Nachrichten vom Ursprung der Stadt
Abdera und dem Karakter ihrer Einwohner.

Das Alterthum der Stadt Abdera in Thracien verliert sich in der fabelhaften Helden-
zeit. Auch kann es uns sehr gleichgültig
seyn, ob sie ihren Nahmen von Abdera,
einer Schwester des berüchtigten Diomedes,
Königs der Bistonischen Thracier, — welcher
ein so großer Liebhaber von Pferden war,
und deren so viele hielt, daß er und sein
Land endlich von seinen Pferden aufgefressen

wurde, 1) — oder von Abderus, einem Stall-
meister dieses Königs, oder von einem andern
Abderus, der ein Liebling des Herkules
gewesen seyn soll, empfangen habe.

Abdera war, einige Jahrhunderte nach ihrer
ersten Gründung, vor Alter wieder zusammen-
gefallen: als Timesius von Klazomene,
um die Zeit der ein und dreyſsigsten Olympiade, es unternahm, sie wieder aufzubauen.
Die wilden Thracier, welche keine Städte in
ihrer Nachbarschaft aufkommen lassen wollten,
lieſsen ihm nicht Zeit, die Früchte seiner Arbeit
zu genieſsen. Sie trieben ihn wieder fort, und
Abdera blieb unbewohnt und unvollendet, bis
(ungefähr um das Ende der neun und funfzig-
sten Olympiade) die Einwohner der Ionischen
Stadt Teos — weil sie keine Lust hatten, sich
dem Eroberer Cyrus zu unterwerfen — zu
Schiffe gingen, nach Thracien segelten, und,
da sie in einer der fruchtbarsten Gegenden
desselben dieses Abdera schon gebauet fanden,
sich dessen als einer verlassenen und nieman-

1) Paläfatus in seinem Buche von Unglaub-
lichen Dingen erklärt auf diese Weise die Fabel,
daſs dieser Fürst seine Pferde mit Menschenfleisch
gefüttert habe, und ihnen endlich selbst von Herkules zur Speise vorgeworfen worden sey.

den zugehörigen Sache bemächtigten, auch
sich darin gegen die Thracischen Barbaren so
gut behaupteten, daß sie und ihre Nachkommen von nun an Abderiten hießen, und
einen kleinen Freystaat ausmachten, der (wie
die meisten Griechischen Städte) ein zwey-
deutiges Mittelding von Demokratie und Aristokratie war, und regiert wurde — wie kleine
und grofse Republiken von jeher regiert
worden sind.

„Wozu (rufen unsre Leser) diese Deduk-
zion des Ursprungs und der Schicksale der
Stadt Abdera in Thracien? Was kümmert
uns Abdera? Was liegt uns daran, zu wissen oder nicht zu wissen, wann, wie, wo,
warum, von wem, und zu was Ende eine
Stadt, welche längst nicht mehr in der Welt
ist, erbaut worden seyn mag?"

Geduld! günstige Leser, Geduld, bis wir,
eh' ich weiter forterzähle, über unsre Bedingungen einig sind. Verhüte der Himmel,
daß man euch zumuthen sollte die Abderiten
zu lesen, wenn ihr gerade was nöthigeres zu
thun oder was besseres zu lesen habt! —
„Ich muß auf eine Predigt studieren. — Ich
habe Kranke zu besuchen. — Ich hab' ein

Gutachten, einen Bescheid, eine Leuterung,
einen unterthänigsten Bericht zu machen. —
Ich muß recensieren. — Mir fehlen noch
sechzehn Bogen an den vier Alfabeten, die
ich meinem Verleger binnen acht Tagen liefern muß. — Ich hab' ein Joch Ochsen
gekauft. — Ich hab' ein Weib genommen. —"
In Gottes Nahmen! Studiert, besucht, refe-
riert, recensiert, übersetzt, kauft und freyet! —
Beschäftigte Leser sind' selten gute Leser.
Bald gefällt ihnen alles, bald nichts; bald
verstehen sie uns halb, bald gar nicht, bald
(was noch schlimmer ist) unrecht. Wer mit
Vergnügen und Nutzen lesen will, muß gerade
sonst nichts andres zu thun noch zu denken
haben. Und wenn ihr euch in diesem Falle
befindet: warum solltet ihr nicht zwey oder
drey Minuten daran wenden wollen, etwas
zu wissen, was einem Salmasius, einem
Bayle, — und, um aufrichtig zu seyn,
mir selbst (weil mir nicht zu rechter Zeit
einfiel, den Artikel Abdera im Bayle nachzu-
schlagen) eben so viele Stunden gekostet
hat? Würdet ihr mir doch geduldig zugehört
haben, wenn ich euch die Historie vom
König in Böhmenland, der sieben
Schlösser hatte, zu erzählen angefangen hätte.

Die Abderiten also, hätten (dem zu Folge, was bereits von ihnen gemeldet worden ist) ein so feines, lebhaftes, witziges und kluges Völkchen seyn sollen, als jemahls eines unter der Sonne gelebt hat.

„Und warum diefs?"

Diese Frage wird uns vermuthlich nicht von den gelehrten unter unsern Lesern gemacht. Aber, wer wollte auch Bücher schreiben, wenn alle Leser so gelehrt wären als der Autor? Die Frage warum diefs? ist allemahl eine sehr vernünftige Frage. Sie verdient, wo die Rede von menschlichen Dingen ist, (mit den göttlichen ists ein anderes) allemahl eine Antwort; und wehe dem, der verlegen oder beschämt oder ungehalten wird, wenn er sich auf warum diefs? vernehmen lassen soll! Wir unsers Orts würden die Antwort ungefordert gegeben haben, wenn die Leser nicht so hastig gewesen wären. Hier ist sie!

Teos war eine Athenische Kolonie, von den zwölfen oder dreyzehn eine, welche unter Anführung des Neleus, Kodrus Sohns, in Ionien gepflanzt wurden.

Die Athener waren vn jeher ein muntres
und geistreiches Volk, und sind es noch, wie
man sagt.   Athener, nach Ionien versetzt,
gewannen unter dem schönen Himmel, der
dieses von der Natur verzärtelte Land umfließt,
wie Burgunder Reben durch Verpflanzung aufs
Vorgebirge der guten Hoffnung.   Vor allen
andern Völkern des Erdbodens waren die
Ionischen Griechen die Günstlinge der Musen.
Homer selbst war, der gröfsten Wahrschein-
lichkeit nach, ein Ionier. Die erotischen
Gesänge, die Milesischen Fabeln (die
Vorbilder unsrer Novellen und Romane)
erkennen Ionien für ihr Vaterland. Der Horaz der Griechen, Alkäos, die glühende
Saffo, Anakreon, der Sänger — Aspasia, die Lehrerin — Apelles, der Mahler der Grazien, waren aus Ionien;
Anakreon war sogar ein geborner Tejer. Dieser letzte mochte etwa ein Jüngling von achtzehn Jahren seyn, (wenn anders Barnes
recht gerechnet hat) als seine Mitbürger
nach Abdera zogen. Er zog mit ihnen; und
zum Beweise, dafs er seine den Liebesgöttern
geweihte Leier nicht zurück gelassen, sang er
dort das Lied an ein Thracisches Mädchen, (in Barnesens Ausgabe das ein und
sechzichste) worin ein gewisser wilder Thra-
cischer Ton gegen die Ionische Grazie, die

seinen Liedern eigen ist, auf eine ganz beson-
dere Art absticht.

Wer sollte nun nicht denken, die Tejer —
in ihrem ersten Ursprung Athener — so
lange Zeit in Ionien einheimisch — Mitbürger eines Anakreons — sollten auch in
Thracien den Karakter eines geistreichen Volkes behauptet haben? Allein (was auch die
Ursache davon gewesen seyn mag) das Gegentheil ist außer Zweifel. Kaum wurden
die Tejer zu Abderiten, so schlugen sie aus
der Art. Nicht daß sie ihre vormahlige Lebhaftigkeit ganz verloren und sich in Schöpse
verwandelt hätten, wie Juvenal sie unge-
rechter Weise beschuldigt. Ihre Lebhaftigkeit nahm nur eine wunderliche Wendung;
denn ihre Einbildung gewann einen so großen
Vorsprung über ihre Vernunft, daß es dieser
niemahls wieder möglich war, sie einzuhoh-
len. Es mangelte den Abderiten nie an Einfällen: aber selten paßten ihre Einfälle auf
die Gelegenheit wo sie angebracht wurden;
oder kamen erst wenn die Gelegenheit vorbey
war. Sie sprachen viel, aber immer ohne
sich einen Augenblick zu bedenken was sie
sagen wollten, oder wie sie es sagen wollten. Die natürliche Folge hiervon war, daß
sie selten den Mund aufthaten, ohne etwas

albernes zu sagen. Zum Unglück erstreckte
sich diese schlimme Gewohnheit auch auf ihre
Handlungen; denn gemeiniglich schlossen sie
den Käfig erst, wenn der Vogel entflogen
war. Diefs zog ihnen den Vorwurf der Un-
besonnenheit zu; aber die Erfahrung bewies,
dafs es ihnen nicht besser ging wenn sie sich
besannen. Machten sie (welches sich ziemlich
oft zutrug) irgend einen sehr dummen Streich,
so kam es immer daher, weil sie es gar zu
gut machen wollten; und wenn sie in den
Angelegenheiten ihres gemeinen Wesens recht
lange und ernstliche Berathschlagungen hielten, so konnte man sicher darauf rechnen,
dafs sie unter allen möglichen Entschliefsungen
die schlechteste ergreifen würden.

Sie wurden endlich zum Sprichwort unter
den Griechen. Ein Abderitischer Einfall, ein Abderitenstückchen, war bey
diesen ungefähr, was bey uns ein Schild-
bürger- oder bey den Helveziern ein
Lalleburgerstreich ist; und die
guten Abderiten ermangelten nicht, die Spötter und Lacher reichlich mit sinnreichen Zü-
gen dieser Art zu versehen. Für itzt mögen
davon nur ein paar Beyspiele zur Probe dienen.

Einsmahls fiel ihnen ein, dafs eine Stadt
wie Abdera billig auch einen schönen Brunnen

haben müsse. Er sollte in die Mitte ihres
großen Marktplatzes gesetzt werden, und
zu Bestreitung der Kosten wurde eine neue
Auflage gemacht. Sie ließen einen berühmten Bildhauer von Athen kommen, um eine
Gruppe von Statuen zu verfertigen, welche
den Gott des Meeres auf einem von vier
Seepferden gezogenen Wagen, mit Nymfen,
Tritonen und Delfinen umgeben, vorstellte.
Die Seepferde und Delfinen sollten eine Menge
Wassers aus ihren Nasen hervor spritzen.
Aber wie alles fertig stand, fand sich daß
kaum Wasser genug da war, um die Nase
eines einzigen Delfins zu befeuchten; und als
man das Werk spielen ließ, sah es nicht
anders aus, als ob alle diese Seepferde und
Delfinen den Schnuppen hätten. Um nicht
ausgelacht zu werden, ließen sie also die
ganze Gruppe in den Tempel des Neptuns
bringen; und so oft man sie einem Fremden
wies, bedauerte der Küster sehr ernsthaft im
Nahmen der löblichen Stadt Abdera, daß ein
so herrliches Kunstwerk aus Kargheit der
Natur unbrauchbar bleiben müsse.

Ein andermahl erhandelten sie eine sehr schöne
Venus von Elfenbein, die man unter die Meisterstücke des Praxiteles zählte. Sie war ungefähr
fünf Fuß hoch, und sollte auf einen Altar der

Liebesgöttin gestellt werden. Als sie ange-
langt war, gerieth ganz Abdera in Entzücken
über die Schönheit ihrer Venus; denn die
Abderiten gaben sich für feine Kenner und
schwärmerische Liebhaber der Küuste aus.
„Sie ist zu schön, (riefen sie einhellig) um
auf einem niedrigen Platze zu stehen; ein
Meisterstück, das der Stadt so viel Ehre
macht und so viel Geld gekostet hat, kann
nicht zu hoch aufgestellt werden; sie muſs
das Erste seyn, was den Fremden beym Ein-
tritt in Abdera in die Augen fällt." Diesem
glücklichen Gedanken zu Folge stellten sie
daſ kleine niedliche Bild auf einen Obelisk
von achtzig Fuſs; und wiewohl es nun
unmöglich war zu erkennen, ob es eine Venus oder eine Austernymfe vorstellen sollte,
so nöthigten sie doch alle Fremden zu gestehen, daſs man nichts vollkommneres sehen
könne.

Uns dünkt, diese Beyspiele beweisen
schon hinlänglich, daſs man den Abderiten
kein Unrecht that, wenn man sie für w a r m e
K ö p f e hielt. Aber wir zweifeln ob sich
ein Zug denken läſst, der ihren Karakter
stärker zeichnen könnte als dieser; daſs sie
(nach dem Zeugnisse des J u s t i n u s) die
Frösche in und um ihre Stadt dergestalt über-

band nehmen ließen, daß sie endlich selbst
genöthiget wurden, ihren quäkenden Mitbürgern Platz zu machen, und, bis zu Austrag
der Sache, sich unter dem Schutze des Königs Kassander von Macedonien an einen dritten Ort zu begeben.

Dieß Unglück befiel die Abderiten nicht
ungewarnt. Ein weiser Mann, der sich unter
ihnen befand, sagte ihnen lange zuvor, daß
es endlich so kommen würde. Der Fehler
lag in der That bloß an den Mitteln, wodurch sie dem Übel steuern wollten; wiewohl
sie nie dazu gebracht werden konnten dieß
einzusehen. Was ihnen gleichwohl die Augen
hätte öffnen sollen, war: daß sie kaum etliche Monate von Abdera weggezogen waren,
als eine Menge von Kranichen aus der Gegend von Geranien ankam, und ihnen alle
ihre Frösche so rein wegputzte, daß eine
Meile rings um Abdera nicht Einer übrig
blieb, der dem wieder kommenden Frühling
Brekekek Koax Koax entgegen gesungen hätte.

2. Kapitel.

Demokritus von Abdera. Ob und wie viel seine Vaterstadt berechtigt war, sich etwas auf ihn einzubilden?

Keine Luft ist so dick, kein Volk so dumm, kein Ort so unberühmt, daſs nicht zuweilen ein groſser Mann daraus hervor gehen sollte, sagt Juvenal. Pindar und Epaminondas wurden in Böotien geboren, Aristoteles zu Stagira, Cicero zu Arpinum, Virgil im Dörfchen Andes bey Mantua, Albertus Magnus zu Lauingen, Martin Luther zu Eisleben, Sixtus der Fünfte im Dorfe Montalto in der Mark Ankona, und einer der besten Könige, die jemahls gewesen sind, zu Pau in Bearn. Was Wunder, wenn auch Abdera, zufälliger Weise, die Ehre hatte, daſs der gröſste Naturforscher des Alterthums, Demokritus, in ihren Mauern das Leben empfing!

Ich sehe nicht, wie ein Ort sich eines solchen Umstandes bedienen kann, um Ansprüche an den Ruhm eines groſsen Mannes

zu machen. Wer geboren werden soll, muſs
irgendwo geboren werden: das übrige nimmt
die Natur auf sich; und ich zweifle sehr, ob,
auſser dem Lykurgus, ein Gesetzgeber gewesen, der seine Fürsorge bis auf den *Ho-
munculus* ausgedehnt, und alle mögliche
Vorkehrungen getroffen hätte, damit dem
Staate wohl organisierte, schöne und seelen-
volle Kinder geliefert würden. Wir müssen
gestehen, in dieser Rücksicht hatte Sparta
einiges Recht, sich mit den Vorzügen seiner
Bürger Ehre zu machen. Aber in Abdera
(wie beynahe in der ganzen Welt) lieſs man
den Zufall und den Genius walten,

   — natale comes qui temperat astrum;

und wenn ein Protagoras 2) oder Demokritus aus ihrem Mittel entsprang, so war
die gute Stadt Abdera gewiſs eben so unschuldig daran, als Lykurgus und seine Gesetze, wenn in Sparta ein Dummkopf oder
eine Memme geboren wurde.

Diese Nachlässigkeit, wiewohl sie eine
dem Staat äuſserst angelegene Sache betrifft,

2) Ein berühmter Sofist von Abdera, (etwas
älter als Demokritus) welchen Cicero dem Hippias,
Prodikus, Gorgias, und also den gröſsten Männern seiner Profession an die Seite setzt.

möchte noch immer hingehen. Die Natur,
wenn man sie nur ungestört arbeiten läfst,
macht meistens alle weitere Fürsorge für das
Gerathen ihrer Werke überflüssig. Aber wiewohl sie selten vergifst, ihr Lieblingswerk mit
allen den Fähigkeiten auszurüsten, durch welche ein vollkommner Mensch ausgebildet
werden könnte: so ist doch eben diese Aus-
bildung das, was sie der Kunst überläfst;
und es bleibt also jedem Staate noch Gelegenheit genug übrig, sich ein Recht an die
Vorzüge und Verdienste seiner Mitbürger zu
erwerben.

Allein auch hierin liefsen die Abderiten
sehr viel an ihrer Klugkeit zu vermissen-übrig;
und man hätte schwerlich einen Ort finden
können, wo für die Bildung des innern Gefühls, des Verstandes und des Herzens der
künftigen Bürger weniger gesorgt worden wäre.

Die Bildung des Geschmacks, d. i. eines
feinen, richtigen und gelehrten Gefühls
alles Schönen, ist die beste Grundlage
zu jener berühmten Sokratischen Kalo-
kagathie oder innerlichen Schönheit
und Güte der Seele, welche den liebens-
würdigen, edelmüthigen, wohlthätigen und
glücklichen Menschen macht. Und nichts ist

geschickter, dieses richtige Gefühl des Schönen in uns zu bilden, als — wenn alles,
was wir von Kindheit an sehen und
hören, schön ist. In einer Stadt, wo die
Künste der Musen in der gröfsten Vollkommenheit getrieben werden, in einer mit Meis-
terstücken der bildenden Künste angefüllten
Stadt, in einem Athen geboren zu seyn, ist
daher allerdings kein geringer Vortheil; und
wenn die Athener zu Platons und Me-
nanders Zeiten mehr Geschmack hatten als
tausend andere Völker, so hatten sie es
unstreitig ihrem Vaterlande zu danken.

Abdera führte in einem Griechischen
Sprichworte (über dessen Verstand die Gelehrten, nach ihrer Gewohnheit, nicht einig
sind) den Beynahmen, womit Florenz unter
den Italiäuischen Städten prangt — die
Schöne. Wir haben schon bemerkt, dafs
die Abderiten Enthusiasten der schönen Künste
waren; und in der That, zur Zeit ihres gröfsten Flors, das ist, eben damahls, da sie auf
einige Zeit den Fröschen Platz machen mufsten, war ihre Stadt voll prächtiger Gebäude,
reich an Mahlereyen und Bildsäulen, mit
einem schönen Theater und Musiksahl ($\Omega\delta\epsilon\iota o\nu$)
versehen, kurz, ein zweytes Athen —
blofs den Geschmack ausgenommen. Denn

zum Unglück erstreckte sich die wunderliche
Laune, von welcher wir oben gesprochen
haben, auch auf ihre Begriffe vom Schönen
und Anständigen. Latona, die Schutzgöt-
tin ihrer Stadt, hatte den schlechtesten Tempel; Jason, der Anführer der Argonau-
ten, hingegen (dessen goldenes Vlies
sie zu besitzen vorgaben) den prächtigsten.
Ihr Rathhaus sah wie ein Magazin aus, und
unmittelbar vor dem Sahle, wo die Angelegenheiten des Staats erwogen wurden, hatten
alle Kräuter - Obst - und Eyerweiber von
Abdera ihre Niederlage. Hingegen ruhte das
Gymnasium, worin sich ihre Jugend im Rin-
gen und Fechten übte, auf einer dreyfachen
Säulenreihe. Der Fechtsahl war mit lauter
Schildereyen von Berathschlagungen und mit
Statuen in ruhigen oder tiefsinnigen Stellun-
gen ausgeziert. 3) Dafür aber stellte das
Rathhaus den Vätern des Vaterlandes eine
desto reitzendere Augenweide dar. Denn wohin sie in dem Sahl ihrer gewöhnlichen Sitzungen ihre Augen warfen, glänzten ihnen schöne
nackende Kämpfer, oder badende Dianen und

3) Was hier von den Abderiten gesagt wird,
erzählen andere alte Schriftsteller von der Stadt
Alabandus. S. *Coel. Rhodog. Lect. Ant.
L. XXVI. Cap.* 25.

schlafende Bacchanten entgegen; und Venus mit
ihrem Buhler, im Netze Vulkans allen Einwohnern des Olymps zur Schau ausgestellt, (ein
grofses Stück, welches dem Sitze des A r c h o n s
gegenüber hing) wurde den Fremden mit einem
Triumfe gezeigt, der den ernsten F o c i o n
selbst genöthiget hätte, zum ersten Mahl in
seinem Leben zu lachen. Der König L y s i-
m a c h u s (sagten sie) habe ihnen sechs Städte
und ein Gebiet von vielen Meilen dafür ange-
boten: aber sie hätten sich nicht entschliefsen
können, ein so herrliches Stück hinzugeben,
zumahl da es — gerade die Höhe und Breite
habe, um eine ganze Seite der Rathsstube
einzunehmen; und überdiefs habe einer ihrer
Kunstrichter in einem weitläuftigen, mit
grofser Gelehrsamkeit angefüllten Werke die
Beziehung des allegorischen Sinnes dieser
Schilderey auf den Platz, wo sie stehe, sehr
scharfsinnig dargethan.

Wir würden nicht fertig werden, wenn
wir alle Unschicklichkeiten, wovon diese wun-
dervolle Republik wimmelte, berühren wollten. Aber noch eine können wir nicht vorbey gehen, weil sie einen wesentlichen Zug
ihrer Verfassung betrifft, und keinen geringen
Einflufs auf den Karakter der Abderiten hatte.
In den ältesten Zeiten der Stadt war, ver-

muthlich einem Orfischen Institut zu Folge,
der Nomofylax oder Beschirmer der
Gesetze (eine der obersten Magistratsperso-
nen) zugleich Vorsänger bey den gottesdienst-
lichen Kören und Oberaufseher über das Musikwesen. Diefs hatte damahls seinen guten
Grund. Allein mit der Läuge der Zeit ändern
sich die Gründe der Gesetze; diese werden
alsdann durch buchstäbliche Erfüllung lächerlich, und müssen also nach den veränderten
Umständen umgegossen werden. Aber eine
solche Betrachtung kam nicht in Abderitische
Köpfe. Es hatte sich öfters zugetragen, dafs
ein Nomofylax erwählt wurde, der zwar die
Gesetze ganz leidlich beschirmte, aber entweder schlecht sang, oder gar nichts von der Musik verstand. Was hatten die Abderiten zu
thun? Nach häufigen Berathschlagungen machten sie endlich die Verordnung: Der beste
Sänger aus Abdera sollte hinfür allezeit auch
Nomofylax seyn; und dabey blieb es so lange
Abdera stand. Dafs der Nomofylax und der
Vorsänger zwey verschiedene Personen seyn
könnten, war in zwanzig öffentlichen Berathschlagungen keiner Seele eingefallen.

Es ist leicht zu erachten, dafs die Musik,
bey so bewandten Sachen, zu Abdera in grofser
Achtung stehen mufste. Alles in dieser Stadt

war musikalisch; alles sang, flötete und leierte. Ihre Sittenlehre und Politik, ihre Theologie und Kosmologie, war auf musikalische Grundsätze gebaut; ja, ihre Ärzte heilten sogar die Krankheiten durch Tonarten und Melodien. So weit scheint ihnen, was die Spekulazion betrifft, das Ansehen der größten Weisen des Alterthums, eines Orfeus, Pythagoras und Plato, zu Statten zu kommen. Aber in der Ausübung entfernten sie sich desto weiter von der Strenge dieser Filosofen. Plato verweist alle sanften und weichlichen Tonarten aus seiner Republik; die Musik soll seinen Bürgern weder Freude noch Traurigkeit einflößen; er verbannt mit den Ionischen und Lydischen Harmonien alle Trink- und Liebeslieder; ja die Instrumente selbst scheinen ihm so wenig gleichgültig, daß er vielmehr die vielsaitigen und die Lydische Flöte als gefährliche Werkzeuge der Üppigkeit ausmustert, und seinen Bürgern nur, die Leier und die Cither, so wie den Hirten und dem Landvolke nur die Rohrpfeife, gestattet. So streng filosofierten die Abderiten nicht. Keine Tonart, kein Instrument war bey ihnen ausgeschlossen, und — einem sehr wahren, aber sehr oft von ihnen mißverstandenen Grundsatze zu Folge — behaupteten sie: daß man alle ernsthaften Dinge lustig,

und alle lustigen e r n s t h a f t behandeln
müsse. Die Ausdehnung dieser Maxime auf
die Musik brachte bey ihnen die widersin-
nigsten Wirkungen hervor. Ihre gottesdienst-
lichen Gesänge klangen wie Gassenlieder;
allein dafür konnte man nichts feierlichers
hören, als die Melodie ihrer Tänze. Die
Musik zu einem Trauerspiele war gemeiniglich
komisch; hingegen klangen ihre Kriegslieder
so schwermüthig, daſs sie sich nur für Leute
schickten die an den Galgen gehen. Ein
Leierspieler wurde in Abdera nur dann für
vortrefflich gehalten, wenn er die Saiten so
zu rühren wuſste, daſs man eine Flöte zu
hören glaubte; und eine Sängerin muſste, um
bewundert zu werden, g u r g e l n und t r i l l e r n
wie eine Nachtigall. Die Abderiten hatten
keinen Begriff davon, daſs die Musik nur in
so fern Musik ist, als sie das Herz rührt;
sie waren über und über glücklich, wenn
nur ihre Obren gekitzelt, oder wenigstens
mit nichts sagenden, aber vollen und oft
abwechselnden Harmonien gestopft wurden.
Diese Widersinnigkeit erstreckte sich über alle
Gegenstände des Geschmacks; oder, richtiger
zu reden, mit aller ihrer Schwärmerey für
die Künste hatten die Abderiten gar keinen
Geschmack; und es ahndete ihnen nicht
einmahl, daſs das Schöne aus einem höhern

Grunde schön sey, als weil es ihnen so beliebte.

Indessen konnte gleichwohl Natur, Zufall und gutes Glück mit zusammen gesetzten Kräften einmahl so viel zuwege bringen, daſs ein geborner Abderit Menschenverstand bekam. Aber wenigstens muſs man gestehen, wenn sich so etwas begab, so hatte Abdera nichts dabey geholfen. Denn ein Abderit war ordentlicher Weise nur in so fern klug als er kein Abderit war; — ein Umstand, der uns ohne Mühe begreifen läſst, warum die Abderiten immer von demjenigen unter ihren Mitbürgern, der ihnen in den Augen der Welt am meisten Ehre machte, am wenigsten hielten. Diefs war keine ihrer gewöhnlichen Widersinnigkeiten. Sie hatten eine Ursache dazu, die so natürlich ist, daſs es unbillig wäre, sie ihnen zum Vorwurf zu machen.

Diese Ursache war nicht, (wie einige sich einbilden) weil sie z. B. den Naturforscher Demokrit — lange zuvor eh' er ein groſser Mann war — mit dem Kreisel spielen, oder auf einem Grasplatze Burzelbäume machen gesehen hatten —

Auch nicht, weil sie aus Neid oder Eifer-
sucht nicht leiden konnten, daſs einer aus
ihrem Mittel klüger seyn sollte als sie. Denn —
bey der untrüglichen Aufschrift der Pforte
des Delfischen Tempels! — diefs zu denken hatte kein einziger Abderit Weisheit genug, oder er würde von dem Augenblick an
kein Abderit mehr gewesen seyn.

Der wahre Grund, meine Freunde, warum
die Abderiten aus ihrem Mitbürger Demokrit nicht viel machten, war dieser: weil
sie ihn für — keinen weisen Mann hielten.

„Warum das nicht?“

Weil sie nicht konnten.

„Und warum konnten sie nicht?“

Weil sie sich alsdann selbst für Dumm-
köpfe hätten halten müssen. Und diefs zu
thun waren sie gleichwohl nicht widersin-
nig genug.

Auch hätten sie eben so leicht auf dem
Kopfe tanzen, oder den Mond mit den Zähnen fassen, oder den Zirkel quadrieren können, als einen Menschen, der in allem ihr
Gegenfüſsler war, für einen weisen Mann
halten. Diefs folgt aus einer Eigenschaft der

menschlichen Natur, die schon zu Adams
Zeiten bemerkt worden seyn muſs, und gleichwohl, da Helvezius daraus folgerte — was
daraus folgt, vielen ganz neu vorkam; die
seit dieser Zeit niemanden mehr neu ist,
und dennoch im Leben — alle Augenblicke
vergessen wird.

---

3. Kapitel.

Was Demokrit für ein Mann war. Seine Reisen.
Er kommt nach Abdera zurück. Was er mitbringt,
und wie er aufgenommen wird. Ein Examen, das
sie mit ihm vornehmen, welches zugleich eine Probe
einer Abderitischen Konversazion, ist.

Demokrit — ich denke nicht, daſs es Sie
gereuen wird, den Mann näher kennen zu
lernen —

Demokrit war ungefähr zwanzig Jahre
alt, als er seinen Vater, einen der reichsten
Bürger von Abdera, beerbte. Anstatt nun darauf
zu denken, wie er seinen Reichthum erhalten oder vermehren, oder auf die ange-

nehmste oder lächerlichste Art durch-
bringen wollte, entschlofs sich der junge
Mensch, solchen zum Mittel — der Vervoll-
kommnung seiner Seele zu machen.

„Aber was sagten die Abderiten zum Ent-
schlusse des jungen Demokrit?"

Die guten Leute hatten sich nie träumen
lassen, dafs die Seele ein anderes Interesse
habe, als der Magen, der Bauch und die
übrigen integranten Theile des sichtba-
ren Menschen. Also mag ihnen freylich diese
Grille ihres Landsmannes wunderlich genug
vorgekommen seyn. Allein, diefs war nun
gerade was er sich am wenigsten anfechten
liefs. Er ging seinen Weg fort, und brachte
viele Jahre mit gelehrten Reisen durch alle
festen Länder und Inseln zu, die man damahls
bereisen konnte. Denn wer zu seiner Zeit
weise werden wollte, mufste mit eignen
Augen sehen. Es gab noch keine Buchdrucke-
reyen, keine Journale, Bibliotheken, Maga-
zine, Encyklopädien, Realwörterbücher, All-
manache, und wie alle die Werkzeuge heifsen,
mit deren Hülfe man itzt, ohne zu wissen wie,
ein Filosof, ein Naturkundiger, ein Kunstrichter,
ein Autor, ein Alleswisser wird. Damahls
war die Weisheit so theuer, und noch theu-

rer als — die schöne Lais. Nicht jedermann konnte nach Korinth reisen. Die Anzahl der Weisen war sehr klein; aber die es waren, waren es auch desto mehr. -

Demokrit reisete nicht bloſs, um der Menschen Sitten und Verfassungen zu beschauen, wie Ulysses; nicht bloſs um Priester und Geisterseher aufzusuchen, wie Apollonius; oder um Tempel, Statuen, Gemählde und Alterthümer zu begucken, wie Pausanias; oder um Pflanzen und Thiere abzuzeichnen und unter Klassen zu bringen, wie Doktor Solander: sondern er reisete, um Natur und Kunst in allen ihren Wirkungen und Ursachen, den Menschen in seiner Nacktheit und in allen seinen Einkleidungen und Verkleidungen, roh und bearbeitet, bemahlt und unbemahlt, ganz und verstümmelt, und die übrigen Dinge in allen ihren Beziehungen auf den Menschen, kennen zu lernen. Die Raupen in Äthiopien (sagte Demokrit) sind freylich nur — Raupen. Was ist eine Raupe, um das erste, angelegenste, einzige Studium eines Menschen zu seyn? Aber, da wir nun einmahl in Äthiopien sind, so sehen wir uns immer, nebenher, auch nach den Äthiopischen Raupen um. Es giebt eine Raupe im Lande der Seren,

welche Millionen Menschen kleidet und nährt:
wer weiſs ob es nicht auch am Niger nütz-
liche Raupen giebt?

Mit dieser Art zu denken hatte Demokrit auf seinen Reisen einen Schatz von
Wissenschaft gesammelt, der in seinen Augen
alles Gold in den Schatzkammern der Könige
von Indien und alle Perlen an den Hälsen
und Armen ihrer Weiber werth war. Er
kannte von der Ceder Libanons bis zum
Schimmel eines Arkadischen Käses eine Menge
von Bäumen, Stauden, Kräutern, Gräsern und
Moosen; nicht etwa bloſs nach ihrer Gestalt
und nach ihren Nahmen, Geschlechtern und
Arten: er kannte auch ihre Eigenschaften,
Kräfte und Tugenden. Aber, was er tausendmahl höher schätzte als alle seine übrigen
Kenntnisse, er hatte allenthalben, wo er es
der Mühe werth fand sich aufzuhalten, die
Weisesten und die Besten kennen gelernt. Es hatte sich bald gezeigt, daſs er
ihres Geschlechtes war. Sie waren also sèine
Freunde geworden, hatten sich ihm mitgetheilt, und ihm dadurch die Mühe erspart,
eignen Fleiſses, Jahre lang und vielleicht
doch vergebens, zu suchen, was sie mit
Aufwand und Mühe, oder auch wohl nur
glücklicher Weise, schon gefunden hatten.

Bereichert mit allen diesen Schätzen des Geistes und Herzens kam Demokrit, nach einer Reise von zwanzig Jahren, zu den Abderiten zurück, die seiner beynahe vergessen hatten. Er war ein feiner stattlicher Mann; höflich und abgeschliffen, wie ein Mann, der mit mancherley Arten von Erdensöhnen umzugehen gelernt hat, zu seyn pflegt; ziemlich braungelb von Farbe; kam von den Enden der Welt, und hatte ein ausgestopftes Krokodill, einen lebendigen Affen, und viele andere sonderbare Sachen mitgebracht. Die Abderiten sprachen etliche Tage von nichts anderm, als von ihrem Mitbürger Demokrit, der wieder gekommen war und Affen und Krokodille mitgebracht hatte. Allein in kurzer Zeit zeigte sichs, daß sie sich in ihrer Meinung von einem so weit gereiseten Manne sehr verrechnet hatten.

Demokrit war von den wackern Männern, denen er indessen die Besorgung seiner Güter anvertraut hatte, um die Hälfte betrogen worden, und gleichwohl unterschrieb er ihre Rechnungen ohne Widerrede. Natürlicher Weise mußte diefs der guten Meinung von seinem Verstande den ersten Stofs geben. Die Advokaten und Richter wenigstens, die sich zu einem einträglichen Prozesse Hoffnung

gemacht hatten, merkten mit einem bedeutenden Achselzucken an, daſs es bedenklich seyn
würde, einem Manne, der seinem eigenen
Hause so schlecht vorstehe, das gemeine Wesen anzuvertrauen. Indessen zweifelten die
Abderiten nicht, daſs er sich nun unter die
Mitwerber um ihre vornehmsten Ehrenämter
stellen würde. Sie berechneten schon, wie
hoch sie ihm ihre Stimme verkaufen wollten;
gaben ihm eine Tochter, Enkelin, Schwester,
Nichte, Base, Schwägerin zur Ehe; . über-
schlugen die Vortheile, die sie zur Erhaltung
dieser oder jener Absicht von seinem Ansehen ziehen wollten, wenn er einmahl Archon
oder Priester der Latona seyn würde, u. s. w.
Aber Demokrit erklärte sich, daſs er weder
ein Rathsherr von Abdera noch der Ehege-
mahl einer Abderitin seyn wollte, und vereitelte dadurch abermahl alle ihre Anschläge.
Nun hoffte man wenigstens durch seinen
Umgang in etwas entschädiget zu werden.
Ein Mann, welcher Affen, Krokodille und
zahme Drachen von seinen Reisen mitgebracht hatte, muſste eine ungeheure Menge
Wunderdinge zu erzählen haben. Man erwartete, daſs er von zwölf Ellen langen
Riesen und von sechs Daumen hohen
Zwergen, von Menschen mit Hunds-
und Eselsköpfen, von Meerfrauen

mit grünen Haaren, von weiſsen Ne-
gern, und blauen Centauren sprechen
würde. Aber Demokrit log so wenig, und
in der That weniger, als ob er nie über den
Thracischen Bosporus gekommen wäre.

Man fragte ihn, ob er im Lande der
Garamanten keine Leute ohne Kopf angetroffen habe, welche die Augen, die Nase
und den Mund auf der Brust trügen? und
ein Abderitischer Gelehrter (der, ohne jemahls
aus den Mauern seiner Stadt gekommen zu
seyn, sich die Miene gab, als ob kein Winkel des Erdbodens wäre den er nicht durch-
krochen hätte) bewies ihm in groſser Gesellschaft, daſs er entweder nie in Äthiopien
gewesen sey, oder dort nothwendig mit den
Agriofagen, deren König nur Ein Auge
über der Nase hat, mit den Sambern, die
allezeit einen Hund zu ihrem König erwäh-
len, und mit den Artabatiten, die auf
allen Vieren gehen, Bekanntschaft gemacht
haben müsse. Und wofern Sie bis in den
äuſsersten Theil des abendländischen Äthiopien
eingedrungen sind, (fuhr der gelehrte Mann
fort) so bin ich gewiſs, daſs Sie ein Volk
ohne Nasen angetroffen haben, und ein
anderes, wo die Leute einen so kleinen Mund

führen, dafs sie ihre Suppe durch Strohhal-
men einschlürfen müssen. 4)

Demokrit betheuerte beym Kastor und
Pollux, dafs er sich nicht erinnere diese Ehre
gehabt zu haben.

Wenigstens, sagte jener, haben Sie in
Indien Menschen angetroffen, die nur ein
einziges Bein auf die Welt bringen, aber dem
ungeachtet wegen der aufserordentlichen Breite
ihres Fufses so geschwind auf dem Boden
fortrutschen, dafs man ihnen zu Pferde kaum
nachkommen kann. 5) Und was sagten Sie
dazu, wie Sie an der Quelle des Ganges ein
Volk antrafen, das ohne alle andre Nahrung
vom blofsen Geruche wilder Äpfel lebt? 6)

O erzählen Sie uns doch, riefen die schönen Abderitinnen, erzählen Sie doch, Herr

---

4) Solinus, C. XXX. auch Plinius, Mela,
und andere Alte und Neuere, welche uns alle die
Wundermenschen, von denen hier die Rede ist,
für wirkliche Geschöpfe Gottes zu geben kein Bedenken tragen.

5) Solinus aus dem Ktesias.

6) Ebenderselbe.

Demokrit! Was müßten Sie uns nicht erzählen können, wenn Sie nur wollten!

Demokrit schwor vergebens, daß er von allen diesen Wundermenschen in Äthiopien und Indien nichts gesehen noch gehört habe.

Aber was haben Sie denn gesehen, fragte ein runder dicker Mann, der zwar weder einäugig war wie die Agriofagen, noch eine Hundsschnautze hatte wie die Cymolgen, noch die Augen auf den Schultern trug wie die Omofthalmen, noch vom bloßen Geruche lebte wie die Paradiesvögel, aber doch gewiß nicht mehr Gehirn in seinem großen Schädel trug als ein Mexikanischer Kolibri, ohne darum weniger ein Rathsherr von Abdera zu seyn — Aber was haben Sie denn gesehen, sagte Wanst, Sie, der zwanzig Jahre in der Welt herum gefahren ist, wenn Sie nichts von allem dem gesehen haben, was man in fernen Landen wunderbares sehen kann?

Wunderbares? versetzte Demokrit lächelnd. Ich hatte so viel mit Betrachtung des Natürlichen zu thun, daß ich fürs Wunderbare keine Zeit übrig behielt.

Nun, das gesteh' ich, erwiederte Wanst:
das verlohnt sich auch der Mühe, alle Meere
zu durchfahren und über alle Berge zu steigen, um nichts zu sehen als was man zu
Hause eben so gut sehen konnte!

Demokrit zankte sich nicht gern mit
den Leuten um ihre Meinungen, am allerwe-
nigsten mit Abderiten; und gleichwohl wollt'
er auch nicht, daß es aussehen sollte als ob
er gar nichts sagen könne. Er suchte unter
den schönen Abderitinnen, die in der Gesellschaft waren, eine aus, an die er das richten könnte was er sagen wollte; und er fand
eine mit zwey großen Junonischen Augen,
die ihn, trotz seiner fysiognomischen Kenntnisse, verführten, ihrer Eigenthümerin etwas
mehr Verstand oder Empfindung zuzutrauen
als den übrigen. Was wollten Sie, sagte er
zu ihr, daß ich, zum Beyspiell, mit einer
Schönen, welche die Augen auf der Stirn oder
am Ellbogen trüge, hätte anfangen sollen?
Oder was würde mirs nun helfen, wenn ich
noch so gelehrt in der Kunst wäre, das Herz
einer — Menschenfresserin zu rühren?
Ich habe mich immer zu wohl dabey befunden,
mich der sanften Gewalt von zwey schönen
Augen, die an ihrem natürlichen Platze stehen, zu überlassen, um jemahls in Versu-

chung zu kommen, das grofse Stierauge auf
der Stirn einer Cyklopin zärtlich zu sehen.

Die Schöne mit den grofsen
Augen, zweifelhaft was sie aus dieser Anrede machen sollte, guckte dem Manne, der
so sprach, mit stummer Verwunderung in den
Mund, lächelte ihm ihre schönen Zähne vor,
und sah sich zur rechten und linken Seite
um, als ob sie den Verstand seiner Rede suchen wollte.

Die übrigen Abderitinnen hatten zwar eben
so wenig davon begriffen: weil sie aber aus
dem Umstande, dafs er sich gerade an die
Grofsäugige gewendet hatte, schlossen, er
habe ihr etwas schönes gesagt, so sahen sie
einander jede mit einer eignen Grimasse an.
Diese rümpfte eine kleine Stumpfnase, jene
zog den Mund in die Länge, eine dritte spitzte
den ihrigen, eine vierte rifs ein Paar kleine
Augen auf, eine fünfte brüstete sich mit zurück gezogenem Kopfe, u. s. w.

Demokrit sah es, erinnerte sich dafs er
in Abdera war — und schwieg.

4. Kapitel.

Das Examen wird fortgesetzt, und verwandelt sich
in eine Disputazion über die Schönheit, wobey
Demokriten sehr warm gemacht wird.

Schweigen — ist zuweilen eine Kunst; aber
doch nie eine so grofse, als uns gewisse Leute
glauben machen wollen, die dann am klüg-
sten sind wenn sie schweigen.

Wenn ein weiser Mann sieht dafs er es
mit Kindern zu thun hat, warum sollt' er
sich zu weise dünken, nach ihrer Art mit
ihnen zu reden?

Ich bin zwar (sagte Demokrit zu seiner
neugierigen Gesellschaft) aufrichtig genug gewesen, zu gestehen, dafs ich von allem, was man
will dafs ich gesehen haben sollte, nichts gesehen habe: aber bilden Sie Sich darum nicht ein,
dafs mir auf so vielen Reisen zu Wasser und
zu Lande gar nichts aufgestofsen sey, das Ihre
Neubegierde befriedigen könnte. Glauben
Sie mir, es sind Dinge darunter, die Ihnen
vielleicht noch wunderbarer vorkommen würden, als diejenigen wovon die Rede war.

Bey diesen Worten rückten die schönen Abderitinnen näher und spitzten Mund und Ohren. Das ist doch ein Wort von einem gereisten Manne, rief der kurze dicke Rathsherr. Des Gelehrten Stirn entrunzelte sich durch die Hoffnung, daſs er etwas zu tadeln und zu verbessern bekommen würde, Demokrit möchte auch sagen was er wollte.

Ich befand mich einst in einem Lande, fing unser Mann an, wo es mir so wohl gefiel, daſs ich in den ersten drey oder vier Tagen, die ich darin zubrachte, unsterblich zu seyn wünschte, um ewig darin zu leben.

„Ich bin nie aus Abdera gekommen, sagte der Rathsmann; aber ich dachte immer, daſs es keinen Ort in der Welt gäbe, wo es mir besser gefallen könnte als in Abdera. Auch geht es mir gerade wie Ihnen mit dem Lande, wo es Ihnen so wohl gefiel; ich wollte mit Freuden auf die ganze übrige Welt Verzicht thun, wenn ich nur ewig in Abdera leben könnte! — Aber warum gefiel es Ihnen nur drey Tage lang so wohl in dem Lande?"

Sie werden es gleich hören. Stellen Sie Sich ein unermeſsliches Land vor, dem die angenehmste Abwechslung von Bergen, Thä-

lern, Wäldern, Hügeln und Auen unter der
Herrschaft eines ewigen Frühlings und Herbstes, allenthalben wohin man sieht, das Ansehen des herrlichsten Lustgartens giebt:
alles angebaut und bewässert, alles blühend
und fruchtbar; allenthalben ein ewiges Grün,
und immer frische Schatten und Wälder von
den schönsten Fruchtbäumen, Datteln, Feigen, Zitronen, Granaten, die ohne Pflege,
wie in Thracien die Eicheln, wachsen; Haine
von Myrten und Schasmin; Amors und Cy-
theräens Lieblingsblume nicht auf Hecken, wie
bey uns, sondern in dichten Büscheln auf
großen Bäumen wachsend, und voll aufge-
blüht wie die Busen meiner schönen Mitbür-
gerinnen —

(Dieß hatte Demokrit nicht gut gemacht; und es kann künftigen Erzählern zur
Warnung dienen, daß man sich vorher wohl
in seiner Gesellschaft umsehen muß, ehe man
Komplimente dieser Art wagt, so verbindlich
sie auch an sich selbst klingen mögen. Die
Schönen hielten die Hände vor die Augen und
errötheten. Denn zum Unglück war unter den
Anwesenden keine, die dem schmeichelhaften
Gleichniß Ehre gemacht hätte; wiewohl sie
nicht ermangelten sich aufzublähen so gut sie
konnten.)

— und diese reitzenden Haine, fuhr er fort,
vom lieblichen Gesang unzähliger Arten von
Vögeln belebt, und mit tausend bunten Papagayen erfüllt, deren Farben im Sonnenglanz
die Augen blenden. Welch ein Land! Ich
begriff nicht, warum die Göttin der Liebe
das felsige Cythere zu ihrem Wohnsitz erwählt hätte, da ein Land wie dieses in der
Welt war. Wo hätten die Grazien angenehmer tanzen können, als am Rande von Bä-
chen und Quellen, wo, zwischen kurzem dichtem Gras vom lebhaftesten Grün, Lilien und
Hyacinthen, und zehen tausend noch schö-
nere Blumen, die in unsrer Sprache ohne
Nahmen sind, freywillig hervor blühen, und
die Luft mit wollüstigen Wohlgerüchen er-
füllen?

Die schönen Abderitinnen waren, wie
leicht zu erachten, mit einer nicht weniger
lebhaften Einbildungskraft ausgestattet als
die Abderiten; und das Gemählde, das ihnen
Demokrit, ohne dabey an arges zu denken,
vorstellte, war mehr als ihre kleinen Seel-
chen aushalten konnten. Einige seufzten laut
vor Behäglichkeit; andere sahen aus, als ob
sie die wollüstigen Gerüche, die in ihrer Fantasie düfteten, mit Mund und Nase einschlürfen wollten; die schöne Juno sank mit dem

Kopf auf ein Polster des Kanapees zurück, schloſs ihre groſsen Augen halb, und befand sich unvermerkt am blumigen Rand einer dieser schönen Quellen, von Rosen- und Zitronenbäumen umschattet, aus deren Zweigen Wolken von ambrosischen Düften auf sie herab wallten. In einer sanften Betäubung von süſsen Empfindungen begann sie eben einzuschlummern: als sie einen Jüngling, schön wie Bacchus und dringend wie Amor, zu ihren Füſsen liegen sah. Sie richtete sich auf, ihn desto besser betrachten zu können, und sah ihn so schön, so zärtlich, daſs die Worte, womit sie seine Verwegenheit bestrafen wollte, auf ihren Lippen erstarben. Kaum hatte sie —

Und wie meinen Sie (fuhr Demokrit fort) daſs diese zauberische Land heiſst, von dessen Schönheiten alles, was ich davon sagen könnte, Ihnen kaum den Schatten eines Begriffs geben würde? Es ist eben dieses Äthiopien, welches mein gelehrter Freund hier mit Ungeheuern von Menschen bevölkert, die eines so schönen Vaterlandes ganz unwürdig sind. Aber eine Sache, die er mir für wahr nachsagen kann, ist: daſs es in ganz Äthiopien und Libyen (wiewohl diese Nahmen eine Menge verschiedener Völker um-

fassen) keinen Menschen giebt, der seine
Nase nicht eben da trüge wo wir, nicht
eben so viel Augen und Ohren hätte als wir,
und kurz —

Ein großer Seufzer von derjenigen Art,
wodurch sich ein von Schmerz oder Vergnügen gepreßtes Herz Luft zu machen sucht,
hob in diesem Augenblicke den Busen der
schönen Abderitin, welche, während Demokrit in seiner Rede fortfuhr, in dem Traum-
gesichte, worin wir sie zu belauschen Bedenken trugen, (wie es scheint) auf einen Umstand gekommen war, an welchem ihr Herz
auf die eine oder andre Art sehr lebhaft Antheil nahm. Da die übrigen Anwesenden
nicht wissen konnten, daß die gute Dame
einige hundert Meilen weit von Abdera unter
einem Äthiopischen Rosenbaum, in einem
Meere der süßesten Wohlgerüche schwamm,
tausend neue Vögel das Glück der Liebe singen hörte, tausend bunte Papagayen vor ihren Augen herum flattern sah, und zum
Überfluß einen Jüngling mit gelben Locken
und Korallenlippen zu ihren Füßen liegen
hatte — so war es natürlich, daß man den
besagten Seufzer mit einem allgemeinen Erstaunen empfing. Man begriff nichts davon,
daß die letzten Worte Demokrits die

Ursache einer solchen Wirkung gewesen seyn
könnten. Was fehlt Ihnen, L y s a n d r a? riefen
die Abderitinnen aus Einem Munde, indem
sie sich sehr besorgt um sie stellten. Die
schöne L y s a n d r a, die in diesem Augenblicke
wieder gewahr wurde wo sie war, erröthete,
und versicherte dafs es nichts sey. Demokrit, der nun zu merken anfing was es war,
versicherte, dafs ein paar Züge frische Luft
alles wieder gut machen würden; aber in seinem Herzen beschlofs er, künftig seine Gemählde nur mit Einer Farbe zu mahlen, wie
die Mahler in Thracien. Gerechte Götter!
dacht' er, was für eine Einbildungskraft diese
Abderitinnen haben!

Nun, meine schönen Neugierigen, fuhr er
fort, was meinen Sie, von welcher Farbe die
Einwohner eines so schönen Landes sind?

,,Von welcher Farbe? — Warum sollten
sie eine andre Farbe haben als die übrigen
Menschen? Sagten Sie uns nicht, dafs sie
die Nase mitten im Gesichte trügen, und in
allem Menschen wären wie wir Griechen?"

Menschen, ohne Zweifel; aber sollten sie
darum weniger Menschen seyn, wenn sie
schwarz oder olivenfarb wären?

„Was meinen Sie damit?“

Ich meine, daſs die schönsten unter den Äthiopischen Nazionen (nehmlich diejenigen, die nach unserm Maſsstabe die schönsten, das ist, uns die ähnlichsten sind) durchaus olivenfarb wie die Ägypter, und diejenigen, welche tiefer im festen Lande und in den mittäglichsten Gegenden wohnen, vom Kopf bis zur Fuſssohle so schwarz und noch ein wenig schwärzer sind als die Raben zu Abdera.

„Was Sie sagen! — Und erschrecken die Leute nicht vor einander, wenn sie sich ansehen?“

Erschrecken? Warum dieſs? Sie gefallen sich sehr mit ihrer Rabenschwärze, und finden daſs nichts schöner seyn könne.

„O das ist lustig! — riefen die Abderitinnen. — Schwarz am ganzen Leibe, als ob sie mit Pech überzogen wären, sich von Schönheit träumen zu lassen! Was das für ein dummes Volk seyn muſs! Haben sie denn keine Mahler, die ihnen den Apollo, den Bacchus, die Göttin der Liebe und die Grazien mahlen? Oder könnten sie nicht schon von Homer lernen, daſs Juno weiſse Arme, Thetis Silberfüſse, und Aurora Rosenfinger hat?“

Ach, erwiederte Demokrit, die guten Leute haben keinen Homer; oder wenn sie einen haben, so dürfen wir uns darauf verlassen, daſs seine Juno kohlschwarze Arme hat. Von Mahlern habe ich in Äthiopien nichts gehört. Aber ich sah ein Mädchen, dessen Schönheit unter seinen Landsleuten beynahe eben so viel Unheil anrichtete, als die Tochter der Leda unter den Griechen und Trojanern; und diese Afrikanische Helena war schwärzer als Ebenholz.

„O beschreiben Sie uns doch dieſs Ungeheuer von Schönheit!“ — riefen die Abderitinnen, die, aus dem natürlichsten Grunde von der Welt, an dieser Unterredung unendlich viel Vergnügen fanden.

Sie werden Mühe haben Sich einen Begriff davon zu machen. Stellen Sie Sich das völlige Gegentheil des Griechischen Ideals der Schönheit vor: die Gröſse einer Grazie und die Fülle einer Demeter; schwarze Haare, aber nicht in langen wallenden Lokken um die Schultern flieſsend, sondern kurz

und von Natur kraus wie Schafwolle. Die
Stirne breit und stark gewölbt; die Nase
aufgestülpt, und in der Mitte des Knorpels
flach gedrückt; die Wangen rund wie die Bak-
ken eines Trompeters, der Mund groß —

Filinna lächelte, um zu zeigen, wie
klein der ihrige sey.

Die Lippen sehr dick und aufgeworfen,
und zwey Reihen von Zähnen wie Perlen-
schnuren —

Die Schönen lachten insgesammt, wiewohl
sie keine andre Ursache dazu haben konnten,
als ihre eignen Zähne zu weisen; denn was
war sonst hier zu lachen?

„Aber ihre Augen?" fragte Lysandra. —

O was die betrifft, die waren so klein
und so wasserfarbig, daß ich lange nicht von
mir erhalten konnte, sie schön zu finden —

„Demokrit ist für Homers Kuhaugen,
wie es scheint," sagte Myris, indem sie einen
höhnischen Seitenblick auf die Schöne mit
den großen Augen warf.

In der That, (versetzte Demokrit, mit einer Miene, woraus ein Tauber geschlossen hätte dafs er ihr die gröfste Schmeicheley sage) schöne Augen müfsten sehr grofs seyn, wenn ich sie zu grofs finden sollte; und häfsliche können, däucht mich, nie zu klein seyn.

Die schöne Lysandra warf einen triumfierenden Blick auf ihre Schwestern, und schüttete dann eine ganze Glorie von Zufriedenheit aus ihren grofsen Augen auf den glücklichen Demokrit herab.

„Darf man wissen, was Sie unter schönen Augen verstehen?“ — fragte die kleine Myrts, indem sich ihre Nase merklich spitzte.

Ein Blick der schönen Lysandra schien ihm zu sagen: Sie werden nicht verlegen seyn die Antwort auf diese Frage zu finden.

Ich verstehe darunter Augen, in denen sich eine schöne Seele mahlt, sagte Demokrit.

Lysandra sah albern aus, wie eine Person, der man etwas unerwartetes gesagt hat, und die keine Antwort darauf finden kann. — „Eine schöne Seele!“ — dachten die Abderi-

tinnen alle zugleich. — „Was für wunderliche
Dinge der Mann aus fernen Landen mitgebracht hat! Eine schöne Seele! Diefs ist noch
über seine Affen und Papagayen!“

„Aber mit allen diesen Subtilitäten,
sagte der dicke Rathsherr, kommen wir
von der Hauptsache ab. Mir däucht, die Rede
war von der schönen Helena aus Äthiopien,
und ich möchte doch wohl hören, was die
ehrlichen Leute so schönes an ihr finden
konnten.“

Alles, antwortete Demokrit.

„So müssen sie gar keinen Begriff von
Schönheit haben,“ sagte der Gelehrte.

Um Vergebung, erwiederte der Erzäbler;
weil diese Äthiopische Helena der Gegenstand
aller Wünsche war, so läfst sich sicher
schliefsen, dafs sie der Idee von Schönheit glich, die jeder in seiner Einbildung
fand.

„Sie sind aus der Schule des Parmenides?“ sagte der Gelehrte, indem er
sich in eine streitbare Positur setzte. 7)

7) Parmenides von Elea wird für den
Erfinder der Lehre von den Ideen oder wesentli-

Ich bin nichts — als ich selbst, welches
sehr wenig ist, erwiederte Demokrit halb
erschrocken.   Wenn Sie dem Wort Idee
gram sind, so erlauben Sie mir mich anders
auszudrücken. Die schöne Gulleru — so
nannte man die Schwarze, von der wir reden —

Gulleru? riefen die Abderitinnen, indem
sie in ein Gelächter ausbrachen, das kein Ende
nehmen wollte; Gulleru! welch ein Nahme! — Und wie ging es mit Ihrer schönen
Gulleru? fragte die spitznäsige Myris mit
einem Blick und in einem Tone, der noch
dreymahl spitziger als ihre Nase war.

Wenn Sie mir jemahls die Ehre erweisen
mich zu besuchen, antwortete der gereiste
Mann mit der ungezwungensten Höflichkeit,
so sollen Sie erfahren, wie es mit der schönen Gulleru gegangen ist. Jetzt muſs ich diesem Herrn mein Versprechen halten.   Die
Gestalt der schönen Gulleru also —

chen Urbildern gehalten; welche Plato in sein System aufgenommen, und sich so eigen gemacht hat,
daſs man sie gewöhnlich nach seinem Nähmen zu
nennen pflegt.

(Der schönen Gulleru, wiederhohlten die Abderitinnen und lachten von neuem,
aber ohne daſs Demokrit sich diesemahl unter-
brechen lieſs.)

— flöſste zu ihrem Unglück den Jünglingen
ihres Landes die stärkste Leidenschaft ein.
Dieſs scheint zu beweisen, daſs man sie
schön gefunden habe; und ohne Zweifel
lag der Grund, weſswegen man sie schön
fand, in allem dem, warum man sie nicht
für häſslich hielt. Diese Äthiopier fanden also einen Unterschied zwischen dem
was ihnen schön und was ihnen nicht
schön vorkam; und wenn zehn verschiedene Äthiopier in ihrem Urtheile von dieser
Helena übereinstimmten, so kam es vermuthlich daher, weil sie einerley Begriff
oder Modell von Schönheit und Häſslichkeit
hatten.

„Dieſs folgt nicht! sagte der Abderitische
Gelehrte. Konnte nicht unter zehn jeder
etwas anderes an ihr liebenswürdig finden?“

Der Fall ist nicht unmöglich; aber er
beweist nichts gegen mich. Gesetzt, der
eine hätte ihre kleinen Augen, ein anderer ihre schwellenden Lippen, ein drit-

ter ihre grofsen Ohren bewundernswür-
dig gefunden: so setzt auch diefs immer eine
Vergleichung zwischen ihr und andern Äthiopischen Schönen voraus. Die übrigen hatten
Augen, Ohren und Lippen sowohl wie Gulleru. Wenn man also die ihrigen schöner
fand, so mufste man ein gewisses Modell
der Schönheit haben, mit welchem man zum
Beyspiel ihre Augen und andre Augen verglich; und diefs ist alles, was ich mit meinem Ideal sagen wollte.

„Indessen (erwiederte der Gelehrte) werden Sie doch nicht behaupten wollen, dafs
diese Gulleru schlechterdings die Schönste unter allen schwarzen Mädchen vor ihr,
neben ihr und nach ihr gewesen sey? Ich
meine, die Schönste in Vergleichung mit dem
Modelle, wovon Sie sagten.“

Ich wüfste nicht, warum ich diefs behaupten sollte, versetzte Demokrit.

„Es konnte also eine geben, die zum Beyspiel noch kleinere Augen, noch dickere Lippen, noch gröfsere Ohren hatte?“

Möglicher Weise, so viel ich weifs.

„Und in Absicht dieser letztern gilt ohne
Zweifel die nehmliche Voraussetzung, und so

ins unendliche. Die Äthiopier hatten also
kein Modell der Schönheit; man müſste
denn sagen, daſs sich unendlich kleine Augen,
unendlich dicke Lippen, unendlich groſse Ohren denken lassen?"

Wie subtil die Abderitischen Gelehrten
sind! dachte Demokrit. Wenn ich eingestand,
sagte er, daſs es ein schwarzes Mädchen geben könne, welche kleinere Augen oder dik-
kere Lippen hätte als Gulleru, so sagte ich
damit noch nicht, daſs dieses schwarze Mädchen den Äthiopiern darum schöner hätte
vorkommen müssen als Gulleru. Das Schöne
hat nothwendig ein bestimmtes Maſs,
und was über solches ausschweift, entfernt
sich eben so davon, wie das, was unter
ihm bleibt. Wer wird daraus, daſs die Griechen in die Gröſse der Augen und in die
Kleinheit des Mundes ein Stück der vollkom-
menen Schönheit setzen, den Schluſs ziehen:
eine Frau, deren Augäpfel einen Daumen im
Durchschnitt hielten, oder deren Mund so
klein wäre, daſs man Mühe hätte einen Stroh-
halm hinein zu bringen, müſste von den Griechen für desto schöner gehalten werden?

Der Abderit war geschlagen, wie man
sieht, und fühlte daſs ers war. Aber ein

Abderitischer Gelehrter hätte sich eher erdros-
seln lassen, als so was einzugesteben. Waren nicht Filinnen und Lysandren, und ein
kurzer dicker Rathsherr da, an deren Meinung von seinem Verstand ihm gelegen war?
Und wie wenig kostete es ihm, Abderiten
und Abderitinnen auf seine Seite zu bringen!
— In der That wuste er nicht sogleich, was
er sagen sollte. Aber in fester Zuversicht,
daſs ihm wohl noch was einfallen werde,
antwortete er indessen durch ein höhnisches
Lächeln; welches zugleich andeutete, daſs er
die Gründe seines Gegners verachte, und daſs
er im Begriff sey den entscheidenden Streich
zu führen. „Ists möglich, rief er endlich in
einem Ton, als ob dieſs die Antwort auf Demokrits letzte Rede sey, 8) können Sie die
Liebe zum Paradoxen so weit treiben, im An-
gesicht dieser Schönen zu behaupten, daſs ein
Geschöpf, wie Sie uns diese Gulleru be-
schrieben haben, eine Venus sey?“

Sie scheinen vergessen zu haben, versetzte
Demokrit sehr gelassen, daſs die Rede nicht
von mir und dieser Schönen, sondern von

8) Ein sehr gewöhnlicher Griff der Abderitischen Gelehrten und Kunstrichter.

Äthiopiern war. Ich behauptete nichts;
ich erzählte nur was ich gesehen hatte. Ich
beschrieb Ihnen eine Schönheit nach Äthiopi-
schem Geschmack. Es ist nicht meine
Schuld, wenn die Griechische Häfslichkeit in
Äthiopien Schönheit ist. Auch seh' ich nicht,
was mich berechtigen könnte, zwischen den
Griechen und Äthiopiern zu entscheiden. Ich
vermuthe es könnte seyn dafs beide Recht
hätten.

Ein lautes Gelächter, dergleichen man auf-
schlägt wenn jemand etwas unbegreiflich Ungereimtes gesagt hat, wieherte dem Filosofen
aus allen anwesenden Hälsen entgegen.

„Lafs hören, lafs doch hören, rief der
dicke Rathsherr indem er seinen Wanst
mit beiden Händen hielt, was unser Landsmann sagen kann, um zu beweisen dafs beide
Recht haben! Ich höre für mein Leben gern
so was behaupten. Wofür hätte man auch
sonst euch gelehrte Herren? — Die Erde
ist rund; der Schnee ist schwarz;
der Mond ist zehnmahl so grofs als
der ganze Peloponnes; Achilles
kann keine Schnecke im Laufen ein-
hohlen. — Nicht wahr, Herr Antistrep-

‑ s i a d e s? — Nicht wahr, Herr D e m o ‑
k r i t? — Sie sehen, daſs ich auch ein we‑
nig in Ihren Mysterien eingeweiht bin. Ha,
ha, ha!"

. Die sämmtlichen Abderiten und Abderitin‑
nen erleichterten sympathetischer Weise ihre
Lungen abermahls, und Herr A n t i s t r e p s i a‑
d e s, der einen Anschlag auf die Abendmahl‑
zeit des jovialischen Rathsherrn gemacht
hatte, unterstützte gefällig das allgemeine
Gelächter mit lautem Händeklatschen.

---

5. K a p i t e l.

Unerwartete Auflösung des Knotens, mit einigen
neuen Beyspielen von Abderitischem Witz.

D e m o k r i t war in der Laune, sich mit seinen
A b d e r i t e n und den Abderiten mit sich
Kurzweile zu machen. Zu weise, ihnen irgend
eine von ihren Nazional‑ oder Individual‑Un‑
arten übel zu nehmen, konnt' er es sehr wohl
leiden, daſs sie ihn für einen überklugen

Mann ansahen, der seinen Abderitischen Mutterwitz auf seiner langen Wanderschaft verdünstet hätte, und nun zu nichts gut wäre, als ihnen mit seinen Einfällen und Grillen etwas zu lachen zu geben. Er fuhr also, nachdem sich das Gelächter über den witzigen Einfall des dicken Rathsherrn endlich gelegt hatte, mit seinem gewöhnlichen Flegma fort, wo ihn der kleine jovialische Mann unterbrochen hatte:

Sagt' ich nicht, wenn die Griechische Häfslichkeit in Äthiopien Schönheit sey, so könnte wohl seyn dafs beide Theile Recht hätten?

„Ja, ja, das sagten Sie, und ein Mann steht für sein Wort."

Wenn ich es gesagt habe, so mufs ichs wohl behaupten; das versteht sich, Herr Antistrepsiades.

„Wenn Sie können."

Bin ich etwann nicht auch ein Abderit? Und zudem brauch' ich hier nur die Hälfte meines Satzes zu beweisen, um das Ganze bewiesen zu haben: denn dafs die Griechen Recht haben, darf nicht erst bewiesen wer-

den; diefs ist eine Sache, die in allen Griechischen Köpfen schon längst ausgemacht ist.
Aber dafs die Äthiopier auch Recht haben,
da liegt die Schwierigkeit! — Wenn ich
mit Sofismen fechten, oder mich begnügen
wollte meine Gegner stumm zu machen, ohne
sie zu überzeugen, so würd' ich, als Anwalt
der Äthiopischen Venus, die ganze Streitfrage
dem innern Gefühl zu entscheiden überlassen. Warum, würd' ich sagen, nennen
die Menschen diese oder jene Figur, diese
oder jene Farbe, schön? — Weil sie ihnen
gefällt. — Gut; aber warum gefällt sie ihnen? — Weil sie ihnen angenehm ist. —
Und warum ist sie ihnen angenehm? —
O mein Herr, würde ich sagen, Sie müssen
endlich aufhören zu fragen, oder — ich höre
auf zu antworten. Ein Ding ist uns angenehm, weil es — einen Eindruck auf uns
macht der uns angenehm ist. Ich fordre alle
Ihre Grübler heraus, einen bessern Grund an-
zugeben. Nun würd' es lächerlich seyn,
einem Menschen abstreiten zu wollen, dafs
ihm angenehm sey was ihm angenehm ist;
oder ihm zu beweisen, er habe Unrecht sich
wohlgefallen zu lassen, was einen wohlgefal-
lenden Eindruck auf ihn macht. Wenn also
die Figur einer Gulleru seinen Augen wohl
thut, so gefällt sie ihm, und wenn sie ihm

gefällt, so nennt er sie schön, oder es müſste
gar kein solches Wort in seiner Sprache seyn.

„Und wenn — und wenn ein Wahn-
witziger Pferdeäpfel für Pfirschen äſse?“ sagte
Antistrepsiades.

„Pferdeäpfel für Pfirschen! — Gut gesagt,
bey meiner Ehre! gut gesagt, rief der Rathsherr. Knacken Sie das auf, Herr Demokrit!“ —

„Fi, Fi, doch, Demokrit, lispelte die
schöne Myris, indem sie die Hand vor die
Nase hielt; wer wird auch von Pferdeäpfeln
reden? Schonen Sie wenigstens unsrer Nasen!“

Jedermann sieht, daſs sich die schöne Myris mit diesem Verweise an den witzigen Antistrepsiades hätte wenden sollen, der
die Pferdeäpfel zuerst aufgetragen hatte, und
an den Rathsherrn, der Demokriten gar zu-
muthete sie aufzuknacken. Aber es war nun
einmahl darauf abgesehen, den gereisten Mann
lächerlich zu machen. Der Instinkt ver-
trat bey den sämmtlichen Anwesenden hierin
die Stelle einer Verabredung, und Myris
konnte diese schöne Gelegenheit zu einem
Stich, der die Lacher auf ihre Seite brachte,

unmöglich entwischen lassen.   Denn gerade
der Umstand, daſs Demokrit, der ohnehin
an den Äpfeln des Antistrepsiades genug zu
schlucken hatte, noch oben drein einen Ver-
weis deſswegen erhielt, kam den Abderiten
und Abderitinnen so lustig vor, daſs sie alle
zugleich zu lachen anfingen, und sich völlig
so geberdeten, als ob der Filosof nun aufs
Haupt geschlagen sey und gar nicht wieder
aufstehen könne.

Zu viel ist zu-viel.   Der gute Demokrit
hatte zwar in zwanzig Jahren viel erwandert:
aber seitdem er aus Abdera gegangen war,
war ihm kein zweytes Abdera aufgestoſsen;
und nun, da er wieder drin war, zweifelte
er zuweilen auf einen oder zwey Augenblicke,
ob er irgendwo sey? Wie war es möglich, mit solchen Leuten fertig zu werden?

„Nun, Vetter? — sagte der Rathsherr,
kannst du die Pferdeäpfel des Antistrepsiades
nicht hinunter kriegen? Ha, ha, ha!“

Dieser Einfall war zu Abderitisch, um
die Zärtlichkeit der sämmtlichen gebogenen,
stumpfen, viereckigen und spitzigen Nasen
in der Gesellschaft nicht zu überwältigen.

Die Damen kicherten ein zirpendes Hi,
hi, hi, in das dumpfe donnernde Ha, ha, ha,
der Mannspersonen.

Sie haben gewonnen, rief Demokrit; und
zum Zeichen daſs ich mein Gewehr mit guter Art strecke, sollen Sie sehen, ob ich die
Ehre verdiene Ihr Landsmann und Vetter zu
seyn. Und nun fing er an, mit einer Geschicklichkeit worin ihm kein Abderit gleich
kam, von der untersten Note, stufenweise
crescendo, bis zum *Unisono* mit dem Hi, hi,
hi, der schönen Abderitinnen, ein Gelächter
aufzuschlagen, dergleichen, so lange Abdera
auf Thracischem Boden stand, nie erhört worden war.

Anfangs machten die Damen Miene als ob
sie Widerstand thun wollten; aber es war
keine Möglichkeit gegen das verzweifelte
Crescendo auszuhalten. Sie wurden endlich davon wie von einem reiſsenden Strom
ergriffen; und da die Gewalt der Ansteckung
noch dazu schlug, so kam es bald so weit,
daſs die Sache ernsthaft wurde. Die Frauenzimmer baten mit weinenden Augen um Barm-
herzigkeit. Aber Demokrit hatte keine Ohren,
und das Gelächter nahm überhand. Endlich
ließ er sich, wie es schien, bewegen, ihnen

einen Stillstand zu bewilligen; allein in der
That blofs, damit sie die Peinigung, die er ihnen zugedacht hatte, desto länger aushalten
könnten. Denn kaum waren sie wieder ein wenig zu Athem gekómmen, so fing er die nehmliche Tonleiter, eine Terze böher, noch einmahl zu durchlachen an, aber mit so vielen
eingemischten Trillern und Ruladen, dafs sogar die runzligen Beysitzer des Höllenge-
richts, Minos, Äakus und Rhadamanthus, in
ihrem höllenrichterlichen Ornat, aus der Fassung dadurch gekommen wären.

Zum Unglück hatten zwey oder drey von
unsern Schönen nicht daran gedacht, ihre Personen gegen alle mögliche Folgen einer so
heftigen Leibesübung in Sicherheit zu setzen.
Scham und Natur kämpften auf Leben und
Tod in den armen Mädchen. Vergebens fleh-
ten sie den unerbittlichen Demokrit mit
Mund und Augen um Gnade an; vergebens
forderten sie ihre vom Lachen gänzlich er-
schlafften Sehnen zu einer letzten Anstrengung auf. Die tyrannische Natur siegte, und
in einem Augenblick sahe man den Sahl, wo
sich die Gesellschaft befand, u**** W*****
g****.

Der Schrecken über eine so unversehene
Naturerscheinung (die desto wunderbarer war,

da das allgemeine Auffahren und Erstaunen
der schönen Abderitinnen zu beweisen schien,
daſs es eine Wirkung ohne Ursache
sey) unterbrach die Lacher auf etliche Augenblicke, um sogleich mit verdoppelter Gewalt
wieder los zu drücken. Natürlicher Weise gaben sich die erleichterten Schönen alle Mühe,
den besondern Antheil, den sie an dieser Begebenheit hatten, durch Grimassen von Erstaunen und Ekel zu verbergen, und den
Verdacht auf ihre schuldlosen Nachbarinnen
fallen zu machen, welche durch unzeitige,
aber unfreywillige Schamröthe den unverdien-
ten Argwohn mehr als zu viel bestärkten. Der
lächerliche Zank, der sich darüber unter ihnen
erhob; Demokrit und Antistrepsiades, die sich
boshafter Weise ins Mittel schlugen, und durch
ironische Trostgründe den Zorn derjenigen, die
sich unschuldig wuſsten, noch mehr aufreitz-
ten; und mitten unter ihnen allen der kleine
dicke Rathsherr, der unter berstendem Gelächter einmahl über das andre ausrief, daſs er
nicht die Hälfte von Thracien um
diesen Abend nehmen wollte: alles
dieſs zusammen machte eine Scene, die des
Griffels eines Hogarth würdig gewesen
wäre, wenn es damahls schon einen Hogarth
gegeben hätte.

Wir können nicht sagen, wie lange sie
gedauert haben mag: denn es ist eine von
den Tugenden der Abderiten, daſs sie
nicht aufhören können. Aber Demo-
krit, bey dem alles seine Zeit hatte, glaubte,
daſs eine Komödie, die kein Ende nimmt, die
langweiligste unter allen Kurzweilen sey; —
eine Wahrheit, von welcher wir (im Vorbey-
gehn gesagt) alle unsre Dramenschreiber und
Schauspielvorsteher überzeugen zu können wünschen möchten — er packte also alle die schönen Sachen, die er zur Rechtfertigung der
Äthiopischen Venus hätte sagen können, wofern er es mit vernünftigen Geschöpfen zu thun
gehabt hätte, ganz gelassen zusammen, wünschte
den Abderiten und Abderitinnen — was sie
nicht hatten, und ging nach Hause, nicht
ohne Verwunderung über die gute Gesellschaft, die man anzutreffen Gefahr lief,
wenn man — einen Rathsherrn von Abdera
besuchte.

6. Kapitel.

Eine Gelegenheit für den Leser, um sein Gehirn
aus der schaukelnden Bewegung des vorigen Kapi-
tels wieder in Ruhe zu setzen.

Gute, kunstlose, sanftherzige Gulleru, —
sagte Demokrit, da er nach Hause gekommen war, zu einer wohlgepflegten krauslok-
kigen Schwarzen, die ihm mit offnen Armen
entgegen eilte — komm an meinen Busen,
ehrliche Gulleru! Zwar bist du schwarz
wie die Göttin der Nacht; dein Haar ist wol-
licht und deine Nase platt; deine Augen sind
klein, deine Ohren grofs, und deine Lippen
gleichen einer aufgeborstnen Nelke.   Aber
dein Herz ist rein und aufrichtig und fröh-
lich, und fühlt mit der ganzen Natur.   Du
denkst nie arges, sagst nie was albernes,
quälst weder andre noch dich selbst, und
thust nichts was du nicht gestehen darfst.
Deine Seele ist ohne Falsch, wie dein Gesicht
ohne Schminke.   Du kennst weder Neid noch

Schadenfreude; und nie hat sich deine ehrliche platte Nase gerümpft, um eines deiner Nebengeschöpfe zu höhnen oder in Verlegenheit zu setzen. Unbesorgt, ob du gefällst oder nicht gefällst, lebst du, in deine Unschuld eingehüllt, im Frieden mit dir selbst und der ganzen Natur; immer geschickt Freude zu geben und zu empfangen, und werth, daſs das Herz eines Mannes an deinem Busen ruhe! Gute, sanftherzige Gulleru! Ich könnte dir einen andern Nahmen geben; einen schönen, klangreichen, Griechischen Nahmen, auf a n e oder ide, arion oder erion: aber dein Nahme ist schön genug, weil er dein ist; und ich bin nicht Demokrit, oder die Zeit soll noch kommen, wo jedes ehrliche gute Herz dem Nahmen Gulleru entgegen schlagen soll!

Gulleru begriff nicht allzu wohl, was Demokrit mit dieser empfindsamen Anrede haben wollte; aber sie sah, daſs es eine Ergieſsung seines Herzens war, und so verstand sie gerade so viel davon, als sie vonnöthen hatte.

„War diese Gulleru seine Frau?“

Nein.

„Seine Beyschläferin?“

Nein.

„Seine Sklavin?“

Nach ihrem Anzug zu schliefsen, nein.

„Wie war sie denn angezogen?“

So gut, dafs sie ein Ehrenfräulein der Königin von Saba hätte vorstellen können. Schnüre von grofsen feinen Perlen zwischen den Locken und um Hals und Arme; ein Gewand voll schön gebrochner Falten, von dünnem feuerfarbnem Atlafs mit Streifen von welcher Farbe Sie wollen, unter ihrem Busen von einem reich gestickten Gürtel zusammen gehalten, den eine Agraffe von Smaragden schlofs; und — was weifs ich alles —

„Der Anzug war reich genug.“

Wenigstens können Sie mir glauben, dafs, so wie sie war, kein Prinz von Senegal, Angola, Gambia, Kongo und Loango sie ungestraft angesehen hätte.

„Aber —“

Ich sehe wohl, daſs Sie noch nicht am
Ende Ihrer Fragen sind. — Wer war denn
diese Gulleru? War es eben die, von welcher vorhin gesprochen wurde? Wie kam
Demokrit zu ihr? Auf welchem Fuſs lebte
sie in seinem Hause? — Ich gesteh' es, dieſs
sind sehr billige Fragen; aber sie zu beantworten, seh' ich vor der Hand keine Möglichkeit. Denken Sie nicht, daſs ich hier den
Verschwiegnen machen wolle, oder daſs ein
besonderes Geheimniſs unter der Sache stecke.
Die Ursache, warum ich sie nicht beantworten kann, ist die allereinfachste von der Welt.
Tausend Schriftsteller befinden sich tausendmahl in dem nehmlichen Falle; nur ist unter
tausend kaum Einer aufrichtig genug, in solchen Fällen die wahre Ursache zu bekennen.
Soll ich Ihnen die meinige sagen? Sie werden gestehen, daſs sie über alle Einwendung
ist. Denn, kurz und gut, — ich weiſs selbst
kein Wort von allem dem, was Sie von mir
wissen wollen; und da ich nicht die Geschichte der schönen Gulleru schreibe, so begreifen Sie, daſs ich in Absicht auf diese
Dame zu nichts verbunden bin. Sollte sich
(was ich nicht vorher sehen kann) etwa in
der Folge Gelegenheit finden, von Demokrit
oder von ihr selbst etwas näheres zu erkun-

digen: so verlassen Sie Sich darauf, daſs
Sie alles von Wort zu Wort erfahren
sollen.

----

7. Kapitel.

*Patriotismus der Abderiten. Ihre Vorneigung für
Athen, als ihre Mutterstadt. Ein paar Proben von
ihrem Atticismus, und von der unangeneh-
men Aufrichtigkeit des weisen Demokrit.*

Demokrit hatte noch keinen Monat unter
den Abderiten gelebt, als er ihnen, und
zuweilen auch sie ihm schon so unerträglich
waren, als Menschen einander seyn müssen,
die mit ihren Begriffen und Neigungen alle
Augenblicke wider einander stoſsen.

Die Abderiten hegten von sich selbst und
von ihrer Stadt und Republik eine ganz auſserordentliche Meinung. Ihre Unwissenheit alles
dessen, was auſserhalb ihres Gebiets in der
Welt merkwürdiges seyn oder geschehen
möchte, war zugleich eine Ursache und eine
Frucht dieses lächerlichen Dünkels. Daher

kam es denn durch eine sehr natürliche
Folge, daſs sie sich gar keine Vorstellung
machen konnten, wie etwas recht oder anständig oder gut seyn könnte, wenn es anders als zu Abdera war, oder wenn man zu
Abdera gar nichts davon wuſste. Ein Begriff, der ihren Begriffen widersprach, eine
Gewohnheit, die von den ihrigen abging,
eine Art zu denken oder etwas ins Auge zu
fassen; die ihnen fremd war, hieſs ihnen,
ohne weitere Untersuchung, ungereimt und
belachenswerth. Die Natur selbst schrumpfte
für sie in den engen Kreis ihrer eigenen Thä-
tigkeit zusammen; und wiewohl sie es nicht
so weit trieben, sich, wie die Japaner, einzubilden, auſser Abdera wohnten lauter Teu-
fel, Gespenster und Ungeheuer, so sahen sie
doch wenigstens den Rest des Erdbodens und
seiner Bewohner als einen ihrer Aufmerksamkeit unwürdigen Gegenstand an; und wenn
sie zufälliger Weise Gelegenheit bekamen etwas fremdes zu sehen oder zu hören, so wuſsten sie nichts damit zu machen, als sich darüber aufzuhalten, und sich selbst Glück zu
wünschen, daſs sie nicht wären wie andre
Leute. Dieſs ging so weit, daſs sie denjenigen für keinen guten Bürger hielten,
der an einem andern Orte bessere Einrichtungen
oder Gebräuche wahrgenommen hatte als zu

Hause. Wer das Glück haben wollte ihnen
zu gefallen, mußte schlechterdings so reden
und thun, als ob die Stadt und Republik Abdera, mit allen ihren zugehörigen Stücken,
Eigenschaften und Zufälligkeiten, ganz und
gar untadelig und das Ideal aller Republiken gewesen wäre.

Von dieser Verachtung gegen alles, was
nicht Abderitisch hieß, war die Stadt Athen
allein ausgenommen; aber auch diese vermuthlich nur deßwegen, weil die Abderiten, als
ehmahlige Tejer, ihr die Ehre erwiesen,
sie für ihre Mutterstadt anzusehen. Sie
waren stolz darauf, für das Thracische
Athen gehalten zu werden; und wiewohl
ihnen dieser Nahme nie anders als spottweise
gegeben wurde, so hörten sie doch keine
Schmeicheley lieber als diese. Sie bemühten
sich, die Athener in allen Stücken zu kopie-
ren, und kopierten sie genau — wie der Affe
den Menschen. Wenn sie, um lebhaft und
geistreich zu seyn, alle Augenblicke ins Pos-
sierliche fielen; wichtige Dinge leichtsinnig,
und Kindereyen ernsthaft behandelten; das Volk
oder ihren Rath um jeder Kleinigkeit willen
zwanzigmahl versammelten, um lange, alberne
Reden für und wider über Sachen zu halten,
die ein Mann von alltäglichem Menschenver-

stand in einer Viertelstunde, besser als sie
entschieden hätte; wenn sie unaufhörlich mit
Projekten von Verschönerung und Vergröfse-
rung schwanger gingen, und, so oft sie etwas unternahmen, immer erst mitten im
Werke ausrechneten, dafs es über ihre Kräfte
gehe; wenn sie ihre halb Thracische Sprache
mit Attischen Redensarten spickten; ohne den
mindesten Geschmack eine ungeheure Leidenschaft für die Künste affektierten, und immer
von Mahlerey und Statuen und Musik und
Rednern und Dichtern schwatzten, ohne jemahls einen Mahler, Bildhauer, Redner oder
Dichter, der des Nahmens werth war, gehabt
zu haben; wenn sie Tempel bauten die wie
Bäder, und Bäder die wie Tempel aussahen;
wenn sie die Geschichte von Vulkans Netz
in ihre Rathsstube, und den grofsen Rath
der Griechen über die Zurückgabe der schönen Chryseis in ihre Akademie mahlen liefsen;
wenn sie in Lustspiele gingen, wo man sie zu
weinen, und in Trauerspiele, wo man sie zu
lachen machte; und in zwanzig ähnlichen
Dingen glaubten die guten Leute Athener
zu seyn, und waren — Abderiten.

Wie erhaben der Schwung in diesem
kleinen Gedicht ist, das Fysignatus auf
meine Wachtel gemacht hat! sagte eine

Abderitin. — Sehen Sie, sprach der erste
Archon von Abdera, die Faſsade von diesem Gebäude, welches wir zu unserm Zeug-
hause. bestimmt haben? Sie ist von dem
besten Parischen Marmor. Gestehen Sie, daſs
Sie nie ein Werk von gröſserm Geschmack
gesehen haben!

Es mag der Republik schönes Geld ko-
ten, antwortete Demokrit.

Was der Republik Ehre macht, kostet nie
zu viel, erwiederte der Archon, der in diesem Augenblick den zweyten Perikles
in sich fühlte. Ich weiſs, Sie sind ein Kenner, Demokrit; denn Sie haben immer an
allem etwas auszusetzen. Ich bitte Sie, finden Sie mir einen Fehler an dieser Faſsade?

Tausend Drachmen für einen Fehler, Herr
Demokrit, rief ein junger Herr, der die Ehre
hatte ein Neffe des Archon zu seyn, und vor
kurzem von Athen zurück gekommen war,
wo er sich aus einem Abderitischen
Bengel für die Hälfte seines Erbgutes zu
einem Attischen Gecken ausgebildet
hatte.

Die Faſsade ist schön, sagte Demokrit
ganz bescheiden; so schön, daſs sie es auch

zu Athen oder Korinth oder Syrakus seyn
würde. Ich sehe, wenns erlaubt ist so was
zu sagen, nur Einen Fehler an diesem prächtigen Gebäude.

„Einen Fehler?“ — sprach der Archon,
mit einer Miene, die sich nur ein Abderit,
der ein Archon war, geben konnte.

Einen Fehler! Einen Fehler! wiederhohlte
der junge Geck, indem er ein lautes Gelächter aufschlug.

„Darf man fragen, Demokrit, wie Ihr Fehler heißt?“

Eine Kleinigkeit, versetzte dieser; nichts
als daß man eine so schöne Faßade — nicht
sehen kann.

„Nicht sehen kann? Und wie so?“

Ie, beym Anubis! wie wollen Sie daß
man sie vor allen den alten übel gebauten Häu-
sern und Scheunen sehen soll, die hier rings-
um zwischen die Augen der Leute und Ihre
Faßade hingesetzt sind?

„Diese Häuser standen lang’ ehe Sie und
ich geboren wurden,“ sagte der Archon.

Dergleichen Dialogen gab es, so lange Demokrit unter ihnen lebte, alle Tage, Stunden und Augenblicke.

„Wie finden Sie diesen Purpur, Demokrit? Sie sind zu Tyrus gewesen, nicht wahr?“

Ich wohl, Madam, aber dieser Purpur nicht; diefs ist Kokzinum, das Ihnen die Syrakuser aus Sardinien bringen und für Tyrischen Purpur bezahlen lassen.

„Aber wenigstens werden Sie doch diesen Schleier für Indischen Byssus von der feinsten Art gelten lassen?“

Von der feinsten Art, schöne Atalanta, die man in Memfis und Pelusium verarbeiten läfst.

Nun hatte sich der ehrliche Mann zwey Feindinnen in Einer Minute gemacht. Konnte aber auch was ärgerlicher seyn als eine solche Aufrichtigkeit?

8. Kapitel.

Vorläufige Nachricht von dem Abderitischen Schau-
spielwesen. Demokrit wird genöthigt, seine
Meinung davon zu sagen.

Die Abderiten wußten sich sehr viel mit ihrem Theater. Ihre Schauspieler waren gemeine Bürger von Abdera, die entweder von
ihrem Handwerke nicht leben konnten, oder
zu faul waren eines zu lernen. Sie hatten
keinen gelehrten Begriff von der Kunst, aber
eine desto größere Meinung von ihrer eignen
Geschicklichkeit; und wirklich konnt' es ihnen an Anlage nicht fehlen, da die Abderiten überhaupt geborne Gaukler, Spaßmacher
und Pantomimen waren, an denen immer jedes Glied ihres Leibes mit reden half, so wenig auch das, was sie sagten, zu bedeuten
haben mochte.

Sie besaßen auch einen eignen Schauspieldichter, Hyperbolus genannt, der (wenn

man ihnen glaubte) ihre Schaubühne so weit
gebracht hatte, daſs sie der Athenischen wenig nachgab. Er war im Komischen so stark
als im Tragischen, und machte überdiefs die
possierlichsten Satyrenspiele 9) von der Welt,
worin er seine eigner Tragödien so schnakisch
parodierte, daſs man sich, wie die Abderiten
sagten, darüber bucklig lachen muſste. Ihrem Urtheile nach vereinigte er in seiner
Tragödie den hohen Schwung und die mäch-
tige Einbildungskraft des Äschylus mit der
Beredsamkeit und dem Pathos des Euripides, so wie in seinen Lustspielen des Aristofanes Laune und muthwilligen Witz mit
dem feinen Geschmack und der Eleganz des
Agathon. Die Behendigkeit, womit
er von seinen Werken entbunden wurde, war
das Talent, worauf er sich am meisten zu
gute that. Er lieferte jeden Monat seine Tragödie, mit einem kleinen Possenspielchen zur
Zugabe. Meine beste Komödie, sprach er,
hat mir nicht mehr als vierzehn Tage gekos-

9) Griechische Possenspiele, die mit der *Opera
buffa* der Wälschen einige Ähnlichkeit hatten, und
wovon uns der Cyklops des Euripides, das einzige übrig gebliebene Stück dieser Art, einen Begriff giebt. -

tet, und gleichwohl spielt sie ihre vier bis
fünf Stunden wohl gezählt.

Da sey uns der Himmel gnädig! dachte
Demokrit.

Nun drangen die Abderiten immer von
allen Seiten in ihn, seine Meinung von ihrem Theater zu sagen; und so ungern er sich
mit ihnen über ihren Geschmack in Wortwechsel einliefs, so konnt' er doch auch nicht
von sich erhalten, ihnen zu schmeicheln, wenn
sie ihm sein Urtheil mit gesammter Hand
abnöthigten.

„Wie gefällt Ihnen diese neue Tragödie?"

Das Süjet ist glücklich gewählt. Was
müfste der Autor auch seyn, der einen solchen Stoff ganz zu Grunde richten sollte?

„Fanden Sie sie nicht sehr rührend?"

Ein Stück könnte in einigen Stellen sehr
rührend und doch ein sehr elendes Stück seyn,
sagte Demokrit. Ich kenne einen Bildhauer
von Sicyon, der die Wuth hat, lauter Liebesgöttinnen zu schnitzen. Diese sehen überhaupt sehr gemeinen Dirnen gleich; aber sie
haben alle die schönsten Beine von der Welt.
Das ganze Geheimnifs von der Sache ist, dafs

der Mann seine Frau zum Modelle nimmt,
die, zum Glück für seine Venusbilder, wenigstens sehr schöne Beine vorzuweisen hat.
So kann dem schlechtesten Dichter zuweilen
eine rührende Stelle gelingen, wenn es sich
gerade zutrifft, daſs er verliebt ist, oder
einen Freund verlor, oder daſs ihm sonst
ein Zufall zustieſs, der sein Herz in eine
Fassung setzt, die es ihm leicht macht, sich
an den Platz der Person, die er reden lassen soll, zu stellen.

„Sie finden also die Hekuba unsers Dichters nicht vortrefflich?“

Ich finde, daſs der Mann vielleicht sein
Bestes gethan hat. Aber die vielen, bald dem
Äschylus, bald dem Sofokles, bald dem Euripides ausgerupften Federn, womit er seine
Blöſse zu decken sucht, und die ihm vielleicht in den Augen mancher Zuhörer, denen
jene Dichter nicht so gegenwärtig sind als
mir, Ehre machen, schaden ihm in den mei-
nigen. Eine Krähe, wie sie von Gott erschaffen ist, dünkt mich so noch immer schöner, als wenn sie sich mit Pfauen- und Fasa-
nenfedern ausputzt. Überhaupt fordre ich von
dem Verfasser eines Trauerspiels mit gleichem
Rechte, daſs er mir für meinen Beyfall

ein vortreffliches Trauerspiel, als von meinem
Schuster, daſs er mir für mein Geld ein
Paar gute Stiefeln liefere: und wiewohl ich
gern gestehe, daſs es schwerer ist ein gutes
Trauerspiel als gute Stiefeln zu machen; so
bin ich darum nicht weniger berechtiget, von
jedem Trauerspiele zu verlangen, daſs es alle
Eigenschaften habe die zu einem guten
Trauerspiel, als von einem Stiefel, daſs er
alles habe was zu einem guten Stiefel gehört.

„Und was gehört denn, Ihrer Meinung
nach, zu einem wohl gestiefelten
Trauerspiele?“ — frägte ein junger
Abderitischer Patricius, herzlich über
den guten Einfall lachend, der ihm, seiner
Meinung nach, entfahren war.

Demokrit unterhielt sich über diesen
Gegenstand mit einem kleinen Kreise von Personen die ihm zuzuhören schienen, und
fuhr, ohne auf die Frage des witzigen jungen
Herrn Acht zu haben, fort. „Die wahren
Regeln der Kunstwerke, sprach er, können
nie willkührlich seyn. Ich fordre nichts
von einem Trauerspiele, als was Sofokles
von den seinigen fordert; und dieſs ist
weder mehr noch weniger, als die Natur und

Absicht der Sache mit sich bringt. Einen
einfachen wohl durchdachten Plan, worin
der Dichter alles voraus gesehen, alles vorbereitet, alles natürlich zusammen gefügt, alles
auf Einen Punkt geführt hat; worin jeder
Theil ein unentbehrliches Glied, und das
Ganze ein wohl organisierter, schöner, frey
und edel sich bewegender Körper ist! Keine
langweilige Exposizion, keine Episoden, keine
Scenen zum Ausfüllen, keine Reden deren
Ende man mit Ungeduld herbey gähnt, keine
Handlungen die nicht zum Hauptzwecke arbeiten! Interessante, aus der Natur genommene
Karaktere, veredelt, aber so, daſs man die
Menschheit in ihnen nie verkenne; keine
übermenschliche Tugenden, keine Ungeheuer
von Bosheit! Personen, die immer ihren eigenen Individual-Begriffen und Empfindungen
gemäſs reden und handeln; immer so, daſs
man fühlt, nach allen ihren vorhergehenden
und gegenwärtigen Umständen und Bestim-
mungen müssen sie im gegebenen
Falle so reden, so handeln, oder aufhören zu seyn was sie sind.

„Ich fordre, daſs der Dichter nicht nur
die menschliche Natur kenne, in so fern sie
das Modell aller seiner Nachbildungen ist;
ich fordre, daſs er auch auf die Zuschauer

Rücksicht nehme, und genau wisse durch welche Wege man sich ihres Herzens Meister macht: daſs er jeden starken Schlag, den er auf solches thun will, unvermerkt vorbereite; daſs er wisse wenn es genug ist, und, eh' er uns durch einerley Eindrücke ermüdet, oder einen Affekt bis zu dem Grade, wo er peinigend zu werden anfängt, in uns erregt, dem Herzen kleine Ruhepunkte zur Erhohlung gönne, und die Regungen, die er uns mittheilt, ohne Nachtheil der Hauptwirkung zu vermannigfaltigen wisse.

„Ich fordre von ihm eine schöne und ohne Ängstlichkeit mit äuſserstem Fleiſse polierte Sprache; einen immer warmen kräftigen Ausdruck, einfach und erhaben, ohne jemahls zu schwellen noch zu sinken, stark und nervig, ohne rauh und steif zu werden, glänzend, ohne zu blenden; wahre Heldensprache, die immer der lebende Ausdruck einer groſsen Seele und unmittelbar vom gegenwärtigen Gefühl eingegeben ist, nie zu viel nie zu wenig sagt, und, gleich einem dem Körper augegoſsnen Gewand, immer den eigenthümlichen Geist des Redenden durchscheinen läſst.

„Ich fordre, daſs derjenige, der sich unterwindet Helden reden zu lassen, selbst eine

große Seele habe; und indem er durch die All-
gewalt der Begeisterung in seinen Helden verwandelt worden ist, alles, was er ihm in den
Mund legt, in seinem eignen Herzen finde.
Ich fordre —

„O Herr Demokrit, — riefen die Abderiten, die sich nicht länger zu halten wußten —
Sie können, da Sie nun einmahl im Fordern
sind, alles fordern was Ihnen beliebt. In Abdera läßt man sich mit wenigerm abfinden.
Wir sind zufrieden, wenn uns ein Dichter
rührt. Der Mann, der uns lachen oder weinen macht, ist in unsern Augen ein göttlicher
Mann, mag er es doch anfangen wie er selbst
will. Dieß ist seine Sache, nicht die unsri-
ge! Hyperbolus gefällt uns, rührt uns,
macht uns Spaß; und gesetzt auch, daß er uns
mitunter gähnen machte, so bleibt er doch immer ein großer Dichter! Brauchen wir eines
weitern Beweises?"

Die Schwarzen an der Goldküste, sagte
Demokrit, tanzen mit Entzücken zum Getöse eines armseligen Schaf-Fells und etlicher
Bleche, die sie gegen einander schlagen. Gebt
ihnen noch ein paar Kuhschellen und eine Sackpfeife dazu, so glauben sie in Elysium zu seyn.
Wie viel Witz brauchte eure Amme, um euch,

da ihr noch Kinder waret, durch ihre Erzählungen zu rühren? Das albernste Mährchen,
in einem kläglichen Tone hergeleiert, war dazu gut genug. Folgt aber daraus, dafs die Musik der Schwarzen vortrefflich, oder ein Am-
menmährchen gleich ein herrliches Werk ist?

„Sie sind sehr höflich, Demokrit!‘‘

Um Vergebung! Ich bin so unhöflich, jedes Ding bey seinem Nahmen zu nennen; und
so eigensinnig, dafs ich nie gestehen werde,
alles sey schön und vortrefflich was man so zu
nennen beliebt.

Aber das Gefühl eines ganzen Volkes wird
doch mehr gelten, als der Eigendünkel eines
Einzigen?‘‘

Eigendünkel? Das ist es eben, was ich aus
den Künsten der Musen verbannt sehen möchte.
Unter allen den Forderungen, wovon die Abderiten ihren Günstling Hyperbolus so gütig los
zählen, ist keine einzige, die nicht auf die
strengste Gerechtigkeit gegründet wäre. Aber
das Gefühl eines ganzen Volkes, wenn es kein
gelehrtes Gefühl ist, kann und mufs in
unzähligen Fällen betrüglich seyn.

„Wie, zum Henker! (rief ein Abderit, der
mit seinem Gefühl sehr wohl zufrieden schien)

Sie werden uns am Ende wohl gar noch unsre
fünf Sinne streitig machen!“

Das verhüte der Himmel! antwortete Demokrit. Wenn' Sie so bescheiden sind keine weitere Ansprüche zu machen als auf fünf Sinne,
so wär' es die gröfste Ungerechtigkeit, Sie im
ruhigen Besitze derselben stören zu wollen.
Fünf Sinne sind allerdings, zumahl wenn man
alle fünf zusammen nimmt, vollgültige Richter
in allen Dingen, wo es darauf ankommt, zu
entscheiden, was weifs oder schwarz, glatt
oder rauh, weich oder hart, widerlich oder
angenehm, bitter oder süfs ist. Ein Mann, der
nie weiter geht, als ihn seine fünf Sinne führen, geht immer sicher; und in der That,
wenn Ihr Hyperbolus dafür sorgen wird, dafs
in seinen Schauspielen jeder Sinn ergetzt und
keiner beleidiget werde, so stehe ich ihm für
die gute Aufnahme, und wenn sie noch zehnmahl schlechter wären als sie sind.

Wäre Demokrit zu Abdera weiter nichts
gewesen, als was Diogenes zu Korinth war, so
möchte ihm die Freyheit seiner Zunge vielleicht
einige Ungelegenheit zugezogen haben. Denn
so gern die Abderiten über wichtige Dinge
spafsten, so wenig konnten sie ertragen, wenn
man sich über ihre Puppen und Steckenpferde

lustig machte. Aber Demokrit war aus dem
besten Hause in Abdera, und, was noch mehr
zu bedeuten hat, er war reich. Dieser doppelte Umstand machte, daſs man ihm nachsah,
was man einem Filosofen in zerriſsnem Mantel
schwerlich zu gut gehalten hätte. Sie sind
auch ein unerträglicher Mensch, Demokrit!
schnarrten die schönen Abderitinnen, und —
ertrugen ihn doch.

Der Poet Hyperbolus machte noch am
nehmlichen Abend ein entsetzliches Sinngedicht auf den Filosofen. Des folgenden Morgens lief es an allen Putztischen herum, und
in der dritten Nacht ward es in allen Gassen
von Abdera gesungen; denn Demokrit hatte
eine Melodie dazu gesetzt.

9. Kapitel.

Gute Gemüthsart der Abderiten, und wie sie sich an Demokrit wegen seiner Unhöflichkeit zu rächen wissen. Eine seiner Strafpredigten zur Probe. Die Abderiten machen ein Gesetz gegen alle Reisen, wodurch ein Abderitisches Mutterkind hätte klüger werden können. Merkwürdige Art, wie der Nomofylax Gryllus eine aus diesem Gesetz entstandene Schwierigkeit auflöst.

Es ist ordentlicher Weise eine gefährliche Sache, mehr Verstand zu haben als seine Mitbürger. Sokrates mußt' es mit dem Leben bezahlen; und wenn Aristoteles noch mit heiler Haut davon kam, als ihn der Oberpriester Eurymedon zu Athen der Ketzerey anklagte, so kam es bloß daher, weil er sich in Zeiten aus dem Staube machte. Ich will den Athenern keine Gelegenheit geben, sagte er, sich zum zweyten Mahle an der Filosofie zu versündigen.

Die Abderiten waren bey allen ihren menschlichen Schwachheiten wenigstens keine sehr
bösartigen Leute. Unter ihnen hätte Sokrates
so alt werden können als Homers Nestor.
Sie hätten ihn für eine wunderliche Art von
Narren gehalten, und sich über seine ver-
meintliche Thorheit lustig gemacht; aber die
Sache bis zum Giftbecher zu treiben, war nicht
in ihrem Karakter. Demokrit ging so scharf
mit ihnen zu Werke, daß ein weniger joviali-
sches Volk die Geduld dabey verloren hätte.
Gleichwohl bestand alle Rache, die sie an ihm
nahmen, darin, daß sie (unbekümmert mit
welchem Grunde) eben so übel von ihm sprachen als er von ihnen, alles tadelten was er
unternahm, alles lächerlich fanden was er sagte,
und von allem, was er ihnen rieth, gerade
das Gegentheil thaten. „Man muß dem Filosofen durch den Sinn fahren, sagten sie; man
muß ihm nicht weiß machen, daß er alles
besser wisse als wir." — Und, dieser weisen
Maxime zu Folge, begingen die guten Leute
eine Thorheit über die andre, und glaubten
wie viel sie dabey gewonnen hätten, wenn es
ihn verdrösse. Aber hierin verfehlten sie ihres
Zweckes gänzlich. Denn Demokrit lachte
dazu, und ward aller ihrer Neckereyen wegen
nicht einen Augenblick früher grau. — „O
die Abderiten, die Abderiten! rief er zuwei-

len; da haben sie sich wieder selbst eine Ohr-
feige gegeben, in Hoffnung, daſs es mir weh
thun werde!"

Aber (sagten die Abderiten) kann man
auch mit einem Menschen schlimmer daran
seyn? Über alles in der Welt ist er andrer
Meinung als wir. An allem, was uns gefällt,
hat er etwas auszusetzen. Es ist doch sehr
unangenehm, sich immer widersprechen zu
lassen!

Aber wenn ihr nun immer Unrecht habt?
antwortete Demokrit. — Und laſst doch
einmahl sehen, wie es anders seyn könnte! —
Alle eure Begriffe habt ihr eurer Amme zu
danken; über alles denkt ihr noch eben so, wie
ihr als Kinder davon dachtet. Eure Körper
sind gewachsen, und eure Seelen liegen noch
in der Wiege. Wie viele sind wohl unter euch,
die sich die Mühe gegeben haben, den Grund
zu erforschen, warum sie etwas wahr oder gut
oder schön nennen? Gleich den Unmündigen
und Säuglingen ist euch alles gut und schön,
was eure Sinne kitzelt, was euch gefällt. Und
auf was für kleinfügige, oft gar nicht zur Sache
gehörende, Ursachen und Umstände kommt es
an, ob euch etwas gefallen soll oder nicht!
Wie verlegen würdet ihr oft seyn, wenn ihr

sagen solltet, warum ihr diefs liebt und jenes
hasset! Grillen, Launen, Eigensinn, Gewohnheit euch von andern Leuten gängeln zu lassen,
mit ihren Augen zu sehen, mit ihren Ohren zu
hören, und, was sie euch vorgepfiffen haben,
nachzupfeifen, — sind die Triebfedern, die
bey euch die Stelle der Vernunft ersetzen.
Soll ich euch sagen, woran der Fehler liegt?
Ihr habt euch einen falschen Begriff
von Freyheit in den Kopf gesetzt. Eure
Kinder von drey oder vier Jahren haben freylich den nehmlichen Begriff davon; aber diefs
macht ihn nicht richtiger. Wir sind ein freyes
Volk, sagt ihr; und nun glaubt ihr, die Vernunft habe euch nichts einzureden. „Warum
sollten wir nicht denken dürfen, wie es uns
beliebt? lieben und hassen wie es uns beliebt?
bewundern oder verachten was uns beliebt?
Wer hat ein Recht uns zur Rede zu stellen,
oder unsern Geschmack und unsre Neigungen
vor seinen Richterstuhl zu fordern?“ — Nun
denn, meine lieben Abderiten, so denkt und
faselt, liebt und hafst, bewundert und verach-
tet, wie, wenn und was euch beliebt! Begeht
Thorheiten so oft und so viel euch beliebt!
Macht euch lächerlich wie es euch beliebt!
Wem liegt am Ende was daran? So lang' es
nur Kleinigkeiten, Puppen und Steckenpferde
betrifft, wär' es unbillig, euch im Besitze des

Rechtes, eure Puppe und euer Steckenpferd
nach Belieben zu putzen und zu reiten, stören
zu wollen. Gesetzt auch, eure Puppe wäre häfs-
lich, und das, was ihr euer Steckenpferd nennt,
sähe von vorn und von hinten einem Öchslein
oder Eselein ähnlich: was thut das? Wenn eure
Thorheiten euch glücklich und niemand unglücklich machen, was geht es andre Leute
an dafs es Thorheiten sind? Warum sollte
nicht der hochweise Rath von Abdera, in
feierlicher Procession, einer hinter dem andern,
vom Rathhause bis zum Tempel der Latona —
Burzelbäume machen dürfen, wenn es dem
Rath und dem Volke von Abdera so gefällig
wäre? Warum solltet ihr euer bestes Gebäude
nicht in einen Winkel, und eure schöne kleine
Venus nicht auf einen Obelisk setzen dürfen?
— Aber, meine lieben Landsleute, nicht alle
eure Thorheiten sind so unschuldig wie diese;
und wenn ich sehe, dafs ihr euch durch
eure Grillen und Aufwallungen S c h a d e n
thut, so müfst' ich euer Freund nicht seyn,
wenn ich still dazu schweigen könnte. Zum
Beyspiel, euer F r o s c h - und M ä u s e k r i e g
mit den L e m n i e r n, der unnöthigste und
unbesonnenste der jemahls angefangen wurde,
um einer Tänzerin willen? — Es fiel in die
Augen, dafs ihr damahls unter dem unmittel-
baren Einflufs eures bösen Dämons waret, da

ihr ihn beschlosset; alles half nichts, was man
euch dagegen vorstellte. Die Lemnier sollten
gezüchtigt werden, hiefs es; und, wie ihr
Leute von lebhafter Einbildung seyd, so schien
euch nichts leichter, als euch von ihrer ganzen Insel Meister zu machen. Denn die
Schwierigkeiten einer Sache pflegt ihr nie eher
in Erwägung zu nehmen, als bis euch eure
Nase daran erinnert. Doch diefs alles möchte
noch hingegangen seyn, wenn ihr nur wenigstens die Ausführung eurer Entwürfe einem
tüchtigen Mann aufgetragen hättet. Aber den
jungen Afron zum Feldherrn zu machen,
ohne dafs sich irgend ein möglicher Grund
davon erdenken liefs, als weil eure Weiber
fanden, dafs er in seiner prächtigen neuen
Rüstung so schön wie ein Paris sey; und —
über dem Vergnügen, einen grofsen feuerfarbenen Federbusch auf seinem hirnlosen Kopfe
nicken zu sehen — zu vergessen, dafs es nicht
um ein Lustgefecht zu thun war: diefs, läugnets nur nicht, diefs war ein Abderitenstreich! Und nun, da ihr ihn mit dem Verlust eurer Ehre, eurer Galeren und eurer
besten Mannschaft bezahlt habt, was hilft es
euch, dafs die Athener, 10) die ihr euch in

10) Die Athener hatten zu ihrem Kriege mit
Megara keinen bessern Grund, (wenn man dem

ihren Thorheiten zum Muster genommen habt,
eben so sinnreiche Streiche, und zuweilen
mit eben so glücklichem Ausgang zu spielen
pflegen?

In diesem Tone sprach Demokrit mit den
Abderiten, so oft sie ihm Gelegenheit dazu
gaben; aber, wiewohl dieſs sehr oft geschah,
so konnten sie sich doch unmöglich gewöhnen,
diesen Ton angenehm zu finden. „So geht es,
sagten sie, wenn man naseweisen Jünglingen
erlaubt, in der weiten Welt herum zu reisen,
um sich ihres Vaterlandes schämen zu lernen,
und nach zehn oder zwanzig Jahren mit einem
Kopfe voll ausländischer Begriffe als Kosmopoliten zurück zu kommen, die alles besser
wissen als ihre Groſsväter, und alles anderswo
besser gesehen haben als zu Hause. Die alten
Ägypter, die niemand reisen lieſsen eh' er wenigstens funfzig Jahre auf dem Rücken hatte,
waren weise Leute!“

Aristofanes glauben dürfte) als daſs etliche junge
Herren von Megara, um die Entführung einer Me-
garischen Hetäre zu rächen, ein paar junge Dirnen von der nehmlichen Profession aus Aspasiens
Pflanzschule entführt hatten. Aspasia vermochte
alles über den Perikles, Perikles alles in Athen, und
so wurde den Megarern der Krieg angekündigt.

Und eilends gingen die Abderiten hin, und
machten ein Gesetz: daſs kein Abderitensohn
hinfort w e i t e r als bis an den Korinthischen
Isthmus, l ä n g e r als ein Jahr, und a n d e r s
als unter der Aufsicht eines bejahrten Hofmeis-
ters von Altabderitischer Abkunft, Denkart
und Sitte, sollte reisen dürfen. „Junge Leute
müssen zwar die Welt sehen, sagte das Dekret: aber eben darum sollen sie sich an jedem
Orte nicht länger aufhalten, als bis sie alles,
was mit Augen da zu sehen ist, gesehen haben.
Besonders soll der Hofmeister genau bemerken,
was für Gasthöfe sie angetroffen, wie sie
gegessen, und wie viel sie bezahlen müssen;
damit ihre Mitbürger sich in der Folge diese
erspriefslichen Geheimnachrichten zu Nutze
machen können.. Ferner soll, (wie das Dekret weiter sagt) zu Ersparung der Unkosten
eines allzu langen Aufenthalts an Einem Orte,
der Hofmeister dahin sehen, dafs der junge
Abderit in keine unnöthige Bekanntschaften
verwickelt werde. Der Wirth oder der Haus-
knecht, als an dem Orte einheimische und
unbefangene Personen, können ihm am besten
sagen, was da merkwürdiges zu sehen ist,
wie die dasigen Gelehrten und Künstler
heifsen, wo sie wohnen, und um welche
Zeit sie zu sprechen sind: diefs bemerkt sich
der Hofmeister in sein Tagebuch; und dann

läfst sich in zwey oder drey Tagen, wenn
man die Zeit wohl zu Rathe hält, vieles in
Augenschein nehmen."

Zum Unglück für dieses weise Dekret
befanden sich ein paar Abderitische junge
Herren von grofser Wichtigkeit eben aufser
Landes, als es abgefafst und (nach alter Gewohnheit) dem Volk auf den Hauptplätzen
der Stadt vorgesungen wurde. Der eine
war der Sohn eines Krämers, der durch Geitz
und niederträchtige Kunstgriffe in seinem Ge-
werbe binnen vierzig Jahren ein beträchtli-
ches Vermögen zusammen gekratzt, und kraft
desselben seine Tochter (das häfslichste und
dümmste Thierchen von ganz Abdera) kürz-
lich an einen Neffen des kleinen dicken
Rathsherrn, dessen oben rühmliche Erwähnung gethan worden, verheirathet hatte.
Der andere war der einzige Sohn des Nomofylax, und sollte, um seinem Vater je
eher je lieber in diesem Amte beygeordnet
werden zu können, nach Athen reisen und
sich mit dem Musikwesen daselbst genauer
bekannt machen; während dafs der Erbe des
Krämers, der ihn begleiten wollte, mit den
Putzmacherinnen und Strüufsermädchen allda
genauere Bekanntschaft zu machen gesonnen
war. Nun hatte das Dekret an den beson-

dern Fall, worin sich diese jungen Herren
befanden, nicht gedacht. Die Frage war also,
was zu thun sey? Ob man auf eine Modi-
fikazion des Gesetzes antragen, oder beym
Senat blofs um Dispensazion für den vorlie-
genden Fall ansuchen sollte?

Keines von beiden, sagte der Nomofylax, der eben mit Aufsetzung eines neuen
Tanzes auf das Fest der Latona fertig und
aufserordentlich mit sich selbst zufrieden war.
Um etwas am Gesetze zu ändern, müfste man
das Volk defswegen zusammen berufen; und
diefs würde unsern Mifsgünstigen nur Gelegenheit geben die Mäuler aufzureifsen. Was
die Dispensazion betrifft, so ist zwar an dem,
dafs man die Gesetze meistens um der Dis-
pensazionen willen macht; und ich zweifle
nicht, der Senat würde uns ohne Schwierigkeit zugestehen, was jeder in ähnlichen Fällen kraft des Gegenrechtes fordern zu können wünscht. Indessen hat doch jede Be-
freyung das Ansehen einer erwiesenen Gnade;
und wozu haben wir nöthig, uns Verbind-
lichkeiten aufzuhalsen? Das Gesetz ist ein
schlafender Löwe, bey dem man, so lang'
er nicht aufgeweckt wird, so sicher als bey
einem Lamme vorbey schleichen kann. Und
wer wird die Unverschämtheit oder die Ver-

wegenheit haben, ihn gegen den Sohn des
Nomofylax aufzuwecken?

Dieser Beschirmer der Gesetze war,
wie wir sehen, ein Mann, der von den Ge-
setzen und von seinem Amte sehr verfeinerte
Begriffe hatte, und sich der Vortheile, die
ihm das letztere gab, fertig zu bedienen
wußte. Sein Nahme verdient aufbehalten zu
werden. Er nannte sich Gryllus, des Cyniskus Sohn.

———————

10. Kapitel.

Demokrit zieht sich aufs Land zurück, und wird
von den Abderiten fleißig besucht. Allerley Rari-
täten, und eine Unterredung vom Schlaraffenlande der Sittenlehrer.

Demokrit hatte sich, da er in sein Vaterland zurück kam, mit dem Gedanken ge-
schmeichelt, demselben, mittelst alles dessen
um was sich sein Verstand und sein Herz
indessen gebessert hatte, nützlich werden zu

können. Er hatte sich nicht vorgestellt, daſs
es mit den Abderitischen Köpfen so
gar übel stände, als er es nun wirklich
fand. Aber da er sich einige Zeit unter
ihnen aufgehalten, sah er augenscheinlich,
daſs es ein eitles Unternehmen gewesen wäre,
sie verbessern zu wollen. Alles war bey
ihnen so verschoben, daſs man nicht
wuſste wo man die Verbesserung anfangen
sollte. Jeder ihrer Miſsbräuche hing an
zwanzig andern; es war unmöglich, Einen
davon abzustellen, ohne den ganzen Staat um-
zuschaffen. Eine gute Seuche, (dacht' er) welche das ganze Völkchen — bis auf etliche
Dutzend Kinder, die gerade groſs genug wären um der Ammen entbehren zu können —
von der Erde vertilgte, wäre das einzige Mittel, das der Stadt Abdera helfen könnte;
den Abderiten ist nicht zu helfen!

Er beschloſs also sich mit guter Art von
ihnen zurück zu ziehen, und ein kleines
Gut zu bewohnen, das er in ihrer Gegend
besaſs, und mit dessen Benutzung und Verschönerung er sich die Stunden beschäftigte,
die ihm sein Lieblingsstudium, die Erfor-
schung der Naturwirkungen, übrig lieſs. Aber
zum Unglück für ihn lag dieſs Landgut zu
nahe bey Abdera. Denn weil die Lage des-

selben ungemein schön, und der Weg dahin
einer der angenehmsten Spaziergänge war:
so sah er sich alle Tage Gottes von einem
Schwarm Abderiten und Abderitinnen (lauter
Vettern und Basen) heimgesucht, welche das
schöne Wetter und den angenehmen Spazier-
gang zum Vorwande nahmen, ihn in seiner
glücklichen Einsamkeit zu stören.

Wiewohl Demokrit den Abderiten wenigstens nicht besser gefiel als sie ihm, so
war doch die Wirkung davon sehr verschie-
den. Er floh sie, weil sie ihm lange Weile
machten; und sie suchten ihn, weil sie
sich die Zeit dadurch vertrieben. Er wußte
die seinige anzuwenden; sie hingegen hatten
nichts bessers zu thun.

„Wir kommen Ihnen in Ihrer Einsamkeit
die Zeit kürzen zu helfen,“ sagten die Abderiten.

Ich pflege in meiner eigenen Gesellschaft
sehr kurze Zeit zu haben, sagte Demokrit.

„Aber wie ist es möglich, daß man immer
so allein seyn kann? rief die schöne Pithöka.
Ich würde vor langer Weile vergehen, wenn
ich einen einzigen Tag leben sollte ohne
Leute zu sehen.“

Sie versprachen Sich, Pithöka; von Leuten geschen zu werden, wollten Sie sagen.

„Aber, (fuhr einer heraus) woher nehmen Sie, daſs unser Freund lange Weile hat? Sein ganzes Haus ist mit Seltenheiten angefüllt. Mit Ihrer Erlaubniſs, Demokrit — Lassen Sie uns doch die schönen Sachen sehen, die Sie auf Ihrer Reise gesammelt haben."

Nun ging das Leiden des armen Einsiedlers erst recht an. Er hatte in der That eine schöne Sammlung von Naturalien aus allen Reichen der Natur mitgebracht: ausgestopfte Thiere und Vögel, getrocknete Fische, seltne Schmetterlinge, Muscheln, Versteinerungen, Erze u. s. w. Alles war den Abderiten neu; alles erregte ihr Erstaunen. Der gute Naturforscher wurde in einer Minute mit so viel Fragen übertäubt, daſs er, wie Fama, aus lauter Ohren und Zungen hätte zusammen gesetzt seyn müssen, um auf alles antworten zu können.

„Erklären Sie uns doch, was dieses ist? wie es heiſst? woher es ist? wie es zugeht? warum es so ist?"

Demokrit erklärte so gut er konnte und wußte: aber den Abderiten wurde nichts klärer dadurch; es war ihnen vielmehr als begriffen sie immer weniger von der Sache je mehr er sie erklärte. Seine Schuld war es nicht!

„Wunderbar! Unbegreiflich! Sehr wunderbar!“ — war ihr ewiger Gegenklang.

So natürlich als etwas in der Welt! erwiederte er ganz kaltsinnig.

„Sie sind gar zu bescheiden, Vetter! oder vermuthlich wollen Sie nur, daß man Ihnen desto mehr Komplimente über Ihren guten Geschmack und über Ihre großen Reisen machen soll?“

Setzen Sie Sich deßwegen in keine Unkosten, meine Herren und Damen! Ich nehme alles für empfangen an.

„Aber es mag doch eine angenehme Sache seyn, so tief in die Welt hinein zu reisen?“ — sagte ein Abderit.

„Und ich dächte gerade das Gegentheil, erwiederte ein anderer. — Nehmen Sie alle die Gefahren und Beschwerlichkeiten, denen

man täglich ausgesetzt ist, die schlimmen
Strafsen, die schlechten Gasthöfe, die Sand-
bänke, die Schiffbrüche, die wilden Thiere,
Krokodille, Einhörner, Greifen und geflügelte
Löwen, von denen in der Barbarey alles
wimmelt! —"

„Und dann, was hat man am Ende davon, (fiel ein Matador von Abdera ein)
wenn man gesehen hat wie grofs die Welt
ist? Ich dächte, das Stück, das ich selbst
davon besitze, käme mir dann so klein vor,
dafs ich keine Freude mehr daran haben
könnte."

„Aber rechnen Sie für nichts, so viel
Menschen zu sehen?" — erwiederte der
erste.

„Und was sieht man denn da? Menschen!
Die konnte man zu Hause sehen. Es ist
allenthalben wie bey uns."

„Ey, hier ist gar ein Vogel ohne Füfse!"
rief ein junges Frauenzimmer.

„Ohne Füfse? — Und der ganze Vo-
gel nur eine einzige Feder! das ist erstaun-
lich! — sprach eine andere. Begreifen Sie
das?"

„Ich bitte Sie, lieber Demokrit, erklären Sie uns, wie er gehen kann da er keine Füſse hat?“

„Und wie er mit einer einzigen Feder fliegt?“

„O, was ich am liebsten sehen möchte, sagte eine von den Basen, das wäre ein lebendiger Sfinx! — Sie müssen deren wohl viele in Ägypten gefunden haben?“

„Aber ists möglich, ich bitte Sie, daſs die Weiber und Töchter der Gymnosofisten in Indien — wie man sagt — Sie verstehen mich doch, was ich fragen will?“

Nicht ich, Frau Salabanda!

„O Sie verstehen mich gewiſs! Sie sind ja in Indien gewesen? Sie haben die Weiber der Gymnosofisten gesehen?“

O ja, und Sie können mir glauben, daſs die Weiber der Gymnosofisten weder mehr noch weniger Weiber sind als die Weiber der Abderiten.

„Sie erweisen uns viel Ehre. Aber dieſs ist nicht, was ich wissen wollte. Ich frage, ob es wahr ist, daſs sie —“ Hier hielt Frau

Salabanda eine Hand vor ihren Busen, und die andere — kurz, sie setzte sich in die Stellung der Mediceischen Venus, um dem Filosofen begreiflich zu machen, was sie wissen wollte. „Nun verstehen Sie mich doch?“ sagte sie.

Ja, Madam, die Natur ist nicht karger gegen sie gewesen als gegen andre. Welch eine Frage das ist!

„Sie wollen mich nicht verstehen, loser Mann! Ich dächte doch, ich hätte Ihnen deutlich genug gesagt, daſs ich wissen möchte, ob es wahr sey daſs sie — weil Sie doch wollen, daſs ichs Ihnen unverblümt sage — so nackend gehen als sie auf die Welt kommen?“

„Nackend! — riefen die Abderitinnen alle auf einmahl. Da wären sie ja noch unverschämter als die Mädchen in Lacedämon! Wer wird auch so was glauben?“

Sie haben Recht, sagte der Naturforscher: die Weiber der Gymnosofisten sind weniger nackend als die Weiber der Griechen in ihrem vollständigsten Anzuge; sie sind vom Kopf bis zu den Füſsen in ihre Unschuld und in die öffentliche Ehrbarkeit eingehüllt.

„Wie meinen Sie das?"

Kann ich mich deutlicher erklären?

„Ach, nun versteh' ich Sie! Es soll ein Stich seyn! Aber Sie scherzen doch wohl nur mit Ihrer Ehrbarkeit und Unschuld. Wenn die Weiber der Gymnosofisten nicht haltbarer gekleidet sind, so — müssen sie entweder sehr häßlich, oder die Männer in ihrem Lande sehr frostig seyn."

Keines von beiden. Ihre Weiber sind wohl gebildet, und ihre Kinder gesund und voller Leben; ein unverwerfliches Zeugniß zu Gunsten ihrer Väter, däucht mich!

„Sie sind ein Liebhaber von Paradoxen, Demokrit, sprach der Matador; aber Sie werden mich in Ewigkeit nicht überreden, daß die Sitten eines Volks desto reiner seyen, je nackender die Weiber desselben sind."

Wenn ich ein so großer Liebhaber von Paradoxen wäre als man mich beschuldigt, so würd' es mir vielleicht nicht schwer fallen, Sie dessen durch Beyspiele und Gründe zu überführen. Aber ich bin dem Gebrauch der Gymnosofistinnen nicht günstig genug, um mich zu seinem Vertheidiger aufzuwerfen.

Auch war meine Meinung gar nicht, das zu sagen was mich der scharfsinnige Kratylus sagen läfst. Die Weiber der Gymnosofisten schienen mir nur zu beweisen, dafs Gewohnheit und Umstände in Gebräuchen dieser Art alles entscheiden. Die Spartanischen Töchter, weil sie kurze Röcke, und die am Indus, weil sie gar keine Röcke tragen, sind darum weder unehrbarer noch gröfserer Gefahr ausgesetzt, als diejenigen, die ihre Tugend in sieben Schleier einwickeln. Nicht die Gegenstände, sondern unsre Meinungen von denselben, sind die Ursache unordentlicher Leidenschaften. Die Gymnosofisten, welche keinen Theil des menschlichen Körpers für unedler halten als den andern, sehen ihre Weiber, wiewohl sie blofs in ihr angebornes Fell gekleidet sind, für eben so gekleidet an, als die Skythen die ihrigen, wenn sie ein Tiegerkatzenfell um die Lenden hangen haben.

„Ich wünschte nicht, dafs Demokrit mit seiner Filosofie so viel über unsre Weiber vermöchte, dafs sie sich solche Dinge in den Kopf setzten,“ — sagte ein ehrenfester steifer Abderit, der mit Pelzwaaren handelte.

„Ich auch nicht,“ — stimmte ein Leinwandhändler ein.

Ich wahrlich auch nicht, sagte Demokrit, wiewohl ich weder mit Pelzen noch Leinwand handle.

„Aber Eins erlauben Sie mir noch zu fragen, lispelte die Base die so gern lebendige Sfinxe gesehen haben möchte: Sie sind in der ganzen Welt herum gekommen; und es soll da viele wunderbare Länder geben, wo alles anders ist als bey uns —“

„Ich glaube kein Wort davon,“ murmelte der Rathsherr, indem er, wie Homers Jupiter, das ambrosische Haar auf seinem weisheitsschwangern Kopfe schüttelte.

„Sagen Sie mir doch, fuhr die Base fort, in welchem unter allen diesen Ländern gefiel es Ihnen am besten?“

Wo könnt’ es einem besser gefallen, als — zu Abdera?

„O wir wissen schon daſs dieſs Ihr Ernst nicht ist. Ohne Komplimente! antworten Sie der jungen Dame wie Sie denken,“ — sagte der Rathsherr.

Sie werden über mich lachen, erwiederte Demokrit: aber weil Sie es verlangen, schöne Klonarion, so will ich Ihnen die reine

Wahrheit sagen. Haben Sie nie von einem
Lande gehört, wo die Natur so gefällig ist,
neben ihren eigenen Verrichtungen auch noch
die Arbeit der Menschen auf sich zu
nehmen? Von einem Lande, wo ewiger
Friede herrscht? wo niemand Knecht und
niemand Herr, niemand arm und jedermann
reich ist; wo der Durst nach Golde zu keinen Verbrechen zwingt, weil man das Gold
zu nichts gebrauchen kann; wo eine Sichel
ein eben so unbekanntes Ding ist als ein
Schwert; wo der Fleißige nicht für den
Müßiggänger arbeiten muß; wo es keine
Ärzte giebt weil niemand krank wird, keine
Richter weil es keine Händel giebt, keine
Händel weil jedermann zufrieden ist, und
jedermann zufrieden ist, weil jedermann alles
hat was er nur wünschen kann; — mit Einem
Worte, von einem Lande, wo alle Menschen
so fromm wie die Lämmer, und so glücklich
wie die Götter sind? — Haben Sie nie von
einem solchen Lande gehört?

„Nicht, daß ich mich erinnerte."

Das nenn' ich ein Land, Klonarion! Da
ist es nie zu warm und nie zu kalt, nie zu
naß und nie zu trocken; Frühling und Herbst
regieren dort nicht wechselsweise, sondern,
wie in den Gärten des Alcinous, zugleich in

ewiger Eintracht. Berge und Thäler, Wälder und Auen sind mit allem angefüllt, was des Menschen Herz gelüsten kann. Aber nicht etwa, daſs die Leute sich die Mühe geben müſsten die Hasen zu jagen, die Vögel oder Fische zu fangen, und die Früchte zu pflücken, die sie essen wollen; oder daſs sie die Gemächlichkeiten, deren sie genieſsen, erst mit vielem Ungemach erkaufen müſsten. Nein! alles macht sich da von selbst. Die Rebhühner und Schnepfen fliegen einem gespickt und gebraten um den Mund, und bitten demüthig daſs man sie essen möchte; Fische von allen Arten schwimmen gekocht in Teichen von allen möglichen Brühen, deren Ufer immer voll Austern, Krebse, Pasteten, Schinken und Ochsenzungen liegen. Hasen und Rehböcke kommen freywillig herbey gelaufen, streifen sich das Fell über die Ohren, stecken sich an den Bratspieſs, und legen sich, wenn sie gar sind, von selbst in die Schüssel. Allenthalben stehen Tische, die sich selbst decken; und weich gepolsterte Ruhebettchen laden allenthalben zum Ausruhen vom — Nichtsthun und zu angenehmen Ermüdungen ein. Neben denselben rauschen kleine Bäche von Milch und Honig, von Cyprischem Wein, Citronenwasser und andern angenehmen Getränken; und über sie her wölben sich, mit

Rosen und Schasmin untermengt, Stauden
voller Becher und Gläser, die sich, so oft
sie ausgetrunken werden, gleich von selbst
wieder anfüllen. Auch giebt es da Bäume,
die statt der Früchte kleine Pastetchen, Brat-
würste, Mandelkrapfen und Buttersemmeln
tragen; andere, die an allen Ästen mit
Geigen, Harfen, Cithern, Theorben, Flöten
und Waldhörnern behangen sind, welche von
sich selbst das angenehmste Koncert machen,
das man hören kann. Die glücklichen Menschen, nachdem sie den wärmern Theil des
Tages verschlafen und den Abend vertanzt,
versungen und verscherzt haben, erfrischen
sich dann in kühlen marmornen Bädern, wo
sie von unsichtbaren Händen sanft gerieben,
mit feinem Byssus, der sich selbst gesponnen
und gewebt hat, abgetrocknet, und mit den
kostbarsten Essenzen, die aus den Abendwol-
ken herunter thauen, eingebalsamt werden.
Dann legen sie sich auf schwellende Polster
um volle Tafeln her, und essen und trinken
und lachen, singen und tändeln und küssen
die ganze Nacht durch, die ein ewiger Voll-
mond zum sanftern Tage macht; und — was
noch das angenehmste ist —

„O gehen Sie, Herr Demokrit, Sie haben
mich zum besten! Was Sie mir da erzählen, ist

ja das Mährchen vom Schlaraffenlande, das ich tausendmahl von meiner Amme gehört habe, wie ich noch ein kleines Mädchen war."

Aber Sie finden doch auch, Klonarion, daſs sichs gut in diesem Lande leben müſste?

„Merken Sie denn nicht, daſs unter allem diesem eine geheime Bedeutung verborgen liegt? sagte der weise Rathsmann; vermuthlich eine Satire auf gewisse Filosofen, welche das höchste Gut in der Wollust suchen."

Schlecht gerathen, Herr Rathsherr! dachte Demokrit.

„Ich erinnere mich in den Amfiktyonen des Teleklides eine ähnliche Beschreibung des goldnen Alters gelesen zu haben," sagte Frau Salabanda. 11)

11) Frau Salabanda sagte die Wahrheit. Lange vor dem Hammel der Madame Daulnoy machte Lucian in seiner wahren Geschichte, und lange vor Lucian machten die Griechischen Komödiendichter, Metagenes, Ferekrates, Teleklides, Krates und Kratinus, Beschreibungen vom Schlaraffenlande und vom Schlaraffen-

Das Land, das ich der schönen Klonarion
beschrieb, sprach der Naturforscher, ist keine
Satire: es ist das Land, in welches
von jedem Dutzend unter euch weisen Leuten zwölf sich im Herzen
hinein wünschen und nach Möglichkeit hinein arbeiten, und in welches
uns eure Abderitischen Sittenlehrer
hinein deklamieren wollen; wenn
anders ihre Deklamazionen irgend
einen Sinn haben.

„Ich möchte wohl wissen, wie Sie diefs
verstehen!“ sagte der Rathsherr, der (ver-
mög’ einer vieljährigen Gewohnheit, nur mit
halben Ohren zu hören, und sein Votum
im Rath schlummernd von sich zu geben)
sich nicht gern die Mühe nahm einer Sache
lange nachzudenken.

Sie lieben eine starke Beleuchtung, wie
ich sehe, Herr Rathsmeister, erwiederte

leben, worin sie sich in die Wette beeiferten, der
ausschweifendsten Einbildungskraft eines neuern
Mährchenmachers nichts übrig zu lassen. Die
kühnsten Züge im Gemählde, welches Demokrit
davon macht, sind aus den Fragmenten genommen,
die uns Athenäus im sechsten Buche seines Gast-
mahls davon aufbehalten hat.

Demokrit. Aber zu viel Licht ist zum Sehen
eben so unbequem als zu wenig. Hell-
dunkel ist, däucht mich, gerade so viel
Licht, als man braucht, um in solchen
Dingen weder zu viel noch zu wenig zu
sehen. Ich setze zum voraus, daſs Sie überhaupt sehen können. Denn wenn dieſs nicht
wäre, so begreifen Sie wohl, daſs wir beym
Lichte von zehen tausend Sonnen nicht besser
sehen würden, als beym Schein eines Feuer-
wurms.

„Sie sprechen von Feuerwürmern? — sagte
der Rathsherr, indem er bey dem Worte
Feuerwurm aus einer Art von Seelenschlum-
mer erwachte, in welchen er über dem Gaffen
nach Salabandens Busen, während Demokrit
redete, gefallen war. — Ich dachte wir
sprächen von den Moralisten.‟

Von Moralisten oder Feuerwürmern, wie
es Ihnen beliebt, versetzte Demokrit. Was
ich sagen wollte, um Ihnen die Sache, wovon
wir sprachen, deutlich zu machen, war dieſs:
Ein Land, wo ewiger Friede herrscht, und
wo alle Menschen in gleichem Grade frey
und glücklich sind; wo das Gute nicht mit
dem Bösen vermischt ist, Schmerz nicht an
Wollust und Tugend nicht an Untugend

grenzt, wo lauter Schönheit, lauter Ordnung,
lauter Harmonie ist, — mit Einem Wort, ein
Land, wie Ihre Moralisten den ganzen Erdboden haben wollen, ist entweder ein Land, wo die Leute keinen
Magen und keinen Unterleib haben,
oder es muſs schlechterdings das Land seyn,
das uns Teleklides schildert, aus dessen
Amfiktyonen ich (wie die schöne Salabanda sehr wohl bemerkt hat) meine Beschreibung genommen habe. Vollkommene
Gleichheit, vollkommene Zufriedenheit mit dem Gegenwärtigen, immer-
während e Eintracht — kurz, die Sa-
turnischen Zeiten, wo man keine Könige, keine Priester, keine Soldaten, keine
Rathsherren, keine Moralisten, keine Schnei-
der, keine Köche, keine Ärzte und keine
Scharfrichter braucht, sind nur in dem Lande
möglich, wo einem die Rebhühner gebraten
in den Mund fliegen, oder (welches ungefähr
eben so viel sagen will) wo man keine Be-
dürfnisse hat. Dieſs ist, wie mich däucht,
so klar, daſs es demjenigen, dem es dunkel
ist, durch alles Licht im Feuerhimmel nicht
klärer gemacht werden könnte. Gleichwohl
ärgern sich Ihre Moralisten darüber, daſs die
Welt so ist wie sie ist; und wenn der ehrliche Filosof, der die Ursachen weiſs warum

sie nicht anders seyn kann, den Ärger dieser
Herren lächerlich findet; so begegnen sie ihm
als ob er ein Feind der Götter und der Menschen wäre; welches zwar an sich selbst
noch lächerlicher ist, aber zuweilen da, wo
die milzsüchtigen Herren den Meister spielen,
einen ziemlich tragischen Ausgang nimmt.

„Aber was wollen Sie denn, daſs die Moralisten thun sollen?“

Die Natur erst ein wenig kennen lernen, ehe sie sich einfallen lassen es besser zu
wissen als sie; verträglich und duldsam gegen
die Thorheiten und Unarten der Menschen
seyn, welche die ihrigen dulden müssen;
durch Beyspiele bessern, statt durch frostiges
Gewäsche zu ermüden oder durch Schmälre-
den zu erbittern; keine Wirkungen fordern
wovon die Ursachen noch nicht da sind, und
nicht verlangen daſs wir die Spitze eines
Berges erreicht haben sollen, ehe wir hinauf
gestiegen sind.

„So unsinnig wird doch niemand seyn?“ —
sagte der Abderiten einer.

So unsinnig sind neun Zehntheile der Gesetzgeber, Projektmacher, Schulmeister und

Weltverbesserer auf dem ganzen Erdenrund
alle Tage! — sagte Demokrit.

Die zeitverkürzende Gesellschaft, welche
die Laune des Naturforschers unerträglich zu
finden anfing, begab sich nun wieder nach
Hause, und dachte unterwegs, beym Glanz
des Abendsterns und einer schönen Dämme-
rung, von Sfinxen, Einhörnern, Gymnosofisten und Schlaraffenländern; und so viel Mannigfaltigkeit auch unter allen den Albernheiten, welche gesagt wurden, herrschte, so
stimmten doch alle darin überein: daß Demokrit ein wunderlicher, einbildischer, über-
kluger, tadelsüchtiger, wiewohl bey allem dem
ganz kurzweiliger Sonderling sey. — Sein
Wein ist das Beste, was man bey ihm findet,
sagte der Rathsherr.

Gütiger Anubis! dachte Demokrit, da er
wieder allein war: was man nicht mit diesen
Abderiten reden muß, um sich — die Zeit von
ihnen vertreiben zu lassen!

11. Kapitel.

Etwas von den Abderitischen Filosofen, und wie Demokrit das Unglück hat, sich mit ein paar wohlgemeinten Worten in sehr schlimmen Kredit zu setzen.

Daſs man sich aber gleichwohl nicht einbilde, als ob alle Abderiten ohne Ausnahme durch ein Gelübde oder durch ihren Bürgereid verbunden gewesen seyen, nicht mehr Verstand zu haben als ihre Groſsmütter, Ammen und Rathsherren! Abdera, die Nebenbuhlerin von Athen, hatte auch Filosofen, das heiſst, sie hatte Filosofen — wie sie Mahler und Dichter hatte. Der berühmte Sofist Protagoras war ein Abderit gewesen, und hatte eine Menge Schüler hinterlassen, die ihrem Meister zwar nicht an Witz und Beredsamkeit gleich kamen, aber ihm dafür auch an Eigendünkel und Albernheit desto überlegener waren.

Diese Herren hatten sich eine bequeme Art von Filosofie zubereitet, vermittelst welcher

sie ohne Mühe auf jede Frag' eine Antwort
fanden, und von allem was unter und über der
Sonne ist so geläufig schwatzten, dafs — in so
ferne sie nur immer Abderiten zu Zuhörern
hatten — die guten Zuhörer sich festiglich
einbildeten, ihre Filosofen wüfsten sehr viel
mehr davon als sie selbst; wiewohl im Grunde
der Unterschied nicht so grofs war, dafs ein
vernünftiger Mann eine Feige darum gegeben
hätte. Denn am Ende lief es doch immer darauf hinaus, dafs der Abderitische Filosof, etliche lange nichts bedeutende Wörter abgerechnet, gerade so viel von der Sache wufste, als
derjenige unter allen Abderiten, der — am
wenigsten davon zu wissen glaubte.

Die Filosofen, vermuthlich weil sie es für
zu klein hielten, in den Detail der Natur
herab zu steigen, geben sich mit lauter
Aufgaben ab, die aufserhalb der Grenzen
des menschlichen Verstandes liegen. Bis in
diese Region, dachten sie, folgt uns niemand,
als — wer unsers gleichen ist; und was wir
auch den Abderiten davon vorsagen, so sind
wir wenigstens gewifs, dafs uns niemand Lü-
gen strafen kann.

Zum Beyspiel, eine ihrer Lieblingsmaterien
war die Frage: „Wie, warum, und woraus die Welt entstanden sey?“

„Sie ging aus einem Ey hervor, sagte Einer: der Äther war das Weiſse, das Chaos der Dotter, und die Nacht brütete es aus." 12)

„Sie ist aus Feuer und Wasser entstanden," sagte ein Andrer.

„Sie ist gar nicht entstanden, sprach der Dritte. Alles war immer so wie es ist, und wird immer so bleiben wie es war."

Diese Meinung fand in Abdera wegen ihrer Bequemlichkeit vielen Beyfall. Sie erklärt alles, sagten sie, ohne daſs man nöthig hat, sich erst lange den Kopf zu zerbrechen. Es

12) Um denjenigen Lesern, welcho weder den Diogenes Laerzius, noch des Deslandes oder Bruckers kritische Geschichte der Filosofie, noch die Kompendien des Herrn Formey oder D. Büschings, gelesen haben, irrige Vermuthungen zu ersparen, erinnert der Verfasser, daſs alle hier vorkommende Hypothesen sich eines sehr ehrwürdigen Alterthums, und zum Theil einer Menge Verfechter und Anhänger rühmen können. Die Meinung unsers Demokrit ist die einzige, welche, vermuthlich bloſs weil sie die vernünftigste ist, keine Sekte gemacht hat.

ist immer so gewesen, war die gewöhnliche Antwort eines Abderiten, wenn man ihn
nach der Ursache oder dem Ursprung einer
Sache fragte; und wer sich daran nicht ersät-
tigen wollte, wurde für einen stumpfen Kopf
angesehen.

„Was ihr Welt nennt, sagte der Vierte,
ist eigentlich eine ewige Reihe von Welten,
die, wie die Häute einer Zwiebel, über einander liegen, und sich nach und nach ab-
lösen.‟

Sehr deutlich gegeben, riefen die Abderiten, sehr deutlich! Sie glaubten den Filosofen verstanden zu haben, weil sie sehr
gut wufsten, was eine Zwiebel war,

„Schimäre! sprach der Fünfte. Es giebt
freylich unzählige Welten; aber sie entstehen
aus der ungefähren Bewegung untheilbarer
Sonnenstäubchen, und es ist viel Glück, wenn,
nach zehntausendmahl tausend übel gera-
thenen, endlich eine heraus kommt, die noch
so leidlich vernünftig aussieht wie die un-
srige.‟

„Atomen geb' ich zu, sprach der Sechste; aber keine Bewegung von Ungefähr und

ohne Richtung. Die Atomen sind nichts,
oder sie haben bestimmte Kräfte und Eigenschaften, und, je nachdem sie einander ähnlich
oder unähnlich sind, ziehen sie einander an,
oder stofsen sich zurück. Daher machte der
weise Empedokles (der Mann, der, um
die wahre Beschaffenheit des Ätna zu erkundigen, sich weislich in den Schlund desselben
hinein gestürzt haben soll) Hafs und Liebe
zu den ersten Ursachen aller Zusammensetzun-
gen; und Empedokles hat Recht."

„Um Vergebung, meine Herren, ihr habt
alle Unrecht, sprach der Filosof Sisamis. In
Ewigkeit wird weder aus euerm mystischen
Ey, noch aus euerm Bündnifs zwischen
Feuer und Wasser, noch aus euern Atomen, noch aus euern Homöomerien, eine
Welt heraus kommen, wenn ihr keinen Geist
zu Hülfe nehmt. Die Welt ist (wie jedes andre Thier) eine Zusammensetzung von Materie
und Geist. Der Geist ist es, der dem Stoffe
Form giebt; beide sind von Ewigkeit her vereinigt: und, so wie einzelne Körper aufgelöst
werden, so bald der Geist, der ihre Theile zusammen hielt, sich zurück zieht; so würde,
wenn der allgemeine Weltgeist aufhören könnte
das Ganze zu umfassen und zu beleben, Himmel
und Erde im nehmlichen Augenblick in einen

einzigen, ungeheuern, gestaltlosen, finstern
und todten Klumpen zusammen fallen."

Davor wolle Jupiter und Latona seyn! riefen die Abderiten, nicht ohne sich zu entset-
zen, wie sie den Mann eine so fürchterliche
Drohung ausstofsen hörten.

Es hat keine Gefahr, sagte der Priester
Strobylus: so lange wir die Frösche
der Latona in unsern Mauern haben, soll
es der Weltgeist des Sisamis wohl
bleiben lassen, solchen Unfug in der Welt
anzurichten.

„Meine Freunde, sprach der Achte, der
Weltgeist des weisen Sisamis ist mit den
Atomen, Homöomerien, Zwiebeln und Eyern
meiner Kollegen von gleichem Schlage. Einen
Demiurg müssen wir annehmen, wenn wir
eine Welt haben wollen: denn ein Gebäude
setzt einen Baumeister oder wenigstens einen
Zimmermeister voraus; und nichts macht
sich von sich selbst, wie wir alle wissen."

Aber man spricht doch alle Tage: Diese
wird schon von sich selbst kommen,
oder von sich selbst gehen — sagten
die Abderiten.

„Man spricht wohl so, antwortete jener: allein, wo habt ihr jemahls gesehen, daſs es wirklich so erfolgt wäre? Ich habe freylich unsre Archonten wohl tausendmahl sagen hören: Es wird sich schon geben! es wird schon kommen! diefs oder jenes wird sich schon machen! Aber wir hatten gut warten: es gab sich nicht, kam nicht, und machte sich nicht."

Nur allzu wahr, was die Werke unsrer Archonten betrifft; (sagte ein alter Schuhflicker, der für einen Mann von Einsicht beym Volke galt, und grofse Hoffnung hatte bey der nächsten Wahl Zunftmeister zu werden) aber mit den Werken der Natur, wie die Welt ist, mag es doch wohl anders bewandt seyn. Warum sollte die Welt nicht eben so gut aus dem Chaos hervor wachsen können, wie ein Pilz aus der Erde wächst?

„Meister Pfriem, versetzte der Filosof, zum Zunftmeister soll Er meine und aller meiner Vettern Stimme haben; aber keine Einwürfe gegen mein System, wenn ich bitten darf! Die Pilze wachsen freylich von selbst aus der Erde hervor, weil — weil — weil sie Pilze sind: aber eine Welt wächst nicht vom

selbst, weil sie kein Pilz ist. Versteht Er
mich nun, Meister Pfriem?"

Alle Anwesende lachten von Herzen, daſs
Meister Pfriem so abgeführt war. „Die
Welt ist kein Pilz; diefs ist klar wie Tages-
licht, riefen die Abderiten; da ist nichts
einzuwenden, Meister Pfriem!" —

Verzweifelt! murmelte der künftige Zunftmeister; aber so geht es, wenn man sich mit
den Herren abgiebt, welche beweisen können,
daſs der Schnee weiſs ist.

„Schwarz ist, wolltet ihr sagen,
Nachbar."

Ich weiſs, was ich gesagt habe und was
ich sagen wollte, antwortete Meister Pfriem;
und ich wünsche nur, daſs die Republik —

„Vergeſs' Er die vierzehn Stimmen nicht,
die ich Ihm verschaffe, Meister Pfriem!" rief
der Filosof. —

Wohl, wohl! alles wohl! Aber Demiurg — das klingt mir bald so wie De-
magog; und ich will weder Demagogen noch
Demiurgen haben: ich bin für die Freyheit, und wer ein guter Abderit ist, der
schwinge seinen Hut und folge mir!

Und hiermit ging Meister Pfriem davon,
(denn der Leser merkt von selbst, daſs alles
dieſs in einer Halle von Abdera gesprochen
wurde) und einige müſsige Tölpel, die ihn
allerwegen zu begleiten pflegten, folgten ihm.

Aber der Filosof, ohne zu thun als ob er
es gewahr werde, fuhr fort; „Ohne einen
Baumeister, einen Demiurg, oder wie
ihr ihn nennen wollt, läſst sich vernünftiger
Weise keine Welt bauen. Aber, merket wohl,
es kam auf den Demiurg an, ob und wie er
bauen wollte; und laſst sehen wie er es anfing.
Stellt euch die Materie als einen ungeheuern
Klumpen von vollkommen dichtem Krystall
vor; und den Demiurg, wie er mit einem
groſsen Hammer von Diamant diesen Klumpen
auf Einen Schlag in so viele unendlich kleine
Stückchen zerschmettert, daſs sie durch den
leeren Raum viele Millionen Kubikmeilen herum stieben. Natürlicher Weise brachen sich
diese unendlich kleinen Stückchen Krystall auf
verschiedene Art; und indem sie, mit der ganzen Heftigkeit der Bewegung, die ihnen der
Schlag mit dem diamantenen Hammer gab, auf
tausendfache Art wider einander fuhren, und
sich unter einander auf allen Seiten stiefsen,
schlugen und rieben, so entstand daraus nothwendig eine unzählige Menge Körperchen von

allerley unregelmäfsigen Figuren: dreyeckige, viereckige, achteckige, vieleckige und runde. Aus den runden wurde Wasser und Luft, welche nichts anders als verdünntes Wasser ist; aus den dreyeckigen Feuer; aus den übrigen die Erde; und aus diesen vier Elementen setzt die Natur, wie ihr wifst, alle Körper in der Welt zusammen."

Das ist wunderbar, sehr wunderbar! aber es begreift sich doch, sagten die Abderiten. Ein Klumpen Krystall, ein diamantener Hammer, und ein Demiurg, der den Krystall so meisterhaft in Stücken schlägt, dafs aus den Splittern, ohne seine weitere Bemühung, eine Welt entsteht! In der That die scharfsinnigste Hypothese, die man sehen kann, und gleichwohl so simpel, dafs man dächte, man hätte sie alle Augenblicke selbst erfinden können!

„Ich erkläre mittelst dieser so simpeln Voraussetzung alle mögliche Wirkungen der Natur," — sagte der Filosof mit selbstzufriednem Lächeln.

Nicht ein Wespennest, rief ein Neunter, Dämonax genannt, der den Behauptungen seiner Mitbrüder bisher mit stillschweigender

Verachtung zugehört hatte. Es gehören andre Kräfte und Anstalten dazu, ein so grofses, so schönes, so wundervolles Werk, als dieses Weltgebäude ist, zu Stande zu bringen. Nur ein höchst vollkommner Verstand konnte den Plan davon erfinden; wiewohl ich gern gestehe, dafs zur Ausführung geringere Werkmeister hinlänglich waren. Er überliefs sie verschiedenen Klassen der subalternen Götter, wies einer jeden Klasse ihren besondern Kreis an, in welchem sie arbeitet, und begnügte sich, die allgemeine Aufsicht über das Ganze zu führen. Es ist lächerlich, den Ursprung der Weltkörper, des Erdbodens, der Pflanzen, der Thiere, und alles dessen, was in Luft und Wasser ist, aus Atomen oder Sympathien oder ungefährer Bewegung, oder einem einzigen Hammerschlag erklären zu wollen. Geister sind es, welche in den Elementen herrschen, die Sfären des Himmels drehen, die organischen Körper bilden, das Frühlingsgewand der Natur mit Blumen sticken, und die Früchte des Herbstes in ihren Schoofs ausgiefsen. Kann etwas fafslicher und angenehmer seyn als diese Theorie? Sie erklärt alles; sie leitet jede Wirkung aus einer ihr angemessenen Ursache ab; und durch sie begreift man die, in jedem andern System unerklärbare, Kunst

der Natur eben so leicht, als man begreift,
wie Zeuxis oder Parrhasius mit ein wenig
gefärbter Erde eine bezaubernde Landschft
oder ein Bad der Diana erschaffen kann.

Was für eine schöne Sache es um die Filosofie ist! sagten die Abderiten. Alles,
was man daran aussetzen möchte, ist, dafs
einem unter so viel feinen Theorien
die Wahl sauer wird.

Indessen machte doch der Pythagoräer,
der alles durch Geister bewerkstelligte, das
meiste Glück. Die Poeten, die Mahler,
und alle übrige Schutzverwandten der
Musen, mit dem sämmtlichen Frauenzimmer von Abdera an ihrer Spitze, erklärten
sich für — die Geister; doch unter der Bedingung, dafs es ihnen erlaubt seyn müsse, sie in
so angenehme Gestalten, als jedem gefällig
sey, einzukleiden.

Ich bin nie ein besonderer Freund der Filosofie gewesen, (sagte der Priester Strobylus) und aus Ursache! Aber weil doch
die Abderiten ihr Grübeln über das Wie und
Warum der Dinge nun einmahl nicht lassen
können: so habe ich gegen die Fysik des
Dämonax noch immer am wenigsten einzu-

wenden; unter den gehörigen Einschränkun-
gen verträgt sie sich noch so ziemlich mit —

„O sie verträgt sich mit allem in der Welt,
sagte Dämonax; dieſs ist eben die Schönheit
davon!“

Endlich nahm Demokrit das Wort: Soll
ich euch, lieben Freunde, nach allen den feinen
und kurzweiligen Sachen, die ihr bereits gehört
habt, nun auch meine geringe Meinung
sagen? Wenn es euch etwa wirklich darum
zu thun seyn sollte, die Beschaffenheit der
Dinge, die euch umgeben, kennen zu lernen,
so däucht mich ihr nehmt einen ungeheuern
Umweg. Die Welt ist sehr groſs; und von
dem Standorte, woraus wir in sie hinein
gucken, nach ihren vornehmsten Provinzen
und Hauptstädten, ist es so weit, daſs ich
nicht wohl begreife, wie sich einer von uns
einfallen lassen kann, die Karte eines Landes
aufzunehmen, wovon ihm (sein angebornes
Dörfchen ausgenommen) alles übrige, ja sogar
die Grenzen unbekannt sind. Ich dächte, ehe
wir Kosmogonien und Kosmologien
träumten, setzten wir uns hin und beobachte-
ten, zum Beyspiel, den Ursprung einer
Spinnewebe; und dieſs so lange, bis wir
so viel davon heraus gebracht hätten, als fünf

Menschensinne, mit Verstand ange-
strengt, daran entdecken können. Ihr werdet zu thun finden, das könnt ihr mir auf
mein Wort glauben. Aber dafür werdet ihr
auch erfahren, daſs euch diese einzige Spinnewebe mehr Aufschluſs über das groſse
System der Natur, und würdigere Begriffe von seinem Urheber geben wird,
als alle die feinen Weltsysteme, die ihr zwischen Wachen und Schlaf aus eurem eignen
Gehirn heraus gesponnen habt.

Demokrit meinte dieſs im ganzen Ernst;
aber die Filosofen von Abdera glaubten, daſs
er ihrer spotten wolle. Er versteht nichts von
der Pnevmatik, sagte der eine. Von der
Fysik noch weniger, sagte der andere. Er
ist ein Zweifler — er glaubt keine
Grundtriebe — keinen Weltgeist —
keinen Demiurg — keinen Gott! —
sagte der dritte, vierte, fünfte, sechste und
siebente. Man sollte solche Leute gar
nicht im gemeinen Wesen dulden,
sagte der Priester Strobylus.

---

12. Kapitel.

Demokrit zieht sich weiter von Abdera zurück.
Wie er sich in seiner Einsamkeit beschäftigt. Er
kommt bey den Abderiten in den Verdacht daſs er
Zauberkünste treibe. Ein Experiment, das er bey
dieser Gelegenheit mit den Abderitischen Damen
macht, und wie es abgelaufen.

Bey dem allen war Demokrit ein Men-
schenfreund in der ächtesten Bedeutung
des Wortes. Denn er meinte es gut mit der
Menschheit, und freute sich über nichts so
sehr, als wenn er irgend etwas Böses verhüten, oder etwas Gutes thun, veranlassen oder
befördern konnte. Und wiewohl er glaubte,
daſs der Karakter eines Weltbürgers Ver-
hältnisse in sich schlieſse, denen im Kolli-
sionsfall alle andere weichen müſsten: so hielt
er sich doch darum nicht weniger verbunden,
als ein Bürger von Abdera, an dem Zustande seines Vaterlandes Antheil zu nehmen,
und, so viel er könnte, zu dessen Verbesserung
beyzutragen. Allein, da man den Leuten nur

in so fern Gutes thun kann, als sie dessen fähig sind: so fand er sein Vermögen durch die unzähligen Hindernisse, die ihm die Abderiten entgegen setzten, in so enge Grenzen eingeschlossen, daſs er Ursache zu haben glaubte, sich für eine der entbehrlichsten Personen in dieser kleinen Republik anzusehen. Was sie am nöthigsten haben, dacht' er, und das Beste was ich an ihnen thun könnte, wäre, sie vernünftig zu machen. Aber die Abderiten sind freye Leute. Wenn sie nicht vernünftig seyn wollen, wer kann sie nöthigen?

Da er nun bey so bewandten Umständen wenig oder nichts für die Abderiten als Abderiten thun konnte, so hielt er sich für hinlänglich gerechtfertigt, wenn er wenigstens seine eigene Person in Sicherheit zu bringen suchte, und einen so groſsen Theil als immer möglich von derjenigen Zeit rettete, die er der Erfüllung seiner weltbürgerlichen Pflichten schuldig zu seyn meinte.

Weil nun seine bisherige Freystätte entweder nicht weit genug von Abdera entfernt war, oder wegen ihrer Lage und anderer Bequemlichkeiten so viel Reitz für die Abderiten hatte, daſs er, ungeachtet seines Auf-

enthalts auf dem Lande, sich doch immer
mitten unter ihnen befand: so zog er sich
noch ein paar Stunden weiter in einen Wald,
der zu seinem Gute gehörte, zurück, und
bauete sich in die wildeste Gegend desselben
ein kleines Haus, wo er die meiste Zeit —
in der einsamen Ruhe, die das eigene Ele-
ment des Filosofen und des Dichters ist —
dem Erforschen der Natur und der Betrachtung oblag.

Einige neuere Gelehrte — ob Abderiten
oder nicht, wollen wir hier unentschieden
lassen — haben sich von den Beschäftigungen
dieses Griechischen Bakons in seiner
Einsamkeit wunderliche, wiewohl auf ihrer
Seite sehr natürliche Begriffe gemacht. — „Er
arbeitete am Stein der Weisen, sagt
Borrichius, und er fand ihn, und machte
Gold.“ — Zum Beweis davon beruft er sich
darauf, daß Demokrit ein Buch von Steinen
und Metallen geschrieben habe.

Die Abderiten, seine Zeitgenossen und
Mitbürger, gingen noch weiter; und ihre Vermuthungen — die in Abderitischen Köpfen gar
bald zur Gewißheit wurden — gründeten sich
auf eben so gute Schlüsse, als jener des Borrichius. Demokrit war von Persischen

Magiern erzogen worden; 13) er war zwanzig Jahre in den Morgenländern herum
gereist; hatte mit Ägyptischen Priestern,
Kaldäern, Brachmanen und Gymnosofisten Umgang gepflogen, und war in allen
ihren Mysterien eingeweiht; hatte tausend
Arkana von seinen Reisen mit sich gebracht,
und wufste zehn tausend Dinge, wovon niemahls etwas in eines Abderiten Sinn gekommen war. — Machte diefs alles zusammen
genommen nicht den vollständigsten Beweis,
dafs er ein ausgelernter Meister in
der Magie und allen davon abhängenden
Künsten seyn mufste? — Der ehrwürdige
Vater Delrio hätte Spanien, Portugall und
Algarbien auf die Hälfte eines Beweises wie
dieser zu Asche verbrennen lassen.

Aber die guten Abderiten hatten noch nähere Beweisthümer in Händen, dafs ihr gelehr-

---

13) Xerxes, der bey seinem Kriegszuge gegen
die Griechen einige Tage zu Abdera bey Demokrits
Vater sein Hauptquartier gehabt, hatte den damahls
noch sehr jungen Demokrit lieb gewonnen, und
zu dessen besserer Erziehung ein paar von den Magiern, die er bey sich hatte, zurück gelassen.
Diogen. Laert.

ter Landsmann — ein wenig hexen könne.
Er sagte Sonnen- und Mondfinsternis-
se, Mißwachs, Seuchen und andre
zukünftige Dinge zuvor. Er hatte
einem verbuhlten Mädchen aus der Hand ge-
weissagt, daß sie — zu Falle kommen, und
einem Rathsherrn von Abdera, dessen ganzes
Leben zwischen Schlafen und Schmausen ge-
theilt war, daß er — an einer Unverdaulich-
keit sterben würde; und beides war genau eingetroffen. Überdieß hatte man Bücher mit
wunderlichen Zeichen in seinem Kabi-
nette gesehen; man hatte ihn bey allerley,
vermuthlich magischen, Operazionen mit
Blut von Vögeln und Thieren angetroffen; man
hatte ihn verdächtige Kräuter kochen
sehen; und einige junge Leute wollten ihn sogar in später Nacht — bey sehr blassem Mond-
schein — zwischen Gräbern sitzend über-
schlichen haben. „Um ihn zu schrecken, hatten wir uns in die scheuslichsten Larven ver-
kleidet, sagten sie: Hörner, Ziegenfüße, Dra-
chenschwänze, nichts fehlte uns, um leibhafte
Feldteufel und Nachtgespenster vorzustellen;
wir bliesen sogar Rauch aus Nasen und Ohren,
und machten es so arg um ihn herum, daß ein
Herkules vor Schrecken hätte zum Weibe werden mögen. Aber Demokrit achtete unser
nicht; und, da wir es ihm endlich zu lange

machten, sagte er blofs: Nun, wird das Kin-
derspiel noch lange währen?“

Da sieht man augenscheinlich, sagten die
Abderiten, dafs es nicht recht richtig mit
ihm ist! Geister sind ihm nichts neues; er
mufs wohl wissen, wie er mit ihnen steht!

„Er ist ein Zauberer; nichts kann gewisser
seyn, sagte der Priester Strobylus; wir
müssen ein wenig besser Acht auf ihn geben!“

Man mufs gestehen, dafs Demokrit, entweder aus Unvorsichtigkeit, oder (welches
glaublicher ist) weil er sich wenig aus der
Meinung seiner Landsleute machte, zu diesen
und andern bösen Gerüchten einige Gelegenheit
gab. Man konnte in der That nicht lange unter den Abderiten leben, ohne in Versuchung
zu gerathen, ihnen etwas aufzuheften.
Ihr Vorwitz und ihre Leichtgläubigkeit auf der
einen Seite, und die hohe Einbildung, die sie
sich von ihrer eignen Scharfsinnigkeit machten,
auf der andern, forderten einen gleichsam heraus; und überdiefs war auch sonst kein Mittel,
sich für die lange Weile, die man bey ihnen
hatte, zu entschädigen. Demokrit befand sich
nicht selten in diesem Falle: und da die Abderiten albern genug waren, alles, was er ihnen

ironischer Weise sagte, im buchstäblichen Sinne zu nehmen; so entstanden
daher die vielen ungereimten Meinungen und
Mährchen, die auf seine Rechnung in der Welt
herum liefen, und noch viele Jahrhunderte nach
seinem Tode von andern Abderiten für bares
Geld angenommen, oder wenigstens ihm selbst
unbilliger Weise zur Last gelegt wurden.

Er hatte sich, unter andern, auch mit der
Fysiognomik abgegeben, und theils aus seinen
eigenen Beobachtungen, theils aus dem was
ihm andere von den ihrigen mitgetheilt, sich
eine Theorie davon gemacht, von deren
Gebrauch er (sehr vernünftig, wie uns däucht)
urtheilte, daſs es damit eben so wie mit der
Theorie der poetischen oder irgend
einer andern Kunst beschaffen sey. Denn
so wie noch keiner durch die bloſse Wissenschaft der Regeln ein guter Dichter oder Künstler geworden sey, und nur derjenige, welchen
angebornes Genie, emsiges Studium, hartnäk-
kiger Fleiſs und lange Übung zum Dichter oder
Künstler gemacht, geschickt sey, die Regeln
seiner Kunst recht zu verstehen und anzuwenden: so sey auch die Theorie der Kunst,
aus dem Äuſserlichen des Menschen
auf das Innerliche zu schlieſsen, nur für
Leute von groſser Fertigkeit im Beobachten

und Unterscheiden brauchbar, für jeden andern
hingegen eine höchst ungewisse und betrügli-
che Sache; und eben darum müsse sie als eine
von den geheimen Wissenschaften
oder grofsen Mysterien der Filosofie immer nur der kleinen Zahl der Epopten 14)
vorbehalten bleiben.

Diese Art von der Sache zu denken bewies,
dafs Demokrit kein Scharlatan war: aber den
Abderiten bewies sie blofs, dafs er ein Geheimnifs aus seiner Wissenschaft mache.   Daher
liefsen sie nicht ab, ihn, so oft sich die Rede
davon gab, zu necken und zu plagen, dafs er
ihnen etwas davon entdecken sollte. Besonders drückte dieser Vorwitz die Abderitinnen. Sie wollten von ihm wissen — an was
für äufserlichen Merkmahlen ein getreuer Liebhaber zu erkennen sey? ob Milon, von Kro-
tona 15) eine sehr grofse Nase gehabt habe?

14) Epopten (Anschauer) hiefsen diejenigen,
welche nach ausgestandner Prüfung zum An-
schauen der grofsen Mysterien zu Eleu-
sis zugelassen wurden.

15) Ein Mann, von dessen wunderbarer Leibes-
stärke und Gefräfsigkeit die fabelhaften *Graeculi*

ob eine blasse Farbe ein nothwendiges Zeichen
eines Verliebten sey? — und hundert andere
Fragen dieser Art, mit denen sie seine Geduld
so sehr ermüdeten, dafs er endlich, um ihrer
los zu werden, auf den Einfall kam, sie ein
wenig zu erschrecken.

Aber das haben Sie Sich wohl nicht vorgestellt, sagte Demokrit, dafs die Jungfer-
schaft ein untrügliches Merkzeichen in den
Augen haben könnte?

„In den Augen? riefen die Abderitinnen.
O! das ist nicht möglich! Warum just in den
Augen?“

Es ist nicht anders, versetzte er; und was
Sie mir gewifs glauben können, ist, dafs mir
dieses Merkmahl schon öfters von den Geheim-
nissen junger und alter Schönen mehr entdeckt
hat, als sie Lust gehabt haben würden mir von
freyen Stücken anzuvertrauen. 16)

erstaunliche Dinge zu erzählen wissen; zum Beyspiel,
dafs er einen wohl gemästeten Ochsen drey hundert
Schritte weit auf den Schultern getragen, und, nachdem er ihn mit einem einzigen Faustschlag todt gemacht, in einem Tage aufgegessen habe.

16) Eine der Hälfte des menschlichen Geschlechts
verhafste Sagacität — nennt diefs Joh. Chryso-
stomus Magnenus in seinem Leben des Demokrit.

Der zuversichtliche Ton, womit er diels
sagte, verursachte einige Entfärbungen; wiewohl die Abderitinnen (die in allen Fällen,
wo es auf die gemeine Sicherheit ihres Geschlechtes ankam, einander getreulich beyzustehen
pflegten) mit grofser Hitze darauf bestanden,
dafs sein vorgebliches Geheimnifs eine Schimäre sey.

Sie nöthigen mich durch Ihren Unglauben,
dafs ich Ihnen noch mehr sagen mufs, fuhr der
Filosof fort. Die Natur ist voll solcher Geheimnisse, meine schönen Damen; und wofür
sollt' ich auch, wenn es sich der Mühe nicht
verlohnte, bis nach Äthiopien und Indien ge-
wandert seyn? Die Gymnosofisten, deren
Weiber — wie Sie wissen — nackend gehen,
haben mir sehr artige Sachen entdeckt.

„Zum Beyspiel?“ — sagten die Abderitinnen.

Unter andern ein Geheimnifs, welches ich,
wenn ich ein Ehemann wäre, lieber nicht zu
wissen wünschen würde.

„Ach, nun haben wir die Ursache, warum
sich Demokrit nicht verheirathen will,“ —
rief die schöne Thryallis.

„Als ob wir nicht schon lange wüſsten, sagte
Salabanda, daſs es seine Äthiopische Venus
ist, die ihn für unsre Griechische so unempfind-
lich macht. — Aber Ihr Gebeimniſs, Demokrit, wenn man es keuschen Ohren anvertrauen
darf?“

Zum Beweise, daſs man es darf, will ich
es den Ohren aller gegenwärtigen Schönen anvertrauen, antwortete der Naturforscher. Ich
weiſs ein unfehlbares Mittel, wie man machen
kann, daſs ein Frauenzimmer, im Schlafe, mit
vernehmlicher Stimme alles sagt was sie auf
dem Herzen hat.

„O gehen Sie, riefen die Abderitinnen, Sie
wollen uns bang machen; aber — wir lassen
uns nicht so leicht erschrecken.“

Wer wird auch an erschrecken denken,
sagte Demokrit, wenn von einem Mittel
die Rede ist, wodurch einer jeden ehrlichen
Frau Gelegenheit gegeben wird, zu zeigen,
daſs sie keine Geheimnisse hat, die ihr Mann
nicht wissen dürfte?

„Wirkt Ihr Mittel auch bey Unverheirathe-
ten?“ — fragte eine Abderitin, die weder jung
noch reitzend genug zu seyn schien, um eine
solche Frage zu thun.

Es wirkt vom zehnten Jahr an bis zum acht-
zigsten, erwiederte er, ohne Beziehung auf
irgend einen andern Umstand, worin sich ein
Frauenzimmer befinden kann. —

Die Sache fing an ernsthaft zu werden. —
Aber Sie scherzen nur, Demokrit? sprach die
Gemahlin eines Thesmotheten, nicht ohne
eine geheime Furcht des Gegentheils versichert
zu werden.

Wollen Sie die Probe machen, Lysis-
trata?

„Die Probe? — Warum nicht? — Vor-
aus bedungen, daſs nichts Magisches dazu gebraucht wird. Denn mit Hülfe Ihrer Talismane und Geister könnten Sie eine arme Frau
sagen machen was Sie wollten.“

Es haben weder Geister noch Talismane da-
mit zu thun. Alles geht natürlich zu. Das
Mittel, das ich gebrauche, ist die simpelste
Sache von der Welt.

Die Damen fingen an, bey allen Grimassen
von Herzhaftigkeit wozu sie sich zu zwingen
suchten, eine Unruhe zu verrathen, die den
Filosofen sehr belustigte. —, „Wenn man
nicht wüſste, daſs Sie ein Spötter sind, der die

ganze Welt zum besten hat. — Aber darf man fragen, worin Ihr Mittel besteht?"

Wie ich Ihnen sagte, die natürlichste Sache von der Welt. Ein ganz kleines unschädliches Ding, einem schlafenden Frauenzimmer aufs Herzgrübchen gelegt, das ist das ganze Geheimniß: aber es thut Wunder, Sie können mirs glauben! Es macht reden, so lange noch im innersten Winkel des Herzens was zu entdekken ist.

Unter sieben Frauenzimmern, die sich in der Gesellschaft befanden, war nur Eine, deren Miene und Geberde unverändert die nehmliche blieb wie vorher. Man wird denken, sie sey alt, oder häßlich, oder gar tugendhaft gewesen; aber nichts von allem diesem! Sie war — taub.

„Wenn Sie wollen, daß wir Ihnen glauben sollen, Demokrit, so nennen Sie Ihr Mittel."

Ich will es dem Gemahl der schönen Thryallis ins Ohr sagen, sprach der boshafte Naturkündiger.

Der Gemahl der schönen Thryallis war, ohne blind zu seyn, so glücklich, als Hagedorn einen Blinden schätzt dessen Gemahlin schön ist. Er hatte immer gute Gesellschaft,

oder wenigstens was man zu Abdera so nannte,
in seinem Hause.   Der gute Mann glaubte,
man finde so viel Vergnügen an seinem Umgang, und an den Versen die er seinen Besuchen vorzulesen pflegte.   In der That hatte
er das Talent, die schlechten Verse, die er
machte, nicht übel zu lesen; und weil er mit
vieler Begeisterung las, so wurde er nicht gewahr, dafs seine Zuhörer, anstatt auf seine
Verse Acht zu geben, mit der schönen Thryallis liebäugelten.   Kurz, der Rathsherr Smilax war ein Mann, der eine viel zu gute Meinung von sich selbst hatte, um von der Tugend
seiner Gemahlin eine schlimme zu hegen.

Er bedachte sich also keinen Augenblick,
dem Geheimnifs sein Ohr darzubieten.

Es ist weiter nichts, flüsterte ihm der Filosof ins Ohr, als die Zunge eines lebendigen
Frosches, die man einer schlafenden Dame
auf die linke Brust legen mufs.   Aber Sie müssen Sich beym Ausreifsen wohl in Acht nehmen, dafs nichts von den daran hängenden
Theilen mitgeht, und der Frosch mufs wieder
ins Wasser gesetzt werden.

„Das Mittel mag nicht übel seyn, sagte
Smilax leise; nur Schade dafs es ein wenig

bedenklich ist! Was würde der Priester Strobylus dazu sagen?"

Sorgen Sie nicht dafür, versetzte Demokrit: ein Frosch ist doch keine Diana, der Priester Strobylus mag sagen was er will. Und zudem geht es dem Frosche ja nicht ans Leben.

„Ich darf es also weiter geben?" — fragte Smilax.

Von Herzen gern! Alle Mannspersonen in der Gesellschaft dürfen es wissen; und ein jeder mag es ungescheut allen seinen Bekannten entdecken; nur mit der Bedingung, daſs es keiner weder seiner Frau noch seiner Geliebten wieder sage.

Die guten Abderitinnen wuſsten nicht was sie von der Sache glauben sollten. Unmöglich schien sie ihnen nicht; und was sollte auch Abderiten unmöglich scheinen? — Ihre gegenwärtigen Männer oder Liebhaber waren nicht viel ruhiger; jeder setzte sich heimlich vor, das Mittel ohne Aufschub zu probieren, und jeder (den glücklichen Smilax ausgenommen) besorgte, gelehrter dadurch zu werden als er wünschte.

„Nicht wahr, Männchen — sagte Thryallis zu ihrem Gemahl, indem sie ihn freund-
lich auf die Backen klopfte, du kennst mich
zu gut, um einer solchen Probe nöthig zu
haben?"

„Der meinige sollte sich so etwas einfallen lassen, sagte Lagiska. Eine Probe
setzt Zweifel voraus, und ein Mann, der an
der Tugend seiner Frau zweifelt —"

— Ist ein Mann, der Gefahr läuft seine
Zweifel in Gewifsheit verwandelt zu sehen,
setzte Demokrit hinzu, da er sah, dafs sie
einhielt. — Das wollten Sie doch sagen,
schöne Lagiska?

„Sie sind ein Weiberfeind, riefen die
Abderitinnen allzumahl; aber vergessen Sie
nicht, dafs wir in Thracien sind, und hüten
Sie Sich vor dem Schicksal des Orfeus!"

Wiewohl diefs im Scherz gesagt wurde,
so war doch Ernst dabey. Natürlicher Weise
läfst man sich nicht gern ohne Noth schlaf-
lose Nächte machen; eine Absicht, von welcher wir den Filosofen um so weniger frey
sprechen können, da er die Folgen seines
Einfalles nothwendig voraus sehen mufste.
Wirklich gab diese Sache den sieben Damen

so viel zu denken, daſs sie die ganze Nacht
kein Auge zuthaten; und da das vorgebliche
Geheimniſs den folgenden Tag in ganz Abdera
herum lief, so verursachte er dadurch etliche
Nächte hinter einander eine allgemeine Schlaf-
losigkeit.

Indessen brachten die Weiber bey Tage
wieder ein, was ihnen bey Nacht abging: und
weil verschiedene sich nicht einfallen lieſsen,
daſs man ihnen das Arkanum, wenn sie am
Tage schliefen, eben so gut applicieren
könne als bey Nacht, und daher ihr Schlaf-
zimmer zu verriegeln vergaſsen; so bekamen
die Männer unverhofft Gelegenheit, von ihren
Froschzungen Gebrauch zu machen. Lysis-
trata, Thryallis, und einige andere, die
am meisten dabey zu wagen hatten, waren die
ersten, an denen die Probe, mit dem Erfolg
den man leicht voraus sehen kann, gemacht
wurde.

Aber eben dieſs stellte in kurzem die Ruhe
in Abdera wieder her. Die Männer dieser Damen, nachdem sie das Mittel zwey - oder
dreymahl ohne Erfolg gebraucht hatten, kamen in vollem Sprunge zu unserm Filosofen
gelaufen, um sich zu erkundigen, was dieſs
zu bedeuten hätte. — So? rief er ihnen ent-

gegen: hat die Froschzunge ihre Wirkung gethan? Haben Ihre Weiber gebeichtet? — Kein
Wort, keine Sylbe, sagten die Abderiten. —
Desto besser! rief Demokrit: triumfieren
Sie darüber! Wenn eine schlafende Frau mit
einer Froschzunge auf dem Herzen nichts sagt,
so ist es ein Zeichen, daſs sie — nichts zu
sagen hat. Ich wünsche Ihnen Glück, meine
Herren! Jeder von Ihnen kann sich rühmen,
daſs er den Fönix der Weiber in seinem Hause
besitze.

Wer war glücklicher als unsre Abderiten!
Sie liefen so schnell als sie gekommen waren
wieder zurück, fielen ihren erstaunten Wei-
bern um den Hals, erstickten sie mit Küssen
und Umarmungen, und bekannten nun freywillig was sie gethan hatten, um sich von der
Tugend ihrer Hälften (wiewohl wir davon
schon gewiſs waren, sagten sie) noch gewisser
zu machen.

Die guten Weiber wuſsten nicht ob sie ihren Sinnen glauben sollten. Aber, wiewohl
sie Abderitinnen waren; hatten sie doch Verstand genug sich auf der Stelle zu fassen, und
ihren Männern ein so unzärtliches Miſstrauen,
als dasjenige war dessen sie sich selbst anklag-
ten, nachdrücklich zu verweisen. Einige trie-

ben die Sache bis zu Thränen; aber alle hatten
Mühe die Freude zu verbergen, die ihnen
eine so unverhoffte Bestätigung ihrer Tugend verursachte; und wiewohl sie, der An-
ständigkeit wegen, auf Demokriten schmählen
mußten, so war doch keine, die ihn nicht dafür hätte umarmen mögen, daß er ihnen einen
so guten Dienst geleistet hatte. Freylich war
dieß nicht was er gewollt hatte. Aber die Folgen dieses einzigen unschuldigen Scherzes
mochten ihn lehren, daß man mit Abderiten nicht behutsam genug scherzen kann.

Indessen (wie alle Dinge dieser Welt
mehr als Eine Seite haben) so fand sich auch,
daß aus dem Übel, welches unser Filosof den
Abderiten wider seine Absicht zugefügt hatte,
gleichwohl mehr Gutes entsprang, als man ver-
mutlich hätte erwarten können, wenn die
Froschzungen gewirkt hätten. Die Männer
machten die Weiber durch ihre unbegrenzte
Sicherheit, und die Weiber die Männer
durch ihre Gefälligkeit und gute
Laune glücklich. Nirgends in der Welt sah
man zufriednere Ehen als in Abdera. Und bey
allem dem waren die Stirnen der Abderiten
so glatt, und — die Ohren und Zungen
der Abderitinnen so keusch, als bey andern
Leuten.

---

13. Kapitel.

Demokrit soll die Abderitinnen die Sprache der Vögel lehren. Im Vorbeygehen eine Probe, wie sie ihre Töchter bildeten.

Ein andermahl geschah es, daß sich unser Filosof an einem schönen Frühlingsabend mit einer Gesellschaft in einem von den Lustgärten befand, womit die Abderiten die Gegend um ihre Stadt verschönert hatten.

„Wirklich verschönert?“ — Diefs nun eben nicht: denn woher hätten die Abderiten nehmen sollen, daß die Natur schöner ist als die Kunst, und dafs zwischen künsteln und verschönern ein Unterschied ist? — Doch davon soll nun die Rede nicht seyn.

Die Gesellschaft lag auf weichen mit Blumen bestreuten Rasen, unter einer hohen Laube, im Kreise herum. In den Zweigen eines benachbarten Baums sang eine Nachtigall. Eine junge Abderitin von vierzehn Jahren schien etwas dabey zu empfinden, wovon

die übrigen nichts empfanden. Demokrit
bemerkte es. Das Mädchen hatte eine sanfte
Gesichtsbildung und Seele in den Augen.
Schade für dich, daß du eine Abderitin bist!
dacht' er. Was sollte dir in Abdera eine empfindsame Seele? Sie würde dich nur unglücklich machen. Doch es hat keine Gefahr! Was
die Erziehung deiner Mutter und Großmutter
an dir unverdorben gelassen hat, werden die
Söhnchen unsrer Archonten und Rathsherren,
und was diese verschonen, wird das Beyspiel
deiner Freundinnen zu Grunde richten. In
weniger als vier Jahren wirst du eine Abderitin seyn wie die andern; und wenn du erst
erfährst, daß eine Froschzunge auf dem Herzgrübchen nichts zu bedeuten hat —

Was denken Sie, schöne Nannion? sagte
Demokrit zu dem Mädchen.

„Ich denke, daß ich mich dort unter die
Bäume setzen möchte, um dieser Nachtigall
recht ungestört zuhören zu können."

Das alberne Ding! sagte die Mutter des
Mädchens. Hast du noch keine Nachtigall
gehört?

„Nannion hat Recht, sagte die schöne
Thryallis; ich selbst höre für mein Leben

gern den Nachtigallen zu. Sie singen mit einem
solchen Feuer, und es ist etwas so eigenes in
ihren Modulazionen, daſs ich schon oft gewünscht habe, zu verstehen was sie damit sagen wollen. Ich bin gewiſs, man würde die
schönsten Dinge von der Welt hören. Aber
Sie, Demokrit, der alles weiſs, sollten Sie
nicht auch die Sprache der Nachtigallen verstehen?"

Warum nicht? antwortete der Filosof mit
seinem gewöhnlichen Flegma: und die Sprache
aller übrigen Vögel dazu!

„Im Ernste?"

Sie wissen ja, daſs ich immer im Ernste
rede.

„O das ist allerliebst! Geschwind, übersetzen Sie uns was aus der Sprache der Nachtigallen! Wie hieſs das, was diese dort sang,
als Nannion so davon gerührt wurde?"

Das läſst sich nicht so leicht ins Griechische übersetzen als Sie denken, schöne Thryallis. Es giebt keine Redensarten in unsrer
Sprache, die dazu zärtlich und feurig genug
wären.

„Aber wie können Sie denn die Sprache der Vögel verstehen', wenn Sie nicht auf Griechisch wieder sagen können, was Sie gehört haben?"

Die Vögel können auch kein Griechisch, und verstehen einander doch?

„Aber Sie sind kein Vogel, wiewohl Sie ein loser Mann sind, der uns immer zum besten hat."

Daſs man in Abdera doch so gern arges von seinem Nächsten denkt! Indessen verdient Ihre Antwort, daſs ich mich näher erkläre. Die Vögel verstehen einander durch eine gewisse Sympathie, welche ordentlicher Weise nur unter gleichartigen Geschöpfen Statt hat. Jeder Ton einer singenden Nachtigall ist der lebende Ausdruck einer Empfindung, und erregt in der zuhörenden unmittelbar den *Unisono* dieser Empfindung. Sie verstehet also, vermittelst ihres eignen innern Gefühls, was ihr jene sagen wollte; und gerade auf die nehmliche Weise versteh' ich sie auch.

„Aber wie machen Sie denn das?" — fragten etliche Abderitinnen.

Die Frage war, nachdem Demokrit sich bereits so deutlich erklärt hatte, gar zu Abderi.

tisch, als daß er sie ihnen so ungenossen hätte
hingeben lassen können. Er besann sich einen
Augenblick.

Ich verstehe ihn, — sagte die kleine Nannion leise.

„Du verstehst ihn, du naseweises Ding? —
schnarrte ihre Mutter das arme Mädchen an: —
nun, laß hören, Puppe, was verstehst du denn
davon?"

Ich kann es nicht zu Worte bringen; aber
ich empfind' es, däucht mich, erwiederte
Nannion.

„Sie ist, wie Sie hören, noch ein Kind,
sagte die Mutter; wiewohl sie so schnell
aufgeschossen ist, daß viele Leute sie für
meine jüngere Schwester, angesehen haben.
Aber halten wir uns nicht mit dem Geplapper
eines läppischen Mädchens auf, das noch nicht
weiß was es sagt!"

Nannion hat Gefühl, sagte Demokrit;
sie findet den Schlüssel zur allgemeinen Sprache
der Natur in ihrem Herzen, und vielleicht versteht sie mehr davon als —

„O mein Herr, ich bitte Sie, machen Sie
mir die kleine Närrin nicht noch einbildischer!

sie ist ohnedieſs naseweis und schnippisch genug —"

Bravo, dachte Demokrit; nur so fortge-
fahren! Auf diesem Wege möchte noch Hoffnung für den Kopf und das Herz der kleinen
Nannion seyn.

„Bleiben wir bey der Sache! (fuhr die Abderitin fort, die, ohne jemahls recht gewuſst zu
haben wie und warum, die unerkannte
Ehre hatte Nannions Mutter zu seyn) Sie
wollten uns ja erklären wie es zuginge, daſs
Sie die Sprache der Vögel verstehen?"

Wir sind den Abderitinnen die Gerechtigkeit schuldig, nicht zu bergen, daſs sie alles,
was Demokrit von seiner Kenntniſs der Vögel-
sprache gesagt hatte, für bloſse Prahlerey
hielten. Aber dieſs hinderte nicht, daſs die
Fortsetzung dieses Gesprächs nicht etwas sehr
unterhaltendes für sie gehabt hätte: denn sie
hörten von nichts lieber reden, als von Dingen, die sie nicht glaubten und doch glaubten; als da ist von Sfinxen, Meermännern,
Sibyllen, Kobolden, Popanzen, Gespenstern,
und allem was in diese Rubrik gehört; und die
Sprache der Vögel gehörte auch dahin, dachten sie.

Es ist ein Geheimnifs, erwiederte Demokrit, das ich von dem Oberpriester zu Memfis
lernte, da ich mich in die Ägyptischen Mysterien einführen liefs. Er war ein langer hage-
rer Mann, hatte einen sehr langen Nahmen,
und einen noch längern eisgrauen Bart, der
ihm bis an den Gürtel reichte. Sie würden ihn
für einen Mann aus der andern Welt gehalten
haben, so feierlich und geheimnifsvoll sah er
in seiner spitzigen Mütze und in seinem schlep-
penden Mantel aus.

Die Aufmerksamkeit der Abderiten nahm
merklich zu. Nannion, die sich ein wenig
weiter zurück gesetzt hatte, lauschte mit dem
linken Ohr der Nachtigall entgegen; aber von
Zeit zu Zeit schofs sie einen dankvollen Seitenblick auf den Filosofen, welchen dieser, so
oft die Mutter auf ihren Busen sah oder ihren
Hund küfste, mit aufmunterndem Lächeln
beantwortete.

Das ganze Geheimnifs, fuhr er fort, besteht darin: Man schneidet unter einer gewissen Konstellazion sieben verschiedenen Vögeln (deren Nahmen ich nicht entdecken darf)
die Hälse ab, läfst ihr Blut in eine kleine
Grube, die zu dem Ende in die Erde gemacht
wird, zusammen fliefsen, bedeckt die Grube

mit Lorberzweigen, und — geht seines Weges.   Nach Verfluſs von ein und zwanzig Tagen kommt man wieder, deckt die Grube auf,
und findet einen kleinen Drachen von seltsamer
Gestalt, der aus der Fäulniſs des vermischten
Blutes entstanden ist, — 17)

17) Plinius, der in seiner Natur- und Kunst-
geschichte Wahres und Falsches ohne Unterschied
zusammen getragen hat, erzählt, im neun und vier-
zigsten Kapitel seines zehnten Buchs, in ganzem Ernst:
Demokrit habe in einer seiner Schriften gewisse
Vögel benennet, aus deren vermischtem Blut eine
Schlange entstehe, welche die Eigenschaft habe, daſs
derjenige, der sie esse, (ob mit Essig und Öhl,
sagt er nicht) von Stund' an alles verstehe, was die
Vögel mit einander reden.   Wegen dieser und anderer ähnlicher Albernheiten, wovon (wie er sagt)
die Schriften des Demokrit wimmeln, liest er ihm
an einem andern Orte seines Werkes den Text sehr
schulmeisterhaft.   Aber G e l l i u s (*Noct. Atticar.
L. X. Cap.* 12.) vertheidigt unsern Filosofen mit
besserm Grund, als Plinius ihn verurtheilt.   Was
konnte Demokrit dafür, daſs die Abderiten dumm
genug waren, alles, was er im Ernste sagte, für
Ironie, und alles, was er scherzweise sagte, für
Ernst zu nehmen? Oder wie konnt' er verhindern,
daſs nicht lange nach seinem Tode Abderitische

„Einen Drachen!“ — riefen die Abderitinnen mit allen Merkmahlen des Erstaunens.

Einen Drachen, wiewohl nicht viel größer als eine gewöhnliche Fledermaus. Diesen Drachen nehmen Sie, schneiden ihn in kleine Stücke, und essen ihn mit etwas Essig, Öhl und Pfeffer, ohne das mindeste davon übrig zu lassen; gehen darauf zu Bette, decken Sich wohl zu, und schlafen ein und zwanzig Stunden in Einem Stücke fort. Darauf erwachen Sie wieder, kleiden Sich an, gehen in Ihren Garten oder in ein Wäldchen, und erstaunen nicht wenig, indem Sie Sich augenblicklich auf allen Seiten von Vögeln umgeben und gegrüßt finden, deren Sprache und Gesang Sie so gut verstehen, als ob Sie alle Tage Ihres Lebens

Köpfe tausend Albernheiten, an die er nie gedacht hätte, unter seinem Nahmen und Ansehen an andre Abderiten verkauften? Was für klügliches Zeug ließ ihn nicht erst im Jahre 1646 Magnenus in seinem *Democritus redivivus* sagen! Und was müssen nicht die Leute in der andern Welt von sich sagen lassen!

nichts als Elstern, Gänschen und Truthühner [18] gewesen wären.

Demokrit erzählte den Abderitinnen alles
diefs mit einer so gelassenen Ernsthaftigkeit,
dafs sie sich um so weniger entbrechen konnten ihm Glauben beyzumessen, da er (ihrer
Meinung nach) die Sache unmöglich mit so
vielen Umständen hätte erzählen können, wenn
sie nicht wahr gewesen wäre. Indessen wufsten sie jetzt doch gerade nur so viel davon als
nöthig war, um desto ungeduldiger zu werden
alles zu wissen —

„Aber, fragten sie, was für Vögel sind
es denn, die man dazu braucht? Ist der Sper-
ling, der Finke, die Nachtigall, die Elster, die
Wachtel, der Rabe, der Kiebitz, die Nacht-
eule, u. s. f. auch darunter? Wie sieht der
Drache aus? Hat er Flügel? Wie viele hat

18) Diefs ist wohl ein Irrthum des Übersetzers.
Denn wer weifs nicht, dafs die Truthühner dem
Aristoteles selbst unbekannt waren, und unbekannt
seyn mufsten, weil sie erst aus Westindien zu uns
und in die übrigen Theile unsrer Halbkugel gekommen sind! S. *Buffon Histoire naturelle des
Oiseaux*, *T. III. p.* 187 u. f.

er deren? Ist er gelb, oder grün, oder blau,
oder rosenfarben? Speyt er Feuer? Beißt oder
sticht er nicht, wenn man ihn anrühren will?
Ist er gut zu essen? Wie schmeckt er? Wie
verdaut er sich? Was trinkt man dazu?“ —
Alle diese Fragen, womit der gute Naturforscher von allen Seiten bestürmt wurde, machten ihm so warm, daß er sich endlich am kür-
zesten aus dem Handel zu ziehen glaubte, wenn
er ihnen gestände, er habe die ganze Historie
nur zum Scherz ersonnen.

„O, dieß sollen Sie uns nicht weiß machen! — riefen die Abderitinnen: Sie wollen
nur nicht daß wir hinter Ihre Geheimnisse
kommen. Aber wir werden Ihnen keine Ruhe
lassen, verlassen Sie Sich darauf! Wir wollen
den Drachen sehen, betasten, beriechen, kosten, und mit Haut und Knochen aufessen, oder
— Sie sollen uns sagen, warum nicht!“

DIE ABDERITEN.

ZWEYTES BUCH.

Zweytes Buch.

Hippokrates in Abdera.

1. Kapitel.

Eine Abschweifung über den Karakter und die Filosofie des Demokritns, welche wir den Leser nicht zu überschlagen bitten.

Wir wissen nicht, wie Demokrit es angefangen, um sich die neugierigen Weiber vom Halse zu schaffen. Genug, dafs uns diese Beyspiele begreiflich machen, wie ein blofser zufälliger Einfall Gelegenheit habe geben können, den unschuldigen Naturforscher in den Ruf zu bringen, als ob er Abderit genug gewesen sey, alle die Mährchen, die er seinen albernen Landsleuten aufheftete, selbst zu glauben. Diejenigen, die ihm diefs zum Vor-

wurf nachgesagt haben, berufen sich auf seine
Schriften. Aber schon lange vor den Zeiten des Vitruvius und Plinius wurden
eine Menge unächter Büchlein mit viel bedeutenden Titeln unter seinem Nahmen herum
getragen. Man weiſs, wie gewöhnlich diese
Art von Betrug den müſsigen *Graeculis* der
spätern Zeiten war. Die Nahmen Hermes
Trismegistus, Zoroaster, Orfeus, Pythagoras, Demokritus, waren ehrwür-
dig genug, um die armseligsten Geburten scha-
ler Köpfe verkäuflich zu machen; insonderheit
nachdem die Alexandrinische Filosofenschule
die Magie in eine Art von allgemeiner Achtung,
und die Gelehrten in den Geschmack gebracht
hatte, sich bey den Ungelehrten das Ansehen
zu geben als ob sie gewaltige Wundermänner
wären, die den Schlüssel zur Geisterwelt gefunden hätten, und für die nun in der ganzen
Natur nichts geheimes sey. Die Abderiten hatten den Demokrit in den Ruf der Zauberey
gebracht, weil sie nicht begreifen konnten, wie
man ohne ein Hexenmeister zu seyn so viel
wissen könne, als sie — nicht wuſsten;
und spätere Betrüger fabricierten Zauberbücher
in seinem Nahmen, um von jenem Ruf bey
den Dummköpfen ihrer Zeit Vortheile zu
ziehen.

Überhaupt waren die Griechen grofse Liebhaber davon, mit ihren Filosofen den Narren
zu treiben. Die Athener lachten herzlich, als
ihnen der witzige Possenreifser Aristofanes
weifs machte, Sokrates halte die Wolken
für Göttinnen, messe aus, wie viele Flohfüfse
hoch ein Floh springen könne, [1]) lasse sich,

[1]). Nichts ist möglicher, als dafs Sokrates wirklich einmahl etwas gesagt haben konnte, das zu
diesem Aristofanischen Spafs Anlafs gegeben. Er
durfte nur in einer Gesellschaft, wo die Rede von
Gröfse und Kleinheit war, den Irrthum angemerkt
haben, den man gewöhnlich begeht, da man von
Grofs und Klein als von wesentlichen Eigenschaften
spricht, und nicht bedenkt, dafs es blofs auf den
Mafsstab ankommt, ob eben dasselbe Ding grofs
oder klein seyn soll. Er konnte nach seiner scherz-
haften Art gesagt haben: man habe Unrecht, den
Sprung eines Flohs nach der Attischen Elle zu mes-
sen; man müsse, um die Schnellkraft des Flohs
mit derjenigen eines Luftspringers zu vergleichen,
nicht den menschlichen Fufs, sondern den Flohfufs
zum Mafs nehmen, wenn man anders den Flöhen
Gerechtigkeit widerfahren lassen wolle — und dergleichen. Nun brauchte nur ein Abderit in
der Gesellschaft zu seyn, so können wir sicher darauf rechnen, dafs er es als eine grofse Ungereimtheit, die dem Filosofen entfahren sey, nach seiner

wenn er meditieren wolle, in einem Korbe
aufhängen, damit die anziehende Kraft der
Erde seine Gedanken nicht einsauge, u. s. w.
und es dünkte sie überaus kurzweilig, den
Mann, der ihnen immer die Wahrheit und
also oft unangenehme Dinge sagte, wenigstens auf der Bühne platte Pedantereyen sagen
zu hören. Und wie mußte sich nicht D i o -
g e n e s (der unter den Nachahmern des Sokrates noch am meisten die Miene seines
Originals hatte) von diesem Volke, das so
gern lachte, mißhandeln lassen! Sogar der
begeisterte P l a t o und der tiefsinnige A r i s -
t o t e l e s blieben nicht von Anklagen frey,
wodurch man sie zu dem grofsen Haufen der
alltäglichen Menschen herab zu setzen suchte.
Was Wunder also, dafs es dem Manne nicht

eignen Art wieder erzählt haben werde: und wenn
gleich Aristofanes klug genug war zu begreifen,
dafs Sokrates etwas kluges gesagt haben werde;
so war es doch für einen Mann von seiner Profession und zu seiner Absicht, den Filosofen lächerlich zu machen, schon genug, dafs man diesem
Einfall eine Wendung geben konnte, wodurch er
geschickt wurde, die Zwerchfelle der Athener,
welche (den Geschmack und den Witz abgerechnet)
ziemlich Abderiten waren, einen Augenblick zu
erschüttern.

besser ging, der so verwegen war mitten unter Abderiten Verstand zu haben! . . .

Demokrit lachte zuweilen, wie wir alle, und würde vielleicht, wenn er zu Korinth oder Smyrna oder Syrakus oder an irgend einem andern Orte der Welt gelebt hätte, nicht mehr gelacht haben, als jeder andre Biedermann, der sich, aus Gründen oder von Temperaments wegen, aufgelegter fühlt die Thorheiten der Menschen zu belachen als zu beweinen. Aber er lebte unter Abderiten. Es war einmahl die Art dieser guten Leute, immer etwas zu thun, worüber man entweder lachen oder weinen oder ungehalten werden mußte: und Demokrit lachte, wo ein Focion die Stirne gerunzelt, ein Kato gepoltert, und ein Swift zugepeitscht hätte. Bey einem ziemlich langen Aufenthalt in Abdera konnte ihm also die Miene der Ironie wohl eigenthümlich werden: aber daß er im buchstäblichen Verstande immer aus vollem Halse gelacht habe, wie ihm ein Dichter, der die Sachen gern übertreibt, nachsagt, [2] diefs hätte wenigstens niemand in Prosa sagen sollen.

[2] *Perpetuo risu pulmonem agitare solebat Democritus. — Juvenal. Sat. X. 33.*

Doch diese Nachrede möchte immer hingehen, zumahl da ein so gepriesener Filosof
wie Seneka unsern Freund Demokrit über
diesen Punkt rechtfertigt, und sogar nachah-
menswürdig findet. „Wir müssen uns dahin
bestreben, sagt Seneka, daſs uns die Thorheiten und Gebrechen des groſsen Häufens
sammt und sonders nicht hassenswürdig, sondern lächerlich vorkommen; und wir werden
besser thun, wenn wir uns hierin den Demokrit als den Heraklit zum. Muster nehmen. Dieser pflegte, so oft er unter die
Leute ging, zu weinen; jener, zu lachen;
dieser sah in allem unserm Thun eitel Noth
und Elend; jener eitel Tand und Kin-
derspiel. Nun ist es aber freundlicher,
das menschliche Leben anzulachen als es
anzugrinsen; und man kann sagen, daſs
sich derjenige um das Menschengeschlecht ver-
dienter macht, der es belacht, als der es bejam-
mert. Denn jener läſst uns doch noch immer
ein wenig Hoffnung übrig; dieser hingegen
weint alberner Weise über Dinge, die er bessern zu können verzweifelt. Auch zeigt
derjenige eine gröſsere Seele, der, wenn
er einen Blick über das Ganze wirft, sich nicht
des Lachens — als jener, der sich der Thränen
nicht enthalten kann; denn er giebt dadurch
zu erkennen, daſs alles, was andern groſs

und wichtig genug scheint um sie in die hef-
tigsten Leidenschaften zu setzen, in seinen
Augen so klein ist, daſs es nur den leich-
testen und kaltblütigsten unter allen
Affekten in ihm erregen kann." 5)

5) Bey allem dem erklärt sich doch Seneka bald
darauf, daſs es noch besser und einem weisen
Manne anständiger sey, die herrschenden Sitten
und Fehler der Menschen sanft und gleichmüthig
zu ertragen, als darüber zu lachen oder zu weinen.
Mich dünkt, er hätte mit wenig Mühe finden können, daſs es — noch was bessers giebt als dieſs
Bessere. Warum immer lachen, immer weinen,
immer zürnen, oder immer gleichgültig seyn?
Es giebt Thorheiten, welche belachenswerth sind;
es giebt andere, die ernsthaft genug sind um dem
Menschenfreunde Seufzer auszupressen; andre, die
einen Heiligen zum Unwillen reitzen könnten; endlich noch andre, die man der menschlichen Schwachheit zu gut halten soll. Ein weiser und guter
Mann (*nisi pituita molesta est*, wie Horaz weislich
ausbedingt) lacht oder lächelt, bedauert oder be-
weint, entschuldigt oder verzeiht, je nachdem es
Personen und Sachen, Ort und Zeit mit sich bringen. Denn lachen und weinen, lieben und hassen,
züchtigen und los lassen, hat seine Zeit, sagt Salo-
mo, welcher älter, klüger und besser war als Seneka mit allen seinen Antithesen.

Im Vorbeygehen, däucht mich, die Entscheidung des Sofisten Seneka habe Verstand; wiewohl er vielleicht besser gethan
hätte, seine Gründe weder so weit herzuhoh-
len, noch in so gekünstelte Antithesen einzu-
schrauben. Doch, wie gesagt, der blofse Umstand, dafs Demokrit unter Abderiten lebte,
und über Abderiten lachte, macht den Vorwurf, von welchem die Rede ist, (wie übertrieben er auch seyn mag) zum erträglichsten
unter allem, was unserm Weisen aufgebürdet
worden. Läfst doch Homer die Götter selbst
über einen weit weniger lächerlichen Gegenstand — über den hinkenden Vulkan, der aus
der gutherzigen Absicht, Friede unter den
Olympiern zu stiften, den Mundschenken
macht — in ein unauslöschliches Gelächter ausbrechen! Aber das Vorgeben,
dafs Demokrit sich selbst freywillig des Gesichts beraubt habe, und
die Ursachen, warum er das gethan
haben soll, diefs setzt auf Seiten derjenigen, bey denen es Eingang finden konnte,
eine Neigung voraus, die wenigstens ihrem
Kopfe wenig Ehre macht.

Und was für eine Neigung mag denn das
seyn? — Ich will es euch sagen, lieben
Freunde, und gebe der günstige Himmel,

daſs es nicht gänzlich in den Wind gesagt
seyn möge!

Es ist die armselige Neigung, jeden
Dummkopf, jeden hämischen Buben für einen
unverwerflichen Zeugen gelten zu lassen, so
bald er einem groſsen Manne irgend eine
überschwengliche Ungereimtheit nachsagt, welche sogar der alltäglichste Mensch bey fünf
gesunden Sinnen zu begehen unfähig wäre.

Ich möchte nicht gern glauben, daſs diese
Neigung so allgemein sey als die Verkleinerer
der menschlichen Natur behaupten: aber dieſs
wenigstens lehrt die Erfahrung, daſs die kleinen Anekdoten, die man von groſsen Männern
auf Unkosten ihrer Vernunft zirkulieren zu
lassen pflegt, sehr leicht bey den meisten Eingang finden. Doch vielleicht ist dieser Hang
im Grunde nicht sträflicher als das Vergnügen,
womit die Sternseher Flecken in der Sonne
entdeckt haben? Vielleicht ist es bloſs das
Unerwartete und Unbegreifliche, was die Entdeckung solcher Flecken so angenehm macht?
Auſserdem findet sich auch nicht selten, daſs die
armen Leute, indem sie einem groſsen Manne
Widersinnigkeiten andichten, ihm (nach ihrer
Art zu denken) noch viel Ehre zu erweisen

glauben; und diefs mag wohl, was die frey-
willige Blindheit unsers Filosofen betrifft, der
Fall bey mehr als Einem Abderitischen Ge-
hirne gewesen seyn.

„Demokrit beraubte sich des Gesichtes,
sagt man, damit er desto tiefer denken
könnte. Was ist hierin so unglaubliches?
Haben wir nicht Beyspiele freywilliger Ver-
stümmelungen von ähnlicher Art. Kombabus — Origenes —“

Gut! — Kombabus und Origenes warfen
einen Theil ihrer selbst von sich, und zwar
einen Theil, den wohl die meisten (im Fall
der Noth) mit allen ihren Augen, und wenn
sie deren so viel als Argus hätten, erkaufen
würden. Allein sie hatten auch einen grofsen
Beweggrund dazu. Was giebt der Mensch
nicht um sein Leben! Und was thut oder lei-
det man nicht, um der Günstling eines
Fürsten zu bleiben, oder gar eine Pa-
gode zu werden! — Demokrit hingegen
konnte keinen Beweggrund von dieser Stärke
haben. Es möchte noch hingehen, wenn er
ein Metafysiker oder ein Poet gewesen
wäre. Diefs sind Leute, die zu ihrem Geschäfte des Gesichts entbehren können. Sie
arbeiten am meisten mit der Einbildungskraft,

und diese gewinnt sogar durch die Blindheit.
Aber wenn hat man jemahls gehört, daſs ein
Beobachter der Natur, ein Zergliederer, ein
Sternseher, sich die Augen ausgestochen hätte,
um desto besser zu beobachten, zu zergliedern
und nach den Sternen zu sehen?

Die Ungereimtheit ist so handgreiflich,
daſs Tertullian die angebliche That unsers
Filosofen aus einer andern Ursache ableitet,
die ihm aber zum wenigsten eben so ungereimt
hätte vorkommen müssen, wenn er nicht gerade vonnöthen gehabt hätte, die Filosofen, die er zu Boden legen wollte, in
Strohmänner zu verwandeln. „Er beraubte sich der Augen, sagt Tertullian, 4) weil er kein Weib ansehen
konnte, ohne ihrer zu begehren.“ —
Ein feiner Grund für einen Griechischen Filosofen aus dem Jahrhunderte des Perikles! Demokrit, der sich gewiſs nicht einfallen ließ
weiser seyn zu wollen als Solon, Anaxagoras,
Sokrates, hatte auch vonnöthen zu einem solchen Mittel seine Zuflucht zu nehmen! Wahr
ists, der Rath des letztern 5) (der Demokriten
gewiſs nichts unbekanntes war, weil er Ver-

4) *Apolog. C.* 46.
5) *Memorab. Socrat. Lib. I. Cap.* 3. *Num.* 14.

stand genug hatte, sich ihn selbst zu geben) verfängt wenig gegen die Gewalt der
Liebe; und einem Filosofen, der sein
ganzes Leben dem Erforschen der Wahrheit widmen wollte, war allerdings sehr viel
daran gelegen, sich vor einer so tyrannischen
Leidenschaft zu hüten. Allein von dieser hatte
auch Demokrit, wenigstens in Abdera, nichts
zu besorgen. Die Abderitinnen waren zwar
schön; aber die gütige Natur hatte ihnen die
Dummheit zum Gegengift ihrer körperlichen Reitzungen gegeben. Eine
Abderitin war nur schön bis sie — den Mund
aufthat, oder bis man sie in ihrem Hauskleide
sah. Leidenschaften von drey Tagen waren
das Äufserste, was sie einem ehrlichen Manne,
der kein Abderit war, einflöfsen konnte; und
eine Liebe von drey Tagen ist einem Demokrit am Filosofieren so wenig hinderlich, dafs
wir vielmehr allen Naturforschern, Zergliede-
rern, Mefskünstlern und Sternsehern demüthig
rathen wollten, sich dieses Mittels, als eines
vortrefflichen Recepts gegen Milzbeschwerun-
gen, öfters zu bedienen, wenn nicht zu vermuthen wäre, dafs diese Herren zu weise sind
eines Rathes vonnöthen zu haben. Ob Demokrit selbst die Kraft dieses Mittels zufälliger
Weise bey einer oder der andern von den Abderitischen Schönen, die wir bereits kennen

gelernt, versucht haben möchte, können wir
aus Mangel authentischer Nachrichten weder
bejahen noch verneinen. Aber dafs er, um
gar nicht oder nicht zu stark von so un-
schädlichen Geschöpfen eingenommen zu werden, und weil er auf allen Fall sicher war dafs
sie ihm die Augen nicht auskratzen würden, —
schwach genug gewesen sey, sich solche selbst
auszukratzen: diefs mag Tertullian glauben so lang' es ihm beliebt; wir zweifeln sehr,
dafs es jemand mitglauben wird.

Aber alle diese Ungereimtheiten werden
unerheblich, wenn wir sie mit demjenigen vergleichen, was ein sonst in seiner Art sehr ver-
dienter Sammler von Materialien zur Geschichte
des menschlichen Verstandes die Filosofie
des Demokritus nennt. Es würde schwer
seyn, von einem Haufen einzelner Trümmer,
Steine uud zerbrochner Säulen, die man als
vorgebliche Überbleibsel des grofsen Tempels
zu Olympia aus unzähligen Orten zusammen
gebracht hätte, mit Gewifsheit zu sagen, dafs
es wirklich Trümmer dieses Tempels seyen.
Aber was würde man von einem Manne denken, der — wenn er diese Trümmer, so gut es
ihm in der Eile möglich gewesen wäre, auf
einander gelegt, und mit etwas Lehm und Stroh
zusammen geflickt hätte — ein so armseliges

Stückwerk, ohne Plan, ohne Fundament, ohne
Gröfse, ohne Symmetrie und Schönheit, für
den Tempel zu Olympia ausgeben wollte?

Überhaupt ist es gar nicht wahrscheinlich,
dafs Demokrit ein System gemacht habe. Ein
Mann, der sein Leben mit Reisen, Beobachtungen und Versuchen zubringt, lebt
selten lange genug, um die Resultate dessen
was er gesehen und erfahren in ein kunstmäfsi-
ges Lehrgebäude zusammen zu fügen. Und in
dieser Rücksicht könnte wohl auch Demokrit,
wiewohl er über ein Jahrhundert gelebt haben
soll, noch immer zu früh vom Tod überrascht
worden seyn. Aber, dafs ein solcher Mann, mit
dem durchdringenden Verstande und mit dem
brennenden Durste nach Wahrheit, den ihm
das Alterthum einhellig zuschreibt, fähig gewe-
fen sey, handgreiflichen Unsinn zu
behaupten, ist noch etwas weniger als un-
wahrscheinlich. „Demokrit (sagt man uns)
erklärte das Daseyn der Welt lediglich aus
den Atomen, dem leeren Raum, und der Nothwendigkeit oder dem Schicksal. Er fragte
die Natur achtzig Jahre lang, und sie
sagte ihm kein Wort von ihrem Urheber, von seinem Plan, von seinem
Endzweck? Er schrieb den Atomen allen
einerley Art von Bewegung zu, und

wurde nicht gewahr, 6) daſs aus Elementen, die sich in parallelen Linien bewegen, in Ewigkeit keine Körper entstehen können? Er läugnete, daſs die Verbindung der Atomen nach dem Gesetze der Ähnlichkeit geschehe; er erklärte alles in der Welt aus einer unendlich schnellen aber blinden Bewegung: und behauptete gleichwohl daſs die Welt ein Ganzes sey?" u. s. w. Diesen und andern ähnlichen Unsinn setzt man auf seine Rechnung; citiert den Stobäus, Sextus, Censorinus; und bekümmert sich wenig darum, ob es unter die möglichen Dinge gehöre, daſs ein Mann von Verstand (wofür man gleichwohl den Demokrit ausgiebt) so gar erbärmlich räsonieren könnte. Freylich sind groſse Geister von der Möglichkeit sich zu irren, oder unrichtige Folgerungen zu ziehen, eben so wenig frey als kleine; wiewohl man gestehen muſs, daſs sie unendlichemahl seltener in diese Fehler fallen, als es die Lilliputter gern hätten: aber es giebt Albernheiten die nur ein Dummkopf zu denken oder zu sagen fähig ist, so wie es Unthaten giebt die nur ein Schurke begehen kann. Die besten Men-

6) *Brucker, Histor. Crit. Philos. T. I. p. 1190.*

schen haben ihre Anomalien, und die
Weisesten leiden zuweilen eine vorüber
gehende Verfinsterung; aber diefs hin-
dert nicht, dafs man nicht mit hinlänglicher
Sicherheit von einem verständigen Manne
sollte behaupten können: dafs er gewöhnlich, und besonders bey solchen Gelegenheiten, wo auch die Dümmsten allen den ihrigen zusammen raffen, wie ein Mann von Verstand verfahren werde.

Diese Maxime könnte uns, wenn sie
gehörig angewendet würde, im Leben man-
ches rasche Urtheil, manche von wichtigen Folgen begleitete Verwechsluug
des Scheins mit der Wahrheit ersparen
helfen. Aber den Abderiten half sie
nichts. Denn zum Anwenden einer Maxime
wird gerade das Ding erfordert — das sie
nicht hatten. Die guten Leute behalfen
sich mit einer ganz andern Logik als vernünftige Menschen; und in ihren Köpfen
waren Begriffe associiert, die, wenn es keine
Abderiten gäbe, sonst in aller Ewigkeit nie
zusammen kommen würden. Demokrit untersuchte die Natur der Dinge, und bemerkte
Ursachen gewisser Naturbegebenheiten ein
wenig früher als die Abderiten: also war
er ein Zauberer. — Er dachte über alles

anders als sie, lebte nach andern Grundsätzen,
brachte seine Zeit auf eine ihnen unbegreifliche Art mit sich selbst zu, — also war es
nicht recht richtig in seinem Kopfe;
der Mann hatte sich überstudiert, und man
besorgte, daſs es einen unglücklichen Ausgang mit ihm nehmen werde. — Solche
Schlüsse machen die Abderiten aller Zeiten
und Orte!

---

2. Kapitel.

Demokrit wird eines schweren Verbrechens beschuldigt, und von einem seiner Verwandten damit
entschuldigt, daſs er seines Verstandes nicht recht
mächtig sey. Wie er das Ungewitter, welches ihm
der Priester Strobylus zubereiten wollte, noch zu
rechter Zeit ableitet.

Was hört man von Demokriten? — sagten die Abderiten unter einander. —
„Schon sechs ganzer Wochen will niemand
nichts von ihm gesehen haben. — Man kann
seiner nie habhaft werden; oder wenn man ihn
endlich trifft, so sitzt er in tiefen Gedanken,

und ihr habt eine halbe Stunde vor ihm gestanden, habt mit ihm gesprochen, und seyd wieder weggegangen, ohne daſs er es gewahr worden ist. Bald wühlt er in den Eingeweiden von Hunden und Katzen herum; bald kocht er Kräuter, oder steht mit einem groſsen Blasebalg in der Hand vor einem Zauberofen, und macht Gold, oder noch was ärgers. Bey Tage klettert er wie eine Gemse die steilsten Klippen des Hämus hinan, um — Kräuter zu suchen, als ob es deren nicht genug in der Nähe gäbe; und bey Nacht, wo sogar die unvernünftigen Geschöpfe der Ruhe pflegen, wickelt er sich in einen Skythischen Pelz, und guckt, beym Kastor! durch ein Blaserohr nach den Sternen.‟

Ha, ha, ha! Man könnte sichs nicht närrischer träumen lassen! Ha, ha, ha! — lachte der kurze dicke Rathsherr.

Es ist bey allem dem Schade um den Mann, sagte der Archon von Abdera; man muſs gleichwohl gestehen daſs er viel weiſs.

Aber was hat die Republik davon? — versetzte ein Rathsherr, der sich mit Projekten, Verbesserungsvorschlägen, und Dedukzionen veralteter Ansprüche eine hübsche runde Summe von der Republik verdient hatte, und in Kraft dessen immer aus vollen Backen von seinen Verdiensten um das Abderitische Wesen prahlte, wiewohl das Abderitische Wesen sich durch alle seine Projekte, Dedukzionen und Verbesserungen nicht um hundert Drachmen besser befand.

Es ist wahr, (sprach ein andrer) mit seiner Wissenschaft läuft es auf lauter Spielwerk hinaus; nichts gründliches! *In minimis maximus!*

Und dann sein unerträglicher Stolz! seine Widersprechungssucht! sein ewiges Vernünfteln und Tadeln und Spötteln!"

Und sein schlimmer Geschmack!

Von der Musik wenigstens versteht er nicht den Guckuck, sagte der Nomofylax.

Vom Theater noch weniger, rief Hyperbolus.

Und von der hohen Ode gar nichts, sagte Fysignathus.

Er ist ein Scharlatan, ein Windbeutel —

Und ein Freygeist obendrein, schrie der Priester Strobylus; ein ausgemachter Freygeist, ein Mensch der nichts glaubt, dem nichts heilig ist! Man kann ihm beweisen, daſs er einer Menge Frösche die Zungen bey lebendigem Leibe ausgerissen hat.

Man spricht stark davon, daſs er deren etliche sogar lebendig zergliedert habe, sagte jemand.

Ists möglich? rief Strobylus mit allen Merkmahlen des äuſsersten Entsetzens; sollte dieſs bewiesen werden können? Gerechte Latona! wozu diese verflуchte Filosofie einen Menschen nicht bringen kann! Aber, sollt’ es wirklich bewiesen werden können?

Ich geb’ es wie ich es empfangen habe, erwiederte jener.

Es muſs untersucht werden, schrie Strobylus, hochpreislicher Herr Archon! Wohlweise Herren! — ich fordre Sie hiermit im Nahmen der Latona auf! Die Sache muſs untersucht werden!

Wozu eine Untersuchung? sagte Thrasyllus, einer von den Häuptern der Republik, ein naher Anverwandter und vermuth-

licher Erbe des Filosofen. Die Sache hat ihre
Richtigkeit. Aber sie beweist weiter nichts,
als was ich, leider! schon seit geraumer Zeit an
meinem armen Vetter wahrgenommen habe, —
dafs es mit seinem Verstande nicht so
gut steht als zu wünschen wäre. Demokrit ist
kein schlimmer Mann; er ist kein Verächter
der Götter: aber er hat Stunden da er
nicht bey sich selber ist. Wenn er einen
Frosch zergliedert hat, so wollt' ich für ihn
schwören dafs er den Frosch für eine Katze
ansah.

Desto schlimmer! sagte Strobylus,

In der That, desto schlimmer — für seinen
Kopf und für sein Hauswesen! — fuhr Thrasyllus fort. Der arme Mann ist in einem
Zustande, wobey wir nicht länger gleichgültig bleiben können. Die Familie wird sich
genöthiget sehen die Republik um Hülfe anzu-
rufen. Er ist in keiner Betrachtung fähig
sein Vermögen selbst zu verwalten. Er wird
bevogtet werden müssen.

Wenn diefs ist — sagte der Archon mit
einer bedenklichen Miene — und hielt inne.

Ich werde die Ehre haben, Ihre Herrlichkeit näher von der Sache zu unterrichten, ver-
etzte der Rathsherr Thrasyllus.

Wie? Demokrit sollte nicht bey Verstande seyn? rief einer aus den Anwesenden. Meine Herren von Abdera, bedenken Sie wohl was Sie thun! Sie sind in Gefahr, dem ganzen Griechenland ein grofses Lachen zuzubereiten. Ich will meine Ohren verloren haben, wenn Sie einen verständigern Mann diesseits und jenseits des Hebrus finden, als diesen nehmlichen Demokrit! Nehmen Sie Sich in Acht, meine Herren! die Sache ist kitzlicher als Sie vielleicht denken.

Unsre Leser erstaunen — aber wir wollen ihnen sogleich aus dem Wunder helfen. Derjenige, der diefs sagte, war kein Abderit. Er war ein Fremder aus Syrakus, und (was die Rathsherren von Abdera in Respekt erhielt) ein naher Verwandter des ältern Dionysius, der sich vor kurzem zum Fürsten dieser Republik aufgeworfen hatte.

Sie können versichert seyn, antwortete der Archon dem Syrakuser, dafs wir nicht weiter in der Sache gehen werden als wir Grund finden.

Ich nehme zu viel Antheil an der Ehre, welche der erlauchte Syrakuser meinem Vetter durch seine gute Meinung erweist, sagte

Thrasyllus, als daſs ich nicht wünschen
sollte, sie bestätigen zu können. Es ist wahr,
Demokrit hat seine hellen Augenblicke; und
in einem solchen wird ihn der Prinz gesprochen haben. Aber leider! es sind nur Augenblicke —

So müssen die Augenblicke in Abdera sehr
lang seyn, fiel der Syrakuser ein.

Hoch - und Wohlweise Herren, sagte der
Priester Strobylus, die Umstände mögen
beschaffen seyn wie sie wollen, bedenken Sie
daſs die Rede von einem lebendig zergliederten
Frosche ist! Die Sache ist wichtig, und ich
dringe auf Untersuchung. Denn davor sey
Latona und Apollo, daſs ich fürchten sollte —"

Beruhigen Sie Sich, Herr Oberpriester, fiel
ihm der Archon ins Wort — der (unter uns
gesagt) selbst ein wenig im Verdachte stand,
von den Fröschen der Latona nicht so gesund
zu denken, wie man in Abdera davon denken
muſste. — Auf die erste Anregung, welche
von Seiten der Vorsteher des geheiligten Teiches beym Senat gemacht werden wird, sollen die Frösche alle gebührende
Genugthuung erhalten!

Der Syrakuser benachrichtigte Demokriten unverzüglich von allem, was in dieser
Gesellschaft gesprochen worden war.

Laſs den fettesten jungen Pfau 7) im
Hühnerhofe würgen, und an den Bratspieſs

7) Hier scheint sich eine Unrichtigkeit in den
Text eingeschlichen zu haben. Der Pfau war vor
Alexanders Eroberung des Persischen
Reiches ein unbekannter Vogel in Griechenland.
Und da er nachmahls aus Asien nach Europa über-
ging, war er Anfangs so selten, daſs man ihn zu
Athen um Geld sehen lieſs. Jedoch wurde er in
kurzer Zeit (nach dem Ausdruck des Komödien-
schreibers Antifanes) so gemein als die Wach-
teln. In der üppigen Epoche von Rom wurde
deren eine unendliche Menge daselbst erzogen, und
der Pfau machte ein vorzügliches Gericht auf den
Römischen Tafeln aus. Woher der Herr von Büf-
fon genommen hat, daſs die Griechen keine Pfauen
gegessen, weiſs ich nicht; das Gegentheil hätte ihm
eine Stelle aus dem Poeten Alexis beym Athenäus beweisen können. Indessen wäre doch, wenn
es vor Alexandern keine Pfauen in Europa
gegeben hätte, gewiſs, daſs Demokrit dem Priester
Strobylus keinen gebratnen Pfau hätte schicken
können; man müſste denn voraussetzen, daſs dieser

stecken, sagte Demokrit zu seiner Haus-
hälterin, und benachrichtige mich wenn er
gar ist.

Des nehmlichen Abends, als sich Strobylus zu Tische setzte, ward der gebratne
Pfau in einer silbernen Schüssel, als ein Ge-
schenk Demokrits, aufgetragen. Als man
ihn öffnete, siehe, da war er mit hundert
goldnen Dariken 8) gefüllt. Es muſs doch
nicht so gar übel mit dem Verstande des
Mannes stehen, dachte Strobylus.

Das Mittel wirkte unverzüglich was es
wirken sollte. Der Oberpriester lieſs sich den

Naturforscher unter andern Seltenheiten auch Pfauen
aus Indien mitgebracht hätte. Und warum sollte
man dieſs nicht voraussetzen können? Im Nothfall könnten uns auch die alten Samischen Münzen,
auf denen man neben der Juno einen Pfau abgebil-
det sieht, aus der Schwierigkeit helfen — wenn es
der Mühe werth wäre.

8) Eine Persische Goldmünze, die von Cyaxa-
res II. oder Darius aus Medien, nach der Eroberung Babylons zuerst soll geschlagen worden seyn.

Pfau herrlich schmecken, trank Griechischen Wein dazu, strich die hundert Dariken
in seinen Beutel, und dankte der Latona für
die Genugthuung, die sie ihren Fröschen
verschafft hatte.

Wir haben alle unsre Fehler, sagte Strobylus des folgenden Tages in einer grofsen
Gesellschaft. Demokrit ist zwar ein Filosof; aber ich finde doch, dafs er es so übel
nicht meint als ihn seine Feinde beschuldi-
gen. Die Welt ist schlimm; man hat wunderliche Dinge von ihm erzählt: aber ich
denke gern das Beste von jedermann. Ich
hoffe sein Herz ist besser als sein Kopf! Es
soll nicht gar zu richtig in dem letztern seyn,
und ich glaub' es selbst. Einem Menschen in
solchen Umständen mufs man viel zu gut halten. Ich bin gewifs, dafs er der feinste
Mann in ganz Abdera wäre, wenn ihm die
Filosofie den Verstand nicht verdorben hätte!

Strobylus fing durch diese Rede zwey
Fliegen mit Einer Klappe. Er entledigte sich seiner Verbindlichkeit gegen unsern Filosofen, da
er von ihm als von einem guten Manne sprach,
und machte sich ein Verdienst um den Rathsherrn Thrasyllus, indem er es auf Unkosten seines Verstandes that. Woraus zu

ersehen ist, daſs der Priester Strobylus, bey
aller seiner Einfalt oder Dummheit (wenn
man es so nennen will) ein schlauer Gast
war,

***

3. Kapitel.

**Eine kleine Abschweifung in die Regierungszeit
Schach Bahams des Weisen. Karakter des
Rathsherrn Thrasyllus.**

Es giebt eine Art von Menschen, die man
viele Jahre lang kennen und beobachten kann,
ohne mit sich selbst einig zu werden, ob
man sie in die Klasse der schwachen oder
der bösen Leute setzen soll. Kaum haben
sie einen Streich gemacht, dessen kein Mensch
von einiger Überlegung fähig zu seyn scheint,
so überraschen sie uns durch eine so wohl
ausgedachte Bosheit, daſs wir, mit allem
guten Willen von ihrem Herzen das Beste
zu denken, uns in der Unmöglichkeit befinden, die Schuld auf ihren Kopf zu legen.
Gestern nahmen wir es für ausgemacht an,
daſs Herr Quidam so schwach von Verstand

sey, daſs es Sünde wäre ihm seine Ungereimtheiten zu Verbrechen zu machen; heute
überführt uns der Augenschein, daſs der
Mann zu übelthätig ist um ein bloſser Dummkopf zu seyn; wir sehen keinen Ausweg,
ihn von der Schuld eines bösen Willens frey
zu sprechen. Aber kaum haben wir hierüber
unsre Partey genommen: so sagt oder thut
er etwas, das uns wieder in unsre vorige
Hypothese zurück wirft, oder wenigstens in
eine der unangenehmsten Seelenlagen, in die
Verlegenheit setzt, nicht zu wissen was wir
von dem Manne denken, oder — wenn unser
Unstern will daſs wir mit ihm zu thun haben
müssen — was wir mit ihm anfangen sollen.

Die geheime Geschichte von Agra sagt,
daſs der berühmte Schach-Baham sich
einsmahls mit einem seiner Omrahs in diesem Falle befunden habe. Der Omrah wurde
beschuldigt, daſs er Ungerechtigkeiten aus-
geübt habe.

So soll er gehangen werden, sagte Schach-
Baham.

„Aber, Sire, hielt man ihm entgegen, der
arme Kurli ist ein so schwacher Kopf, daſs
noch die Frage ist, ob er den Unterschied zwi-

schen Recht und Link deutlich genug einsieht,
um zu wissen ob er eine Ungerechtigkeit
begeht oder nicht."

Wenn dieſs ist, sagte Schach-Baham, so
schickt ihn ins Narrenhospital!

,,Gleichwohl, Sire, da er Verstand genug
hat einem Wagen mit Heu auszuweichen, und
bey einem Pfeiler, an dem er sich den Kopf
zerschellen könnte, vorbey zu gehen, weil er
wohl merkt daſs der Pfeiler nicht bey ihm
vorbey gehen werde —"

Merkt er das? rief der Sultan; beym Barte
des Profeten, so sagt mir nichts weiter. Morgen soll man sehen, ob Justiz in Agra ist.

,,Indessen giebt es Leute, die Eure Majestät versichern werden, daſs der Omrah —
seine Dummheit ausgenommen, die ihn zuweilen boshaft macht — der ehrlichste Mann
von der Welt ist."

,,Um Vergebung! (fiel ein andrer von den
anwesenden Höflingen ein) gerade das Gegentheil! Kurli hat alles, was noch gut an ihm
ist, seiner Dummheit zu danken. Er würde
zehnmahl schlimmer seyn als er ist, wenn
er Verstand genug hätte zu wissen wie ers
anfangen sollte."

Wißt ihr auch, meine Freunde, daß in allem, was ihr mir da sagt, kein Menschenverstand ist? versetzte Schach-Baham. Vergleicht euch erst mit euch selbst, wenn ich bitten darf! Kurli, spricht dieser, ist ein böser Mann weil er dumm ist. — Nein, spricht jener, er ist dumm weil er boshaft ist. — Gefehlt, spricht der dritte; er würde ein schlimmerer Mann seyn, wenn er nicht so dumm wäre. — Wie wollt ihr, daß unser einer aus diesem Galimatias klug werde? Da entscheide mir einmahl jemand, was ich mit ihm anfangen soll! Denn entweder ist er zu boshaft fürs Narrenhospital, oder zu dumm für den Galgen.

„Dieß ist es eben, sagte die Sultanin Darejan. Kurli ist zu dumm um sehr boshaft zu seyn; und doch würde Kurli noch weniger boshaft seyn als er ist, wenn er weniger dumm wäre.“

Der Henker hohle den räthselhaften Kerl! rief Schach-Baham. Da sitzen wir und zerbrechen uns die Köpfe, um ausfündig zu machen ob er ein Esel oder ein Schurke sey; und am Ende werdet ihr sehen daß er beides ist. — Alles wohl überlegt, wißt ihr was ich thun will? — Ich will ihn laufen lassen! Seine Bosheit und seine Dummheit werden einander die Wage halten. Er wird, in so fern er nur kein Omrah ist, weder durch diese noch jene grofsen Schaden thun. Die Welt ist weit; lafs ihn laufen, Itimaddulet! Aber vorher soll er kommen und sich bey der Sultanin bedanken! Nur noch vor drey Minuten wollt' ich ihm keine Feige um seinen Hals gegeben haben!

Man hat lange nicht ausfündig machen können, warum Schach-Baham den Beynahmen des Weisen in den Geschichtbüchern von Hindostan führt. Aber nach dieser Entscheidung kann es keine Frage mehr seyn. Alle sieben Weisen aus Griechenland hätten den Knoten nicht besser auflösen können, als ihn Schach-Baham — zerhieb.

Der Rathsherr Thrasyllus hatte das Unglück, einer von diesen (zum Glück det Welt) nicht so gar gewöhnlichen Menschen zu seyn, in deren Kopf und Herzen Dummheit und Bosheit, nach dem Ausdruck des Sultans, einander die Wage halten. Seine Anschläge auf das Vermögen seines Verwandten waren nicht von gestern her. Er hatte darauf gezählt, dafs Demokrit nach einer so langen Abwesenheit gar nicht wieder kommen

würde; und auf diese Voraussetzung hatte er
sich die Mühe gegeben, einen Plan zu machen,
den die Wiederkunft desselben auf eine sehr
unangenehme Art vereitelte. Thrasyllus, dessen Einbildung schon daran gewöhnt war, das
Erbgut Demokrits für einen Theil seines eignen
Vermögens anzusehen, konnte sich nun nicht
so leicht gewöhnen anders zu denken. Er
betrachtete ihn also als einen Räuber, der ihm
das Seinige vorenthalte. Aber unglücklicher
Weise hatte dieser Räuber — die Gesetze auf
seiner Seite.

Der arme Thrasyllus durchsuchte alle
Winkel in seinem Kopfe, ein Mittel gegen
diesen ungünstigen Umstand zu finden; und
suchte lange vergebens. Endlich glaubte er
in der Lebensart seines Vetters einen Grund,
auf den er bauen könnte, gefunden zu haben.
Die Abderiten waren schon vorbereitet, dachte
Thrasyllus; denn daſs Demokrit ein Narr
sey, war zu Abdera eine ausgemachte Sache.
Es kam also nur noch darauf an, dem groſsen
Rath *legaliter* darzuthun, daſs seine Narrheit von derjenigen Art sey, welche den damit behafteten unfähig macht sein eigner
Herr zu seyn. Dieſs hatte nun einige
Schwierigkeiten. Mit seinem eignen Verstande würde Thrasyllus schwerlich durch-

gekommen seyn. Aber in solchen Fällen finden
seines gleichen für ihr Geld immer einen Spitz-
buben, der ihnen seinen Kopf leiht; und dann
ist es so viel als ob sie selbst einen hätten.

---

4. Kapitel

Kurze, doch hinlängliche, Nachrichten von den
Abderitischen Sykofanten. Ein Fragment aus der
Rede, worin Thrasyllus um die Bevogtung seines
Vetters ansuchte.

Es gab damahls zu Abdera eine Art von Leuten, die sich von der Kunst nährten, schlimme Händel so zurechte zu machen, dafs
sie wie gut aussahen. Sie gebrauchten
dazu nur zwey Hauptkunstgriffe: entweder
sie verfälschten das Faktum, oder
sie verdrehten das Gesetz. Weil diese
Lebensart sehr einträglich war, so legte sich
nach und nach eine so grofse Menge von müfsi-
gen Leuten darauf, dafs die Pfuscher zuletzt
die Meister verdrängten. Die Profession verlor
dadurch von ihrem Ansehen. Man nannte diejenigen, die sich damit abgaben, Sykofanten, weil die meisten so arme Schelme waren,

dafs sie für eine Feige alles sagten was man wollte.

Indessen, da die Sykofanten wenigstens den zwanzigsten Theil der Einwohner von Abdera ausmachten, und die Leute gleichwohl nicht blofs von Feigen leben konnten: so reichten die gewöhnlichen Gelegenheiten, wobey die Rechtshändel zu entstehen pflegen, nicht mehr zu. Die Vorfahren der Sykofanten hatten gewartet, bis man sie um ihren Beystand ansprach. Aber bey dieser Methode hätten ihre Nachfolger hungern oder graben müssen: denn betteln war in Abdera nicht erlaubt; welches (im Vorbeygehen zu sagen) das einzige war, was die Fremden an der Abderitischen Polizey zu loben fanden. Nun waren die Sykofanten zum Graben zu faul; folglich blieb den meisten kein andres Mittel übrig, als — die Händel, die sie führen wollten, selbst zu machen.

Weil die Abderiten Leute von sehr hitziger Gemüthsart und von geringer Besonnenheit waren, so fehlt' es dazu nie an Gelegenheit. Jede Kleinigkeit gab also einen Handel; jeder Abderit hatte seinen Sykofanten: und so wurde wieder eine Art von Gleichgewicht hergestellt, wodurch sich die Profession um so mehr in

Ansehen erhielt, weil die Nacheiferung große
Talente entwickelte.

Abdera gewann dadurch den Ruhm, daß
die Kunst Fakta zu verfälschen und
Gesetze zu verdrehen in Athen selbst
nicht so hoch gebracht worden sey; und dieser
Ruhm wurde in der Folge dem Staat einträglich. Denn wer einen ungewöhnlich schlimmen Handel von einiger Wichtigkeit hatte, ver-
schrieb sich einen Abderitischen Sykofanten;
und es müßte nicht natürlich zugegangen seyn,
wenn der Sykofant eher von einem solchen
Klienten abgelassen hätte, bis nichts mehr an
ihm abzunagen war.

Doch dieß war noch nicht der größte
Vortheil, den die Abderiten von ihren Sykofanten zogen. Was diese Leute in ihren Augen
am vorzüglichsten machte, war — die Bequemlichkeit, eine jede Schelmerey ausführen
zu können, ohne sich selbst dabey bemühen
zu müssen oder sich mit der Justiz abzuwer-
fen. Man brauchte die Sache nur einem Sykofanten zu übergeben, so konnte man, gewöhnlicher Weise, des Ausgangs wegen ruhig seyn.
Ich sage gewöhnlicher Weise; denn freylich
gab es mitunter auch Fälle, wo der Sykofant, nachdem er sich erst von seinem Klien-

ten tüchtig hatte bezahlen lassen, gleichwohl
heimlich dem Gegentheil zu seinem Rechte
verhalf: aber dieß geschah auch niemahls, als
wenn dieser wenigstens zwey Drittel mehr
gab als der Klient.

Übrigens konnte man nichts erbaulichers
sehen als das gute Vernehmen, worin zu Abdera die Sykofanten mit den Magis-
tratspersonen standen. Die einzigen, die
sich übel bey dieser Eintracht befanden, waren — die Klienten. Bey allen andern
Unternehmungen, so gefährlich und gewagt
sie auch immer seyn mögen, bleibt doch wenigstens eine Möglichkeit mit ganzer Haut
davon zu kommen. Aber ein Abderitischer
Klient war immer gewiß um sein Geld zu kommen, er mochte seinen Handel gewinnen oder
verlieren. Nun rechteten die Leute zwar darum weder mehr noch weniger; allein ihre Justiz kam dabey in einen Ruf, gegen welchen
nur Abderiten gleichgültig seyn konnten. Denn
es wurde zu einem Sprichwort in Griechenland,
demjenigen, dem man das ärgste an den Hals
wünschen wollte, einen Prozeß in Abdera zu wünschen.

Aber, beynahe hätten wir über den Sykofanten vergessen, daß die Rede von den

Absichten des Rathsherrn Thrasyllus auf
das Vermögen unsers Filosofen, und von den
Mitteln war, wodurch er seinen vorhabenden
Raub unter dem Schutze der Gesetze zu begehen versuchen wollte.

Um den geneigten Leser mit keiner lang-
weiligen Umständlichkeit aufzuhalten, begnügen wir uns zu sagen, daſs Thrasyllus die Sache seinem Sykofanten auftrug. Es war einer
von den geschicktesten in ganz Abdera; ein
Mann, der die gemeinen Kunstgriffe seiner
Mitbrüder verachtete, und sich viel darauf zu
gut that, daſs er, seitdem er sein edles Handwerk trieb, ein paar hundert schlimme Händel
gewonnen hatte, ohne jemahls eine einzige
direkte Lüge zu sagen. Er steifte sich auf
lauter unläugbare Fakta; aber seine
Stärke lag in der Zusammensetzung und
im Helldunkeln. Demokrit hätte in keine
bessern Hände fallen können. Wir bedauern
nur, daſs wir, weil die Akten des ganzen Pro-
zesses längst von Mäusen gefressen worden,
auſser Stande sind, jungen neu angehenden
Sykofanten zum besten, die Rede vollständig
mitzutheilen, worin dieser Meister in der
Kunst dem groſsen Rathe zu Abdera bewies,
daſs Demokrit seines Vermögens entsetzt werden müsse. Alles, was von dieser Rede übrig

geblieben, ist ein kleines Bruchstück, welches
uns merkwürdig genug scheint, um, zur Probe
wie diese Herren eine Sache zu wenden pflegten, ein paar Blätter in dieser Geschichte einzunehmen.

—

„Die gröfsten, die gefährlichsten, die un-
erträglichsten aller Narren (sagte er) sind die
räsonierenden Narren.   Ohne weniger
Narren zu seyn als andre, verbergen sie dem
undenkenden Haufen die Zerrüttung ihres
Kopfes durch die Fertigkeit ihrer Zunge, und
werden für weise gehalten, weil sie zusam-
menhangender rasen als ihre Mitbrüder
im Tollhause.   Ein ungelehrter Narr ist
verloren, so bald es so weit mit ihm gekommen ist dafs er Unsinn spricht.   Bey
dem gelehrten Narren hingegen sehen wir
gerade das Widerspiel. Sein Glück ist gemacht
und sein Ruhm befestiget, so bald er Unsinn
zu reden oder zu schreiben anfängt. Denn die
meisten, wiewohl sie sich ganz eigentlich
bewufst sind dafs sie nichts davon verstehen, sind entweder zu mifstrauisch
gegen ihren eigenen Verstand, um gewahr zu
werden dafs die Schuld nicht an ihnen liegt;
oder zu dumm um es zu merken, und also
zu eitel, um zu gestehen dafs sie nichts verstanden haben. Je mehr also der gelehrte

Narr Unsinn spricht, desto lauter schreyen
die dummen Narren über Wunder; desto
emsiger verdrehen sie sich die Köpfe, um Sinn
in dem hoch tönenden Unsinn zu finden. Jener, gleich einem durch den öffentlichen Beyfall angefrischten Luftspringer, thut immer
desto verwegnere Sätze, je mehr ihm zugeklatscht wird: diese klatschen immer stärker,
um den Gaukler noch gröfsere Wunder thun
zu sehen. Und so geschieht es oft, dafs der
Schwindelgeist eines Einzigen ein ganzes Volk
ergreift, und dafs, so lange die Mode des
Unsinns dauert, dem nehmlichen Manne Al-
täre aufgerichtet werden, den man zu einer andern Zeit, ohne viele Umstände mit ihm zu
machen, in einem Hospital versorgt haben
würde.

„Glücklicher Weise für unsere gute Stadt
Abdera ist es so weit mit uns noch nicht gekommen. Wir erkennen und bekennen alle
aus Einem Munde, dafs Demokrit ein Sonderling, ein Fantast, ein Grillenfänger ist.
Aber wir begnügen uns über ihn zu lachen;
und diefs ist es eben worin wir fehlen. Jetzt
lachen wir über ihn; aber wie lange wird es
währen, so werden wir anfangen etwas aufserordentliches in seiner Narrheit zu finden? Vom
Erstaunen zum Bewundern ist nur ein Schritt;

und haben wir diesen erst gethan, — Götter!
wer wird uns sagen können wo wir aufhören
werden? — Demokrit ist ein Fantast, sprechen wir jetzt und lachen. Aber, was für ein
Fantast ist Demokrit? Ein eingebildeter star-
ker Geist, ein Spötter unsrer uralten Gebräuche und Einrichtungen; ein Müfsiggänger, dessen Beschäftigungen dem Staate nicht mehr
Nutzen bringen als wenn er gar nichts thäte;
ein Mann, der Katzen zergliedert, der die Sprache der Vögel versteht, und den Stein der
Weisen sucht; ein Nekromant, ein Schmetter-
lingsjäger, ein Sterngucker! — Und wir können noch zweifeln, ob er eine dunkle
Kammer verdient? Was würde aus Abdera
werden, wenn seine Narrheit endlich anstek-
kend würde? Wollen wir lieber die Folgen
eines so grofsen Übels erwarten, als das einzige
Mittel vorkehren wodurch wir es verhüten
könnten? Zu unserm Glücke geben die Gesetze dieses Mittel an die Hand. Es ist einfach, es ist rechtmäfsig, es ist unfehlbar. Ein
dunkles Kämmerchen, Hochweise Väter, ein
dunkles Kämmerchen! so sind wir auf einmahl
aufser Gefahr, und Demokrit mag rasen so viel
ihm beliebt.

„Aber, sagen seine Freunde — denn so
weit ist es schon mit uns gekommen, dafs ein

Mann, den wir alle für unsinnig halten,
Freunde unter uns hat — Aber, sagen sie,
wo sind die Beweise, daß seine Narrheit schon
zu jenem Grade gestiegen sey, den die Gesetze
zu einem dunkeln Kämmerchen erfordern? —
Wahrhaftig! wenn wir, nach allem was wir
schon wissen, noch Beweise fordern: se
wird er glühende Kohlen für Goldstücke ansehen, oder die Sonne am Mittag mit einer La-
terne suchen müssen, wenn wir überzeugt
werden sollen. Hat er nicht behauptet daß
die Liebesgöttin in Äthiopien schwarz sey?
Hat er unsre Weiber nicht bereden wollen,
nackend zu gehen wie die Weiber der Gymnosofisten? Versicherte er nicht neulich in einer
grofsen Gesellschaft, die Sonne stehe still, die
Erde überwälze sich drey hundert und fünf
und sechzigmahl des Jahrs durch den Thier-
kreis; und die Ursache, warum wir bey ihren
Burzelbäumen nicht ins Leere hinaus fielen,
sey, weil mitten in der Erde ein grofser Mag-
net liege, der uns, gleich eben so vielen Feilspä-
nen, anziehe, wiewohl wir nicht von Eisen
sind? —

„Doch, ich will gern zugeben, daß diefs
alles Kleinigkeiten sind. Man kann närrische
Dinge reden, und kluge thun. Wollte
Latona, daß der Filosof sich in diesem

Falle befände! Aber (mir ist es leid, daſs ich
es sagen muſs) seine Handlungen setzen einen
so ungewöhnlichen Grad von Wahnwitz voraus, daſs alle Niesewurz in der Welt zu wenig
seyn würde, das Gehirn zu reinigen worin sie
ausgeheckt werden. Um die Geduld des er-
lauchten Senats nicht zu ermüden, will ich aus
unzähligen Beyspielen nur zwey anführen, deren Gewiſsheit gerichtlich erwiesen werden
kann, falls sie ihrer Unglaublichkeit wegen in
Zweifel gezogen werden sollten.

„Vor einiger Zeit wurden unserm Filosofen
Feigen vorgesetzt, die, wie es ihm däuchte,
einen ganz besondern Honiggeschmack hatten.
Die Sache schien ihm von Wichtigkeit zu seyn.
Er stand vom Tisch auf, ging in den Garten,
lieſs sich den Baum zeigen von welchem die
Feigen gelesen worden waren, untersuchte den
Baum von unten bis oben, lieſs ihn bis an die
Wurzeln aufgraben, erforschte die Erde worin
er stand, und (wie ich nicht zweifle) auch
die Konstellazion, in der er gepflanzt worden
war. Kurz, er zerbrach sich etliche Tage lang
den Kopf darüber, wie und welchergestalt die
Atomen sich mit einander vergleichen müſsten,
wenn eine Feige nach Honig schmecken sollte.
Er ersann eine Hypothese, verwarf sie wieder,
fand eine andre, dann die dritte und vierte;

und verwarf alle wieder, weil ihm keine scharfsinnig und gelehrt genug zu seyn schien. Die
Sache lag ihm so sehr am Herzen, daß er
Schlaf und Essenslust darüber verlor. Endlich
erbarmte sich seine Köchin über ihn. Herr,
sagte die Köchin, wenn Sie nicht so gelehrt
wären, so hätte Ihnen wohl längst einfallen
müssen warum die Feigen nach Honig schmeck-
ten. — Und warum denn? fragte Demokrit.
— Ich legte sie, um sie frischer zu erhalten,
in einen Topf, worin Honig gewesen war,
sagte die Köchin; dieß ist das ganze Geheimniß, und da ist weiter nichts zu untersuchen,
dächt' ich. — Du bist ein dummes Thier, rief
der mondsüchtige Filosof. Eine feine Erklä-
rung, die du mir da giebst! Für Geschöpfe
deines gleichen mag sie vielleicht gut genug
seyn; aber meinst du daß wir uns
mit so einfältigen Erklärungen befriedigen
lassen? Gesetzt, die Sache verhielte sich wie
du sagst, was geht das mich an? Dein Honigtopf soll mich wahrlich nicht abhalten,
nachzuforschen, wie die nehmliche Naturbe-
gebenheit auch ohne Honigtopf hätte
erfolgen können. Und so fuhr der weise
Mann fort, der Vernunft und seiner Köchin
zu Trotz, eine Ursache, die nicht tiefer als
in einem Honigtopfe lag, in dem uner-
gründlichen Brunnen zu suchen, wor-

in (seinem Vorgeben nach) die Wahrheit
verborgen liegt; bis eine andre Grille,
die seiner Fantasie in den Wurf kam, ihn
zu andern vielleicht noch ungereimtern Nach-
forschungen verleitete.

„Doch, wie lächerlich auch diese Anek-
dote ist, so ist sie doch nichts gegen die
Probe von Klugheit, die er ablegte, als im
abgewichenen Jahre die Oliven in Thracien
und allen angrenzenden Gegenden mifsrathen
waren. Demokrit hatte das Jahr zuvor (ich
weifs nicht, ob durch Punktazion oder andre
magische Künste) heraus gebracht, dafs die
Oliven, die damahls sehr wohlfeil waren, im
folgenden Jahre gänzlich fehlen würden. Ein
solches Vorwissen würde hinlänglich seyn,
das Glück eines vernünftigen Mannes
auf seine ganze Lebenszeit zu machen. Auch
hatte es Anfangs das Ansehen, als ob er diese
Gelegenheit nicht entwischen lassen wollte;
denn er kaufte alles Öhl im ganzen Lande
zusammen. Ein Jahr darauf stieg der Preis
des Öhls (theils des Mifswachses wegen,
theils weil aller Vorrath in Demokrits Händen war) viermahl so hoch als es ihm gekostet hatte. Nun gebe ich allen Leuten, welche wissen, das Vier viermahl mehr als Eins
sind, zu errathen, was der Mann that. —

Können Sie Sich vorstellen, dafs er uusinnig
genug war, seinen Verkäufern ihr Öhl um
den nehmlichen Preis, wie er es von ihnen
erhandelt hatte, zurück zu geben? 9) Wir
wissen auch, wie weit die Grofsmuth bey
einem Menschen, der seiner Sinne mächtig
ist, gehen kann.   Aber diese That lag so
weit aufser den Grenzen der Glaubwürdig-
keit, dafs die Leute, die dabey gewannen,

9) Wie ungleich sich doch die nehmliche Sache
erzählen läfst! Von eben dieser That, die unser
Sykofant für den vollständigsten Beweis eines ver-
rückten Gehirns hält, spricht Plinius als von
einer höchst edeln und der Filosofie Ehre machen-
den Handlung. Demokrit war viel zu gutherzig,
um sich auf Unkosten andrer, die nicht so viel entbehren konnten wie er, bereichern zu wollen. Ihre
ängstliche Unruhe und Verzweiflung, einen so
grofsen Gewinst verfehlt zu haben, rührte ihn; er
gab ihnen ihr Öhl, oder das daraus gelöste Geld
zurück, und begnügte sich den Abderiten gezeigt
zu haben, dafs es nur von ihm abhange Reichthü-
mer zu erwerben, wenn er es der Mühe werth
hielte. In diesem Lichte sicht Plinius die Sache
an; und in der That mufs man ein Abderit, ein
Sykofant und ein Schurke zugleich seyn, um so
wie unser Sykofant davon zu sprechen.

selbst die Köpfe schüttelten, und gegen den
Verstand des Mannes, der einen Haufen Gold
für einen Haufen Nußschalen ansah, Zweifel
bekamen, die, zum Unglück für seine Erben,
nur zu wohl gegründet waren.‘‘

— — — — —

5. Kapitel.

Die Sache wird auf ein medicinisches Gutachten
ausgestellt. Der Senat läßt ein Schreiben an den
Hippokrates abgehen. Der Arzt kommt in Abdera
an, erscheint vor Rath, wird vom Rathsherrn Thrasyllus zu einem Gastgebot gebeten, und hat — lange
Weile. Ein Beyspiel, daß ein Beutel voll Dariken
nicht bey allen Leuten anschlägt.

So weit geht das Fragment, und wenn man
von einem so kleinen Theile auf das Ganze
schließen könnte: so hätte der Sykofant
allerdings mehr als einen Korb voll Feigen
von dem Rathsherrn Thrasyllus verdient.
Seine Schuld war es wenigstens nicht, wenn
der hohe Rath von Abdera unsern Filososen
nicht zu einem dunkeln Kämmerchen verur-

theilte. Aber Thrasyllus hatte Mifsgönner im
Senat; und Meister Pfriem, der inzwischen Zunftmeister geworden war, behauptete
mit grofsem Eifer: dafs es wider die
Freyheiten von Abdera laufen würde,
einen Bürger für wahnwitzig zu erklären, eh'
er von einem unparteyischen Arzte so befunden worden sey.

„Wohl, rief Thrasyllus, meinetwegen
kann man den Hippokrates selbst über
die Sache sprechen lassen! Ich bins wohl zufrieden."

Sagten wir nicht oben, dafs die Dummheit
des Rathsherrn Thrasyllus seiner Bosheit die
Wage gehalten habe? — Es war ein dummer
Streich von ihm, sich in einer so mifslichen
Sache auf den Hippokrates zu berufen.
Aber freylich fiel es ihm auch nicht ein, dafs
man ihn beym Worte nehmen würde.

Hippokrates, sagte der Archon, ist allerdings der Mann, der uns am besten aus diesem
bedenklichen Handel ziehen könnte. Zu gutem
Glücke befindet er sich eben zu Thasos; vielleicht läfst er sich bewegen, zu uns herüber
zu kommen, wenn wir ihn im Nahmen der
Republik einladen lassen.

Thrasyllus entfärbte sich ein wenig, da er
hörte, daſs man Ernst aus der Sache machen
wollte. Aber die Mehrheit der Stimmen fiel
dem Archon bey. Man schickte unverzüglich einen Deputirten mit einem Einladungs-
schreiben ¹⁰) an den Arzt ab, und brachte
den Rest der Session damit zu, sich über die
Ehrenbezeigungen zu berathschlagen,
womit man ihn empfangen wollte.

„Dieſs war doch so Abderitisch
nicht,“ — werden die Ärzte denken, die
sich vielleicht unter unsern Lesern befinden.
Aber wo sagten wir denn, daſs die Abderiten
gar nichts gethan hätten, was auch einem vernünftigen Volke anständig seyn würde? Indessen lag doch der wahre Grund, warum sie dem
Hippokrates so viel Ehre erweisen wollten,
keinesweges in der Hochachtung, die sie für ihn

10) Es befindet sich noch etwas unter dieser Rubrik in den Ausgaben der Werke des Hippokrates.
Es ist aber ohne allen Zweifel untergeschoben, und
die Arbeit irgend eines schalen *Graeculus* späterer
Zeiten; so wie die ganze Erzählung von der Zusam-
-menkunft dieses Arztes mit Demokrit in einem
der unächten Briefe, die den Nahmen des erstern
führen.

empfanden; sondern lediglich in der Eitelkeit, für Leute gehalten zu werden, die einen grofsen Mann zu schätzen wüfsten. Und überdiefs, merkten wir nicht schon bey einer andern Gelegenheit an, dafs sie von jeher aufserordentliche Liebhaber von Feierlichkeiten gewesen?

Die Abgeordneten hatten Befehl, dem Hippokrates nichts weiter zu sagen, als dafs der Senat von Abdera seiner Gegenwart und seines Ausspruchs in einer sehr wichtigen Angelegenheit vonnöthen habe; und Hippokrates konnte sich, mit aller seiner Filosofie, nicht einbilden, was für eine wichtige Sache diefs seyn könnte. Denn wozu (dacht' er) haben sie nöthig, ein Geheimnifs daraus zu machen? Der Senat von Abdera kann doch schwerlich *in corpore* mit einer Krankheit befallen seyn, die man nicht gern kund werden läfst?

Indessen entschlofs er sich um so williger zu dieser Reise, weil er schon lange gewünscht hatte, Demokriten persönlich kennen zu lernen. Aber wie grofs war sein Erstaunen, da ihm — nachdem er mit gröfsem Gepräng eingehohlt und vor den versammelten Rath geführt worden war — von dem regierenden Archon in einer wohl gesetzten Rede zu wis-

sen gethan wurde: „Dafs man ihn blofs darum
nach Abdera berufen habe, um die Wahnsin-
nigkeit ihres Mitbürgers Demokrit zu untersuchen, und gutächtlich zu berichten, ob
ihm noch geholfen werden könne, oder ob es
nicht schon so weit mit ihm gekommen sey,
dafs man ihn ohne Bedenken für bürgerlich
todt erklären könne?“

Diefs mufs ein andrer Demokrit seyn,
dachte der Arzt Anfangs. Aber die Herren
von Abdera liefsen ihn nicht lange in diesem
Zweifel. — Gut, gut, sprach er bey sich
selbst: bin ich nicht in Abdera? Wie man auch
so was vergessen kann!

Hippokrates liefs ihnen nichts von seinem Erstaunen merken. Er begnügte sich,
den Senat und das Volk von Abdera zu loben,
dafs sie eine so grofse Empfindung von dem
Werth eines solchen Mitbürgers hätten, um
seine Gesundheit als eine Sache, woran dem
gemeinen Wesen gelegen sey, anzusehen.
„Wahnwitz (sagte er mit grofser Ernsthaftigkeit) ist ein Punkt, worin die gröfsten Geister
und die gröfsten Schöpse zuweilen zusammen
treffen. Wir wollen sehen!“

Thrasyllus lud den Arzt zur Tafel ein,
und hatte die Höflichkeit, ihm die feinsten

Herren und die schönsten Frauen in der Stadt
zur Gesellschaft zu geben. Aber Hippokrates, der ein kurzes Gesicht und keine Lor-
gnette 11) hatte, wurde nicht gewahr, daſs
die Damen schön waren; und so kam es
denn, ohne Schuld der guten Geschöpfe, die
sich (zum Überfluſs) in die Wette heraus ge-
putzt hatten, daſs sie nicht völlig den Eindruck
auf ihn machten, den sie sich sonst versprechen konnten. Es war wirklich Schade daſs
er nicht besser sah. Für einen Mann von
Verstand ist der Anblick einer schönen Frau
allemahl etwas sehr unterhaltendes; und wenn
die schöne Frau etwas dummes sagt, (welches
den schönen Frauen zuweilen so gut begegnen
soll als den häſslichen) macht es einen merk-
lichen Unterschied, ob man sie nur hört oder
ob man sie zugleich sieht. Denn im letzten
Falle ist man immer geneigt, alles, was sie
sagen kann, vernünftig oder artig oder wenigstens erträglich zu finden. Da die Abderitinnen diesen Vortheil bey dem kurzsichtigen
Fremden verloren; da er genöthiget war, von
ihrer Schönheit durch den Eindruck, den sie

11) Denen, welche sich etwa hierüber wundern möchten, dienet zur Nachricht, daſs die Lor-
gnetten damahls — noch nicht erfunden waren.

auf seine Ohren machten, zu urtheilen: so
war freylich nichts natürlicher, als dafs der Begriff, den er dadurch von ihnen bekam, demjenigen ziemlich ähnlich war, den sich ein Tauber mittelst eines Paars gesunder Augen
von einem Koncerte machen würde. —

Wer ist die Dame, die jetzt mit dem witzigen Herrn sprach? — fragte er den Thrasyllus leise. — Man nannte ihm die Gemahlin eines Matadors der Republik. — Er betrachtete sie nun mit neuer Aufmerksamkeit.
Verzweifelt! (dacht' er bey sich selbst) dafs
ich mir die verwünschte Austerfrau nicht
aus dem Kopfe bringen kann, die ich neulich
vor meinem Hause zu Larissa mit einem Mo-
lossischen Eseltreiber scherzen hörte!

Thrasyllus hatte geheime Absichten auf
unsern Äskulap. Seine Tafel war gut, sein
Wein verführerisch, und zum Überflufs liefs er
Milesische Tänzerinnen kommen. Aber
Hippokrates afs wenig, trank Wasser, und
hatte in Aspasiens Hause zu Athen weit schö-
nere Tänzerinnen gesehen. Es wollte alles
nichts verfangen. Dem weisen Mann begegnete etwas, das ihm vielleicht in vielen Jahren
nicht begegnet war: er hatte lange

Weile, und es schien ihm nicht der Mühe
werth, es den Abderiten zu verbergen.

Die Abderitinnen bemerkten also,
ohne grofsen Aufwand von Beobachtungskraft,
was er ihnen deutlich genug sehen liefs; und
natürlicher Weise waren die Glossen, die sie
darüber machten, nicht zu seinem Vortheil.
Er soll sehr gelehrt seyn, flüsterten sie einander zu. Schade dafs er nicht mehr Welt hat!
— Was ich gewifs weifs ist diefs, dafs mir
der Einfall nie kommen wird, ihm zu Liebe
krank zu werden, sagte die schöne Thryallis.

Thrasyllus machte inzwischen Betrach-
tungen von einer andern Art. So ein grofser
Mann dieser Hippokrates seyn mag, dacht' er,
so mufs er doch seine schwache Seite haben.
Aus den Ehrenbezeigungen, womit ihn der
Senat überhäufte, schien er sich nicht viel zu
machen. Das Vergnügen liebt er auch nicht.
Aber ich wette, dafs ihm ein Beutel voll neuer
funkelnder Dariken diese sauertöpfische Miene
vertreiben soll!

So bald die Tafel aufgehoben war, schritt
Thrasyllus zum Werke. Er nahm den Arzt
auf die Seite, und bemühte sich, (unter Bezei-

gung des grofsen Antheils, den er an dem unglücklichen Zustande seines Verwandten nehme) ihn zu überzeugen: dafs die Zerrüttung
seines Gehirns eine so kundbare und ausgemachte Sache sey, dafs nichts, als die Pflicht
allen Formalitäten der Gesetze genug zu thun,
den Senat bewogen habe, eine Thatsache, woran niemand zweifle, noch zum Überflufs durch
den Ausspruch eines auswärtigen Arztes bestätigen zu lassen. „Da man Sie aber gleichwohl
in die Mühe gesetzt hat, eine Reise zu uns zu
thun, die Sie vermuthlich ohne diese Veranlassung nicht unternommen haben würden: so
ist nichts billiger, als dafs derjenige, den die
Sache am nächsten angeht, Sie wegen des Ver-
lustes, den Sie durch Verabsäumung Ihrer Geschäfte dabey erleiden, in etwas schadlos halte.
Nehmen Sie diese Kleinigkeit als ein Unter-
pfand einer Dankbarkeit an, von welcher ich
Ihnen stärkere Beweise zu geben hoffe. — “

Ein ziemlich runder Beutel, den Thrasyllus bey diesen Worten dem Arzt in die Hand
drückte, brachte diesen aus der Zerstreuung
zurück, womit er die Rede des Rathsherrn an-
gehört hatte.

„Was wollen Sie, dafs ich mit diesem Beutel machen soll? fragte Hippokrates mit

einem Flegma, welches den Abderiten völlig
aus der Fassung setzte: Sie wollten ihn vermuthlich ihrem Haushofmeister geben. Sind
Ihnen solche Zerstreuungen gewöhnlich?
Wenn diefs wäre, so wollt' ich Ihnen rathen,
mit Ihrem Arzte davon zu sprechen. — Aber
Sie erinnerten mich vorhin an die Ursache,
warum ich hier bin. Ich danke Ihnen dafür.
Mein Aufenthalt kann nur sehr kurz seyn; und
ich darf den Besuch nicht länger aufschieben,
den ich, wie Sie wissen, dem Demokrit schuldig bin." Mit diesen Worten machte der Äskulap seine Verbeugung und verschwand.

Der Rathmann hatte in seinem Leben nie
so dumm ausgesehen, als in diesem Augenblicke. — Wie hätte sich aber auch ein Abderitischer Rathsherr einfallen lassen sollen, dafs
ihm so etwas begegnen könnte? Das sind doch
keine Zufälle, auf die man sich gefafst hält!

---

6. Kapitel.

Hippokrates legt einen Besuch bey Demokriten ab.
Geheimnachrichten von dem uralten Orden der
Kosmopoliten.

Hippokrates traf, wie die Geschichte sagt,
unsern Naturforscher bey der Zergliederung
verschiedener Thiere an, deren innerlichen
Bau und animalische Ökonomie er untersuchen
wollte, um vielleicht auf die Ursachen gewisser Verschiedenheiten in ihren Eigenschäften
und Neigungen zu kommen. Diese Beschäfti-
gung bot ihnen reichen Stoff zu einer Unterredung an, welche Demokriten nicht lange
über die Person des Fremden ungewiß ließ.
Ihr gegenseitiges Vergnügen über eine so unvermuthete Zusammenkunft war der Größe ihres beiderseitigen Werthes gleich, aber auf
Demokrits Seite um so viel lebhafter, je länger
er in seiner Abgeschiedenheit von der Welt des
Umgangs mit einem Wesen seiner Art hatte
entbehren müssen.

Es giebt eine Art von Sterblichen, deren
schon von den Alten hier und da unter dem
Nahmen der Kosmopoliten Erwähnung
gethan wird, und die — ohne Verabredung,
ohne Ordenszeichen, ohne Loge zu halten, und
ohne durch Eidschwüre gefesselt zu seyn —
eine Art von Brüderschaft ausmachen,
welche fester zusammen hängt als irgend ein
anderer Orden in der Welt. Zwey Kosmopoliten kommen, der eine von Osten, der
andere von Westen, sehen einander zum ersten
Mahle, und sind Freunde; — nicht vermöge
einer geheimen Sympathie, die vielleicht nur
in Romanen zu finden ist; — nicht, weil be-
schworne Pflichten sie dazu verbinden; — sondern, weil sie Kosmopoliten sind.
In jedem andern Orden giebt es auch falsche
oder wenigstens unwürdige Brüder: in dem
Orden der Kosmopoliten ist dieſs eine Unmöglichkeit; und dieſs ist, däucht uns, kein geringer Vorzug der Kosmopoliten vor allen andern Gesellschaften, Gemeinheiten, Innungen,
Orden und Brüderschaften in der Welt. Denn
wo ist eine von allen diesen, welche sich rühmen könnte, daſs sich niemahls ein Ehrsüch-
tiger, ein Neidischer, ein Geitziger, ein
Wucherer, ein Verleumder, ein Prahler,
ein Heuchler, ein Zweyzüngiger, ein heim-
licher Ankläger, ein Undankbarer, ein Kupp-

ler, ein Schmeichler, ein Schmarotzer, ein
Sklave, ein Mensch ohne Kopf oder ohne
Herz, ein Pedant, ein Mückenfänger, ein
Verfolger, ein falscher Profet, ein Heuchler,
ein Gaukler, ein Plusmacher und ein Hof-
narr in ihrem Mittel befunden habe? Die Kosmopoliten sind die einzigen, die sich dessen rühmen können.   Ihre Gesellschaft hat
nicht vonnöthen, durch geheimnifsvolle Cere-
monien und abschreckende Gebräuche, wie ehmahls die Ägyptischen Priester, die Unrei-
nen von sich auszuschliefsen, Diese schliefsen
sich selbst aus; und man kann eben so wenig
ein Kosmopolit scheinen wenn man es nicht
ist, als man sich ohne Talent für einen guten
Sänger oder Geiger ausgeben kann.   Der Betrug würde an den Tag kommen, so bald man
sich hören lassen müfste. Die Art, wie die
Kosmopoliten denken, ihre Grundsätze, ihre
Gesinnungen, ihre Sprache, ihr Flegma, ihre
Wärme, sogar ihre Launen, Schwachheiten
und Fehler, lassen sich unmöglich
nachmachen, weil sie für alle, die nicht
zu ihrem Orden gehören, ein wahres Geheimnifs sind. Nicht ein Geheimnifs, das von der
Verschwiegenheit der Mitglieder, oder von
ihrer Vorsichtigkeit nicht behorcht zu werden,
abhängt; sondern ein Geheimnifs, auf welches
die Natur selbst ihren Schleier gedeckt hat.

Denn die Kosmopoliten könnten es ohne Bedenken bey Trompetenschall durch die ganze
Welt verkündigen lassen, und dürften sicher
darauf rechnen, daſs auſser ihnen selbst kein
Mensch etwas davon begreifen würde. Bey
dieser Bewandtniſs der Sache ist nichts natürlicher, als das innige Einverständniſs und das
gegenseitige Zutrauen, das sich unter zwey
Kosmopoliten sogleich in der ersten Stunde
ihrer Bekanntschaft fest setzt. Pylades
und Orestes waren, nach einer zwanzig-
jährigen Dauer ihrer durch alle Arten von
Prüfungen und Opfern bewährten Freundschaft, nicht mehr Freunde, als es jene von
dem Augenblick an, da sie einander erkennen, sind. Ihre Freundschaft hat nicht vonnöthen durch die Zeit zur Reife gebracht zu
werden; sie bedarf keiner Prüfungen: sie
gründet sich auf das notbwendigste aller Na-
turgesetze, auf die Nothwendigkeit, uns selbst
in demjenigen zu lieben der uns am ähnlichsten ist.

Man würde etwas wo nicht unmögliches,
doch gewiſs ungereimtes von uns verlangen,
wenn man erwartete, daſs wir uns über das
Geheimniſs der Kosmopoliten deutlicher
heraus lassen sollten. Denn es gehört (wie
wir deutlich genug zu vernehmen gegeben

haben) zur Natur der Sache, daſs alles,
was man davon sagen kann, ein Räthsel ist,
wozu nur die Glieder dieses Ordens den
Schlüssel haben. Das einzige, was wir noch
hinzu setzen können, ist, daſs ihre Anzahl zu
allen Zeiten sehr klein gewesen, und daſs
sie, ungeachtet der Unsichtbarkeit ihrer
Gesellschaft, von jeher einen Einfluſs in die
Dinge dieser Welt behauptet haben, dessen
Wirkungen desto gewisser und dauerhafter
sind, weil sie kein Geräusch machen, und
meistens durch Mittel erzielt werden, deren
scheinbare Richtung die Augen der Menge
irre macht. Wem dieſs ein neues Räthsel
ist — den ersuchen wir lieber fortzulesen,
als sich mit einer Sache, die ihm so wenig
angeht, ohne Noth den Kopf zu zerbrechen.

Demokrit und Hippokrates gehör-
ten beide zu dieser wunderbaren und seltnen
Art von Menschen. Sie waren also schon
lange, wiewohl unbekannter Weise, die ver-
trautesten Freunde gewesen; und ihre Zusammenkunft glich vielmehr dem Wiedersehen
nach einer langen Trennung, als einer neu
angehenden Verbindung. Ihre Gespräche, nach
welchen der Leser vielleicht begierig ist, waren vermuthlich interessant genug um der
Mittheilung werth zu seyn. Aber sie wür-

den uns zu weit von den Abderiten entfer-
nen, die der eigentliche Gegenstand dieser
Geschichte sind. Alles, was wir davon zu
sagen haben, ist: daſs unsre Kosmopoliten
den ganzen Abend und den grösten Theil der
Nacht in einer Unterredung zubrachten, wobey ihnen die Zeit sehr kurz wurde; und
daſs sie ihrer Gegenfüſsler, der Abderiten und ihres Senats, und der Ursache warum sie den Hippokrates hatten kommen lassen, so gänzlich darüber vergaſsen, als ob
niemahls so ein Ort und solche Leute in der
Welt gewesen wären.

Erst des folgenden Morgens, da sie nach
einem leichten Schlaf von wenigen Stunden
wieder zusammen kamen, um auf einer an die
Gärten Demokrits grenzenden Anhöhe der
Morgenluft zu genieſsen, erinnerte der Anblick der unter ihnen im Sonnenglanz liegenden Stadt den Hippokrates, daſs er in Abdera
Geschäfte habe. „Kannst du wohl errathen,
sagte er zu seinem Freunde, zu welchem Ende
mich die Abderiten eingeladen haben?‟

Die Abderiten haben dich eingeladen? rief
Demokrit. Ich hörte doch diese Zeit her
von keiner Seuche, die unter ihnen wüthe! Es
ist zwar eine gewisse Erbkraukheit, mit der

sie alle sammt und sonders, bis auf sehr wenige, von alten Zeiten her behaftet sind:
aber —

„Getroffen, getroffen, guter Demokrit, dieſs
ist die Sache!‘‘ — Du scherzest, erwiederte
unser Mann: die Abderiten sollten zum Gefühl,
wo es ihnen fehlte, gekommen seyn?
Ich kenne sie zu gut. Darin liegt eben ihre
Krankheit, daſs sie dieſs nicht fühlen. —

„Indessen, sagte der andre, ist nichts gewisser, als daſs ich jetzt nicht in Abdera wäre,
wenn die Abderiten nicht von dem nehmlichen
Übel, wovon du sprichst, geplagt würden.
Die armen Leute!‘‘

Ah! nun versteh’ ich dich! Deine Berufung
konnte eine Wirkung ihrer Krankheit seyn,
ohne daſs sie es selbst wuſsten. Laſs doch sehen! — Ha! da haben wirs. Ich wette, sie
haben dich kommen lassen, um dem ehrlichen
Demokrit so viel Aderlässe und Niesewurz zu
verordnen, als er vonnöthen haben möchte,
um ihres gleichen zu werden! Nicht wahr? —

„Du kennst deine Leute vortrefflich, wie
ich sehe, Demokrit: aber um so kaltblütig von
ihrer Narrheit zu reden, muſs man so daran
gewöhnt seyn wie du.‘‘

Als ob es nicht allenthalben Abderiten gäbe. —

„Aber Abderiten in d i e s e m G r a d e! Vergieb mir, wenn ich deinem Vaterlande nicht so viel Nachsicht schenken kann als du. Indessen versichre dich, sie sollen mich nicht umsonst zu sich berufen haben!"

7. Kapitel.

Hippokrates ertheilt den Abderiten seinen gutächtlichen Rath. Grofse und gefährliche Bewegungen, die darüber im Senat entstehen, und wie, zum Glück für das Abderitische Gemeinwesen, der Stundenrufer alles auf einmahl wieder in Ordnung bringt.

Die Zeit kam heran, wo der Äskulap dem Senat von Abdera seinen Bericht erstatten sollte. Er kam, trat mitten unter die versammelten Väter, und sprach mit einer Wohlredenheit, die alle Anwesende in Erstaunen setzte:

„Friede sey mit Abdera! Edle, Veste, Fürsichtige und Weise, liebe Herren und Abderiten! Gestern lobte ich Sie wegen Ihrer Für-

sorge für das Gehirn Ihres Mitbürgers Demokrit; heute rathe ich Ihnen wohlmeinend,
diese Fürsorge auf Ihre ganze Stadt und Republik zu erstrecken. Gesund an Leib und Seele
zu seyn, ist das höchste Gut, das Sie Sich
selbst, Ihren Kindern und Ihren Bürgern ver-
schaffen können; und diefs wirklich zu thun,
ist die erste Ihrer obrigkeitlichen Pflichten.
So kurz mein Aufenthalt unter Ihnen ist, so
ist er doch schon lang genug, um mich zu
überzeugen, dafs sich die Abderiten nicht so
wohl befinden als es zu wünschen wäre. Ich
bin zwar zu Kos geboren, und wohne bald
zu Athen, bald zu Larissa, bald anderswo;
jetzt zu Abdera, morgen vielleicht auf dem
Wege nach Byzanz: aber ich bin weder ein
Koer noch ein Athener, weder ein Larisser
noch Abderit; ich bin ein Arzt. So lang' es
Kranke auf dem Erdboden giebt, ist meine
Pflicht so viele gesund zu machen als ich
kann. Die gefährlichsten Kranken sind die,
die nicht wissen dafs sie krank sind;
und diefs ist, wie ich finde, der Fall der
Abderiten. Das Übel liegt für meine Kunst
zu tief; aber was ich rathen kann, um die
Heilung vorzubereiten, ist diefs! Senden
Sie mit dem ersten guten Winde sechs grofse
Schiffe nach Anticyra. Meinethalben können sie, mit welcherley Waaren es den Abde-

riten beliebt, dahin befrachtet werden; aber
zu Anticyra lassen Sie alle sechs Schiffe so
viel Niesewurz laden, als sie tragen können
ohne zu sinken. Man kann zwar auch Niesewurz aus Galazien haben, die etwas wohl-
feiler ist; aber die von Anticyra ist die
beste. Wenn die Schiffe angekommen seyn
werden: so versammeln Sie das gesammte
Volk auf Ihrem grofsen Markte; stellen Sie,
mit Ihrer ganzen Priesterschaft an der Spitze,
einen feierlichen Umgang zu allen Tempeln,
in Abdera an, und bitteu die Götter, dafs
sie dem Senat und dem Volke zu Abdera
geben möchten, was dem Senat und dem
Volke zu Abdera fehlt. Sodann kehren
Sie auf den Markt zurück, und theilen den
sämmtlichen Vorrath von Niesewurz, auf gemeiner Stadt Unkosten, unter alle Bürger
aus; auf jeden Kopf sieben Pfund; nicht
zu vergessen, dafs den Rathsherren, welche
(aufserdem was sie für sich selbst gebrauchen) noch für so viele andre Verstand habeu
müssen, eine doppelte Porzion gereicht werde!
Die Porzionen sind stark, ich gesteh' es;
aber eingewurzelte Übel sind hartnäckig, und
können nur durch lange anhaltenden Gebrauch der Arzney geheilt werden. Wenn
Sie nun dieses Vorbereitungsmittel, nach
der Vorschrift die ich Ihnen geben will,

durch die erforderliche Zeit gebraucht haben
werden: dann überlasse ich Sie einem andern Arzte. Denn, wie gesagt, die Krankheit der Abderiten liegt zu tief für meine
Kunst. _ Ich kenne funfzig Meilen rings um
Abdera nur einen einzigen Mann der Ihnen
von Grund aus helfen könnte, wenn Sie
Sich geduldig und folgsam in seine Kur begeben wollten. Der Mann heißt Demokrit,
Damasippens Sohn. Stoßen Sie Sich nicht
an den Umstand, daß er zu Abdera geboren
ist! Er ist darum kein Abderit, dieß können Sie mir auf mein Wort glauben; oder
wenn Sie mir nicht glauben wollen, so fragen Sie den Delfischen Gott. Er ist ein
gutherziger Mann, der sich ein Vergnügen
daraus machen wird, Ihnen seine Dienste zu
leisten. Und hiermit, meine Herren und
Bürger von Abdera, empfehle ich Sie und
Ihre Stadt den Göttern. Verachten Sie meinen Rath nicht, weil ich ihn umsonst
gebe; es ist der beste, den ich jemahls einem
Kranken, der sich für gesund hielt, gegeben habe.

Als Hippokrates dieß gesagt hatte,
machte er dem Senat eine höfliche Verbeugung, und ging seines Weges.

Niemahls — sagt der Geschichtschreiber Hekatäus, ein desto glaubwürdigerer Zeuge, weil er selbst ein Abderit war [12]) — niemahls hat man zwey hundert Menschen, alle zugleich, in einer so sonderbaren Stellung gesehen, als diejenige des Senats von Abdera in diesem Augenblicke war; es müßten nur die zwey hundert Fönicier seyn, welche Perseus durch den Anblick des Kopfs der Medusa auf einmahl in eben so viele Bildsäulen verwandelte, als ihm ihr Anführer seine theuer erworbene Andromeda mit Gewalt wieder abjagen wollte. In der That hatten sie alle mögliche Ursachen von der Welt, auf etliche Minuten versteinert zu werden. Beschreiben zu wollen, was in ihren Seelen vorging, würde vergebliche Mühe seyn. Nichts ging in ihnen vor; ihre Seelen waren so versteinert als ihre Leiber. Mit dummem sprachlosem Erstaunen sahen sie alle nach der Thür, durch welche der Arzt sich zurückgezogen hatte; und auf jedem Gesichte drückte sich zugleich die angestrengte Bemühung und das gänzliche Unvermögen aus, etwas von dieser Begebenheit zu begreifen.

12) Zum Unglück sind alle seine Werke verloren gegangen. S. antiq: *Recherches sur Hecatée de Milet, Tom. IX. des Mém. de Litterat.*

Endlich schienen sie nach und nach, einige früher einige später, wieder zu sich selbst zu kommen. Sie sahen einander mit grofsen Augen an; funfzig Mäuler öffneten sich zugleich zu der nehmlichen Frage, und fielen wieder zu, weil sie sich aufgethan hatten, ehe sie wufsten was sie fragen wollten. Zum Henker, meine Herren, rief endlich der Zunftmeister Pfriem, ich glaube gar, der Quacksalber hat uns mit seiner doppelten Porzion Niesewurz zu Narren! — Ich versah mir gleich vom Anfang nichts gutes zu ihm, sagte Thrasyllus. — Meiner Frau wollt' er gestern gar nicht einleuchten, sprach der Rathsherr Smilax. — Ich dachte gleich es würde übel ablaufen, wie er von den sechs Schiffen sprach die wir nach Anticyra senden sollten, sagte ein anderer. — Und die verdammte Ernsthaftigkeit, womit er uns alles das vordeklamierte, rief ein Fünfter; ich gestehe, dafs ich mir gar nicht einbilden konnte, wo es hinaus laufen würde. — Ha, ha, ha! ein lustiger Zufall, so wahr ich ehrlich bin! meckerte der kleine dicke Rathsherr, indem er sich vor Lachen den Bauch hielt. Gestehen wir, dafs wir fein abgeführt sind! Ein verzweifelter Streich! Das hätt' uns nicht begegnen sollen! Ha, ha, ha! — Aber wer konnte sich auch zu einem solchen Manne so etwas versehen? rief der

Nomofylax. — Ganz gewifs ist er auch einer
von euern Filosofen, sagte Meister P f r i e m.
Der Priester Strobylus hat wahrlich so Unrecht
nicht! Wenn es nicht w i d e r unsre Freyheiten wäre, so wollt' ich der erste seyn, der
darauf antrüge, dafs man alle diese Spitzköpfe
zum Lande hinaus jagte.

„Meine Herren, fing jetzt der Archon an;
die Ehre der Stadt Abdera ist angegriffen, und
antatt dafs wir hier sitzen und uns wundern
oder Glossen machen, sollten wir mit Ernst
darauf denken, was uns in einer so kitzlichen
Sache zu thun geziemt. Vor allen Dingen sehe
man wo H i p p o k r a t e s hingekommen ist!"

Ein Rathsdiener, der zu diesem Ende abge-
schickt wurde, kam nach einer ziemlichen
Weile mit der Nachricht zurück, dafs er nirgends mehr anzutreffen sey.

Ein verfluchter Streich! riefen die Rathsherren aus Einem Munde; wenn er uns nun
entwischt wäre! — Er wird doch kein Hexenmeister seyn, sagte der Zunftmeister P f r i e m,
indem er nach einem A m u l e t sah, das er
gewöhnlich zu seiner Sicherheit gegen böse
Geister und böse Augen bey sich zu tragen
pflegte.

Bald darauf wurde berichtet, man habe den fremden Herrn auf seinem Maulesel ganz gelassen hinter dem Tempel der Dioskuren nach Demokrits Landgut zutraben sehen.

Was ist nun zu thun, meine Herren? sagte der Archon.

Ja — allerdings! — was nun zu thun ist — was nun zu thun ist? — diefs ist eben die Frage! riefen die Rathsherren indem sie einander ansahen. Nach einer langen Pause zeigte sich, dafs die Herren nicht wufsten, was nun zu thun war.

Der Mann steht in grofsem Ansehen beym König von Macedonien, fuhr der Archon fort; er wird in ganz Griechenland wie ein zweyter Äskulap verehrt! Wir könnten uns leicht in böse Händel verwickeln, wenn wir einer, wiewohl gerechten, Empfindlichkeit Gehör geben wollten. Bey allem dem liegt mir die Ehre von Abdera —

Ohne Unterbrechung, Herr Archon! fiel ihm der Zunftmeister Pfriem ein; die Ehre und Freyheit von Abdera kann niemanden näher am Herzen liegen als mir selbst. Aber, alles wohl überlegt, seh' ich wahrlich

nicht, was die Ehre der Stadt mit dieser Begebenheit zu thun haben kann. Dieser Harpo-
krates oder Hypokritus, wie er sich
nennt, ist ein Arzt; und ich habe mein Tage
gehört, daſs ein Arzt die ganze Welt für ein
groſses Siechhaus und alle Menschen für seine
Kranken ansieht. Ein jeder spricht, und han-
delt wie ers versteht; und was einer wünscht
das glaubt er gern. Hypokritus, möcht' es,
denk' ich, wohl leiden wenn wir alle krank
wären, damit er desto mehr zu heilen hätte.
Nun denkt er, wenn ich sie nur erst dahin
bringen kann daſs sie meine Arzneyen einneh-
men, dann sollen sie mir krank genug werden.
Ich heiſse nicht Meister Pfriem, wenn dieſs
nicht das ganze Geheimniſs ist!

Meiner Seele! getroffen! rief der kleine
dicke Rathsherr; weder mehr noch weniger! Der Kerl ist so närrisch nicht! — Ich
wette, wenn er kann, schickt er uns alle mögliche Flüsse und Fieber an den Hals, bloſs damit
er den Spaſs habe, uns für unser Geld wieder
gesund zu machen! Ha, ha, ha!

„Aber vierzehn Pfund Nieſewurz auf jeden
Rathsherrn! rief einer von den Ältesten, dessen Gehirn, nach seiner Miene zu urtheilen,
schon völlig ausgetrocknet seyn mochte. Bey

allen Fröschen der Latona, das ist zu arg!
Man muſs beynahe auf den Argwohn kommen,
daſs etwas mehr dahinter steckt!"

Vierzehn Pfund Niesewurz auf jeden
R a t h s h e r r n! wiederhohlte Meister P f r i e m,
und lachte aus vollem Halse —

Und für jeden Zunftmeister, setzte
S m i l a x mit einem bedeutenden Ton hinzu.

Das bitt' ich mir aus, rief Meister
P f r i e m; er sagte kein Wort von Zunftmeistern.

Aber das versteht sich doch wohl von selbst,
versetzte jener; Rathsherren und Zunftmeister, Zunftmeister und Rathsherren; ich sehe
nicht, warum die Herren Zunftmeister hierin
was besondres haben sollten.

Wie, was? rief Meister P f r i e m mit
groſsem Eifer: ihr seht nicht was die Zunftmeister vor den Rathsherren besondres haben?
— Meine Herren, Sie haben es gehört! —
Herr Stadtschreiber, ich bitt' es zum Protokoll
zu nehmen!

Die Zunftmeister standen alle mit grofsem Gebrumm von ihren Sitzen auf.

„Sagt' ich nicht, rief der alte hypochondrische Rathsmeister, dafs etwas mehr hinter der Sache stecke? Ein geheimer Anschlag gegen die Aristokratie — Aber die Herren haben sich ein wenig zu früh verrathen."

Gegen die Aristokratie? schrie Pfriem mit verdoppelter Stimme: gegen welche Aristokratie? Zum Henker, Herr Rathsmeister, seit wenn ist Abdera eine Aristokratie? Sind wir Zunftmeister etwa nur an die Wand hingemahlt? Stellen wir nicht das Volk vor? Haben wir nicht seine Rechte und Freyheiten zu vertreten? Herr Stadtschreiber, zum Protokoll, dafs ich gegen alles Widrige protestiere, und dem löblichen Zunftmeisterthum sowohl als gemeiner Stadt Abdera ihre Rechte vorbehalte.

Protestiert! protestiert! schrien die Zunftmeister alle zusammen.

Reprotestiert! reprotestiert! schrien die Rathsherren.

Der Lärm nahm überhand. „Meine Herren, rief der regierende Archon so laut er

konnte, was für ein Schwindel hat Sie über-
fallen? Ich bitte, bedenken Sie w e r Sie sind
und w o Sie sind! Was werden die Eyerweiber
und Obsthändlerinnen da unten von uns denken, wenn sie uns wie die Zahnbrecher
schreyen hören?"

Aber die Stimme der Weisheit verlor sich
ungehört in dem betäubenden Getöse.   Niemand hörte sein eigen Wort.

Zu gutem Glück war es seit undenklichen
Zeiten in Abdera gebräuchlich, auf den Punkt
zwölf Uhr durch die ganze Stadt zu Mittag zu
essen; und vermöge der Rathsordnung mußte,
so wie eine Stunde abgelaufen war, eine Art
von Herold vor die Rathsstube treten, und die
Stunde ausrufen.

G n ä d i g e H e r r e n, rief der Herold mit der
Stimme des Homerischen Stentors, die
zwölfte Stunde ist vorbey!

„Stille! der Stundenrufer!" — Was rief
er? — „Zwölfe, meine Herren, zwölfe
vorbey!" — Schon zwölfe? — Schon vorbey? — So ist es hohe Zeit!

Der größte Theil der gnädigen Herren war
zu Gaste gebeten. Das glückliche Wort
Zwölfe versetzte sie also auf einmahl in eine
Reihe angenehmer Vorstellungen, die mit dem
Gegenstand ihres Zankes nicht in der mindesten
Verbindung standen. Schneller als die Figuren
in einem Guckkasten sich verwandeln, stand
eine große Tafel, mit einer Menge niedlicher
Schüsseln bedeckt, vor ihrer Stirn; ihre Nasen
weideten sich zum voraus an Düften von bester
Vorbedeutung; ihre Ohren hörten das Geklap-
per der Teller; ihre Zunge kostete schon die
leckerhaften Brühen, in deren Erfindung die
Abderitischen Köche mit einander wetteifer-
ten: kurz, das unwesentliche Gast-
mahl beschäftigte alle Kräfte ihrer Seelen;
und auf einmahl war die Ruhe des Abderitischen Staats wieder hergestellt.

„Wo werden Sie heute speisen?“ — Bey
Polyfonten. — „Dahin bin ich auch geladen.“ — Ich erfreue mich über die Ehre Ihrer
Gesellschaft! — „Sehr viel Ehre für mich!“ —
Was werden wir diesen Abend für eine Komödie haben? — „Die Andromeda des Euripides.“ — Also ein Trauerspiel! — „O!
mein Lieblingsstück! — Und eine Musik!
Unter uns, der Nomofylax hat etliche Köre
selbst gesetzt. Sie werden Wunder hören!“

Unter so sanften Gesprächen erhoben sich
die Väter von Abdera in eilfertigem aber fried-
samem Gewimmel vom Rathhause, zu grofser
Verwunderung der Eyerweiber und Obsthändlerinnen, welche kurz zuvor die Wände der
Rathsstube von ächtem Thracischem Geschrey
wiederhallen gehört hatten.

Alles diefs hatte man dir zu danken, w o h l-
t b ä t i g e r Stundenrufer! Ohne deine
glückliche Dazwischenkunft würde wabrschein-
licher Weise der Zank der Rathsherren und
Zunftmeister, gleich dem Zorn des Achilles, (so
lächerlich auch seine Veranlassung war) in ein
Feuer ausgebrochen seyn, welches die schreck-
lichste Zerrüttung, wo nicht gar den Umsturz
der Republik Abdera hätte verursachen können!

Wenn jemahls ein Abderit mit einer öffentlichen Ehrensäule belohnt zu werden verdient
hatte, so war es gewifs dieser Stundenrufer.
Zwar mufs man gestehen, der grofse Dienst,
den er in diesem Augenblick seiner Vaterstadt
leistete, verliert seine ganze Verdienstlichkeit
durch den einzigen Umstand, dafs er nur z u-
f ä l l i g e r W e i s e nützlich wurde. Denn der

ehrliche Mann dachte, da er zur gesetzten Zeit maschinenmäfsig Zwölfe rief, an nichts weniger als an die unabsehbaren Übel, die er dadurch von dem gemeinen Wesen abwendete. Aber dagegen mufs man auch bedenken, dafs seit undenklichen Zeiten kein Abderit sich auf eine andre Weise um sein Vaterland verdient gemacht hatte. Wenn es sich daher zutrug, dafs sie etwas verrichteten, das durch irgend einen glücklichen Zufall der Stadt nützlich wurde, so dankten sie den Göttern dafür; denn sie fühlten wohl, dafs sie als blofse Werkzeuge oder gelegentliche Ursachen mitgewirkt hatten. Indessen liefsen sie sich doch das Verdienst des Zufalls so gut bezahlen als ob es ihr eigenes gewesen wäre; oder, richtiger zu reden, eben weil sie sich keines eignen Verdienstes dabey bewufst waren, liefsen sie sich das Gute, was der Zufall unter ihrem Nahmen that, auf eben den Fufs bezahlen, wie ein Mauleseltreiber den täglichen Verdienst seines Esels einzieht.

Es versteht sich, dafs die Rede hier blofs von Archonten, Rathsherren und Zunftmeistern ist. Denn der ehrliche Stundenrufer mochte sich Verdienste um die Republik

machen so viel oder so wenig er wollte;
er bekam seine sechs Pfennige des Tags in
guter Abderitischer Münze, und — Gott
befohlen!

DIE ABDERITEN

DRITTES BUCH.

Drittes Buch.

Euripides unter den Abderiten.

1. Kapitel.

Die Abderiten machen sich fertig in die Komödie zu gehen.

Es war bey den Rathsherren von Abdera eine alte hergebrachte Gewohnheit und Sitte, die vor Rath verhandelten Materien unmittelbar darauf bey Tische (es sey nun dafs sie Gesell-schaft hatten oder mit ihrer Familie allein speis-ten) zu rekapituliren und zu einer reichen Quelle entweder von witzigen Einfällen und spafshaften Anmerkungen, oder von patrioti-schen Stofsseufzern, Klagen, Wünschen, Träu-men, Aussichten u. d. gl. zu machen; zumahl wenn etwa in dem abgefafsten Rathsschlusse

die Verschwiegenheit ausdrücklich
empfohlen worden war.

Aber diefsmahl — wiewohl das Aben-
teuer der Abderiten mit dem Fürsten der
Ärzte sonderbar genug war, um einen Platz
in den Jahrbüchern ihrer Republik zu ver-
dienen — wurde an allen Tafeln, wo ein
Rathsherr oder Zunftmeister obenan safs, des
Hippokrates und Demokrits eben so
wenig gedacht, als ob gar keine Männer dieses Nahmens in der Welt gewesen wären.
In diesem Stücke hatten die Abderiten einen
ganz besondern *Public - Spirit*, und ein fei-
neres Gefühl, als man ihnen in Betracht ihres
gewöhnlichen Eigendünkels hätte zutrauen sollen. In der That konnte ihre Geschichte mit
dem Hippokrates, man hätte sie wenden und
kolorieren mögen wie man gewollt, auf keine
Art, die ihnen Ehre machte, erzählt werden.
Das Sicherste war, die Sache auf sich beruhen
zu lassen, und zu schweigen.

Die heutige Komödie machte also diefsmahl, wie gewöhnlich, den Hauptgegenstand
der Unterhaltung aus. Denn seitdem sich die
Abderiten, nach dem Beyspiel ihres grofsen
Musters, der Athener, mit einem eignen
Theater versehen, und (ihrer Gewohnheit
nach) die Sache so weit getrieben hatten, dafs

den gröſsten Theil des Jahres hindurch alle
Tage irgend eine Art von Schauspiel bey ihnen
zu sehen war: so wurde in Gesellschaften,
so bald die übrigen Gemeinplätze, Wetter,
Putz und Stadtneuigkeiten, erschöpft waren,
unfehlbar entweder von der Komödie die
gestern gespielt worden war, oder von der
Komödie die heute gespielt werden sollte,
gesprochen — und die Herren von Abdera wuſsten sich (besonders gegen Fremde) nicht wenig
damit, daſs sie ihren Mitbürgern eine so schöne
Gelegenheit zu Verfeinerung ihres Witzes und
Geschmacks, einen so unerschöpflichen Stoff
zu unschuldigen Gesprächen in Gesellschaften,
und besonders dem schönen Geschlecht ein so
herrliches Mittel gegen die Leib und Seele
verderbende lange Weile verschafft hätten.

Wir sagen es nicht um zu tadeln, sondern
zum verdienten Lobe der Abderiten, daſs sie
ihr Komödienwesen für wichtig genug
hielten, die Aufsicht darüber einem besondern
Rathsausschusse zu übergeben, dessen
Vorsitzer immer der zeitige Nomofylax, folglich einer der obersten Väter des Vaterlandes,
war. Dieſs war unstreitig sehr löblich. Alles,
was man mit Recht an einer so schönen Einrichtung aussetzen konnte, war, daſs es darum
nicht um ein Haar besser mit ihrem Komö-

dienwesen stand. Weil nun die Wahl der
Stücke von der Rathsdeputazion abhing, und
die Erfindung der Komödienzettel unter
die ansehnliche Menge von Erfindungen gehört, die den Vorzug der Neuern vor den
Alten aufser allem fernern Widerspruch setzen: so wufste das Publikum — ausgenommen wenn ein neues Abderitisches Ori-
ginalstück aufs Theater gebracht wurde —
selten vorher, was gespielt werden würde.
Denn wiewohl die Herren von der Députa-
zion eben kein Geheimnifs aus der Sache
machten: so mufste sie doch, ehe sie publik
wurde, durch so manchen schiefen Mund und
durch so viele dicke Ohren gehen, dafs fast
immer ein *Qui pro quo* heraus kam, und
die Zuhörer, wenn sie zum Beyspiel die An-
tigone des Sofokles erwarteten, die Eri-
gone des Fysignatus für lieb und gut
nehmen mufsten — woran sie es denn auch
selten oder nie ermangeln liefsen.

Was werden sie uns heut für ein
Stück geben? war also jetzt die allgemeine
Frage in Abdera — eine Frage, die an sich
selbst die unschuldigste Frage von der Welt
war, aber durch einen einzigen kleinen Umstand erzabderitisch wurde; nehmlich,
dafs die Antwort schlechterdings

von keinem praktischen Nutzen seyn
konnte. Denn die Leute gingen in die
Komödie, es mochte ein altes oder ein
neues, gutes oder schlechtes Stück gespielt
werden.

Eigentlich zu reden gab es für die Abderiten gar keine schlechten Stücke; denn
sie nahmen alles für gut: und eine natürliche
Folge dieser unbegrenzten Gutmüthigkeit war,
daſs es für sie auch keine guten Stücke gab.
Schlecht oder gut, was ihnen die Zeit vertrieb war ihnen recht, und alles was wie ein
Schauspiel aussah, vertrieb ihnen die Zeit. —
Jedes Stück also, so elend es war, und so
elend es gespielt worden seyn mochte, endigte
sich mit einem Geklatsche das gar nicht aufhören wollte. Alsdann ertönte auf einmahl
durchs ganze Parterre ein allgemeines: Wie
hat Ihnen das heutige Stück gefallen? und wurde stracks durch ein eben so
allgemeines: Sehr wohl! beantwortet.

So geneigt auch unsre werthen Leser seyn
mögen, sich nicht leicht über etwas zu
wundern, was wir ihnen von den Idiotismen
unsers Thracischen Athens erzählen können:
so ist doch dieser eben erwähnte Zug etwas

so ganz besonderes, daſs wir besorgen müssen keinen Glauben zu finden, wofern wir
ihnen nicht begreiflich machen, wie es zugegangen, daſs die Abderiten mit einer so groſsen
Neigung zu Schauspielen es gleichwohl zu
einer so hohen unbeschränkten dramati-
schen Apathie oder vielmehr Hidypa-
thie bringen konnten, daſs ihnen ein elendes
Stück nicht nur kein Leiden verursachte, sondern sogar eben (oder doch beynahe eben) so
wohl that als ein gutes.

Man wird uns, wenn wir das Räthsel auflösen sollen, eine kleine Ausschweifung über
das ganze Abderitische Theaterwesen erlauben
müssen.

Wir sehen uns aber genöthigt, uns von dem
günstigen und billig denkenden Leser vorher
eine kleine Gnade auszubitten, an deren groſs-
müthiger Gewährung ihm selbst am Ende noch
mehr gelegen ist als uns. Und dieſs ist: aller
widrigen Eingebungen seines Kakodämons
ungeachtet, sich ja nicht einzubilden, als ob
hier, unter verdeckten Nahmen, die Rede von
den Theaterdichtern, den Schauspielern, und
dem Parterre seiner lieben Vaterstadt die
Rede sey. Wir läugnen zwar nicht, daſs die
ganze Abderitengeschichte in gewissem Betracht

einen doppelten Sinn habe: aber ohne den
Schlüssel zu Aufschliefsung des geheimen
Sinnes, den unsere Leser von uns selbst
erhalten sollen, würden sie Gefahr laufen,
alle Augenblicke falsche Deutungen zu machen. Bis dahin also ersuchen wir sie

Per genium, dextramque, Deosque Penates,

sich aller unnachbarlichen und unfreundli-
chen Anwendungen zu enthalten, und alles
was folgt, so wie diefs ganze Buch, in keiner andern Gemüthsverfassung zu lesen, als
womit sie irgend eine andre alte oder
neue unparteyische Geschichtserzählung lesen
würden.

2. Kapitel.

Nähere Nachrichten von dem Abderitischen Nazionaltheater. Geschmack der Abderiten. Karakter des
Nomofylax Gryllus.

Als die Abderiten beschlossen hatten, ein ste-
hendes Theater zu haben, wurde zugleich aus
patriotischen Rücksichten festgesetzt, dafs es ein
Nazionaltheater seyn sollte. Da nun die
Nazion, wenigstens dem gröfsten Theile nach,
aus Abderiten bestand: so mufste ihr Theater
nothfolglich ein Abderitisches werden.
Diefs war natürlicher Weise die erste und un-
heilbare Quelle alles Übels.

Der Respekt, den die Abderiten für die
heilige Stadt der Minerva, als ihre vermeinte
Mutter, trugen, brachte es zwar mit sich, dafs
die Schauspiele der sämmtlichen Athenischen Dichter, nicht weil sie gut waren,
(denn das war eben nicht immer der Fall) sondern weil sie von Athen kamen, in grofsem
Ansehen bey ihnen standen. Und Aufangs

konnte auch, aus Mangel einer genügsamen
Anzahl einheimischer Stücke, beynahe
nichts andres gegeben werden. Allein eben
defswegen hielt man, sowohl zur Ehre der
Stadt und Republik Abdera, als mancherley
anderer Vortheile wegen, für nöthig, eine Ko-
mödien- und Tragödienfabrik in ihrem
eigenen Mittel anzulegen, und diese neue poe-
tische Manufaktur, — in welcher Abderitischer
Witz, Abderitische Gefühle, Abderitische Sitten und Thorheiten als eben so viele rohe Nazionalprodukte zu eigenem Gebrauch dra-
matisch verarbeitet werden sollten, —
wie guten und weisen Regenten und Patrioten
zusteht, auf alle mögliche Art aufzumuntern.

Diefs auf Kosten des gemeinen Sek-
kels zu bewerkstelligen, ging aus zwey Ursachen nicht wohl an: erstens, weil dieser Sek-
kel, vermöge der Art wie er verwaltet wurde,
fast immer weniger enthielt als man heraus
nehmen wollte; und zweytens, weil es damahls
noch nicht Mode war die Zuschauer bezahlen
zu lassen, sondern das Ärarium die Unkosten
des Theaters tragen mufste, und also ohnediefs
bey diesem neuen Artikel schon genug auszugeben hätte. Denn an eine neue Auflage auf
die Bürgerschaft war, vor der Hand und bis

man wufste wie viel Geschmack sie dieser
neuen Lustbarkeit abgewinnen würde, nicht
zu denken. Es blieb also kein ander Mittel,
als die Abderitischen Dichter auf Unkosten
des Geschmacks gemeiner Stadt aufzumuntern; d. i. alle Waaren, die sie gratis
liefern würden, für gut zu nehmen — nach
dem alten Sprichworte: Geschenktem Gaul
sieh nicht ins Maul; oder, wie es die
Abderiten gaben: Wo man umsonst ifst,
wird immer gut gekocht.

- Was Horaz von seiner Zeit in Rom
sagt:

Scribimus indocti doctique poemata passim,

galt nun von Abdera im superlativsten Grade.
Weil es einem zum Verdienst angerechnet
wurde wenn er ein Schauspiel schrieb, und
weil schlechterdings nichts dabey zu wagen
war: so machte Tragödien wer Athem genug
hätte, ein paar Dutzend zusammen geraffte Gedanken in eben so viele von Bombast strot-
zende Perioden aufzublasen; und jeder platte
Spafsmacher versuchte es, die Zwerchfelle
der Abderiten, auf denen er sonst in Gesellschaften oder Weinhäusern getrommelt hatte,
jetzt auch einmahl vom Theater herab zu be-
arbeiten.

Diese patriotische Nachsicht gegen die Nazionalprodukte hatte eine natürliche Folge, die das Übel zugleich vermehrte und fortdauernd machte. So ein gedankenleeres, windiges, aufgeblasenes, ungezogenes, unwissendes, und aller Anstrengung unfähiges Völkchen es auch um die jungen Pratricier von Abdera war, so ließ sich doch gar bald einer von ihnen, wir wissen nicht ob von seinem Mädchen oder von seinen Schmarotzern, oder auch von seinem eignen angestammten Dünkel, weiß machen, daß es nur an ihm liege, dramatische Efeukränze zu erwerben so gut als ein anderer. Dieser erste Versuch wurde mit einem so glänzenden Erfolg gekrönt, daß Blemmias, (ein Neffe des Archon Onolaus) ein Knabe von siebzehn Jahren, und, was in der Familie des Onolaus nichts ungewöhnliches war, ein notorisches Ganshaupt, ein unwiderstebliches Jucken in seinen Fingern fühlte auch ein Bocksspiel zu machen, wie man damahls das Ding hieß, das wir jetzt ein Trauerspiel zu schelten pflegen. Niemahls seitdem Abdera auf Thracischem Boden stand, hatte man ein dümmeres Nazionalprodukt gesehen: aber der Verfasser war ein Neffe des Archon, und so konnt' es ihm nicht fehlen. Der Schauplatz war so voll, daß die jungen Herren den schönen Abderitinnen auf

dem Schoofse sitzen mufsten; die gemeinen
Leute standen einander auf den Schultern.
Man hörte alle fünf Akte in unverwandter
dumm wartender Stille an; man gähnte, seufzte,
wischte sich die Stirne, rieb die Augen, hatte
hündische lange Weile — und hörte zu; und
wie nun endlich das lang' erseufzte Ende kam,
wurde so abscheulich geklatscht, dafs etliche
zartnervige Muttersöhnchen das Gehör darüber verloren.

Nun wars klar, dafs es keine so grofse
Kunst seyn müsse eine Tragödie zu machen,
weil sogar der junge Blemmias eine gemacht
hatte. Jedermann konnte sich ohne grofse Un-
bescheidenheit eben so viel zutrauen. Es
wurde ein Familien - Ehrenpunkt, dafs jedes gute
Haus wenigstens mit einem Sohne, Neffen,
Schwager oder Vetter mufste prangen können,
der die Nazional - Schaubühne mit einer Komödie
oder einem Bocksspiel, oder wenigstens mit
einem Singspielchen beschenkt hatte. Wie
grofs diefs Verdienst seinem innern Gehalte
nach etwa sey, daran dachte niemand; gutes,
mittelmäfsiges und elendes lief in Einer Herde
unter einander her. Es bedurfte, um ein
schlechtes Stück zu schützen, keiner Kabale.
Eine Höflichkeit war der andern werth. Und
weil die Herren allerseits Eselsöhrchen hatten:

so konnte keinem einfallen, dem andern das
berühmte *Auriculas asini Mida rex habet*
zuzuflüstern.

Man kann sich leicht vorstellen, daſs die
Kunst bey dieser Duldsamkeit nicht viel
gewonnen haben werde.   Aber was kümmerte
die Abderiten das Interesse der Kunst? Genug,
daſs es für die Ruhe ihrer Stadt und das
allerseitige Vergnügen zuträglicher war, dergleichen Dinge friedlich und schiedlich ab-
zuthun.

Da kann man sehen, pflegte der Archon
Onolaus zu sagen, wie viel darauf ankommt,
daſs man ein Ding beym rechten Ende nimmt!
Das Komödienwesen, das zu Athen alle Augenblicke die garstigsten Händel anrichtet, ist
zu Abdera ein Band des allgemeinen guten
Vernehmens und der unschuldigste Zeitvertreib
von der Welt.   Man geht in die Komödie, man
ergetzt sich auf die eine oder andere Art, entweder mit Zuhören, oder mit seiner Nachbarin,
oder mit Träumen und Schlafen, wie es einem
jeden beliebt; dann wird geklatscht, jedermann
geht zufrieden nach Hause, und gute Nacht!

Wir sagten vorhin, die Abderiten hätten
sich mit ihrem Theater so viel zu thun gemacht,

daſs sie in Gesellschaften beynahe von nichts
als von der Komödie gesprochen: und so verhielt sichs auch wirklich. Aber wenn sie von
Theaterstücken und Vorstellungen und Schauspielern sprachen, so geschah es nicht, um
etwa zu untersuchen was daran in der That
beyfallswürdig seyn möchte oder nicht.
Denn, ob sie sich ein Ding gefallen oder nicht
gefallen lassen wollten, das hing (ihrer Meinung nach) lediglich von ihrem freyen
Willen ab; und, wie gesagt, sie hatten nun
einmahl eine Art von schweigender Abrede mit
einander getroffen, ihre einheimischen dra-
matischen Manufakturen aufzumuntern.
„Man sieht doch recht augenscheinlich, (sagten sie) was es auf sich hat, wenn die Künste
an einem Orte aufgemuntert werden. Noch
vor zwanzig Jahren hatten wir kaum zwey
oder drey Poeten, von denen, auſser etwa an
Geburtstagen oder Hochzeiten, kein Mensch
Notiz nahm. Jetzt, seit den zehn bis zwölf
Jahren daſs wir ein eignes Theater haben, können wir schon über sechs hundert Stücke, groſs
und klein in einander gerechnet, aufweisen,
die alle auf Abderitischem Grund und Boden
gewachsen sind.“

Wenn sie also von ihren Schauspielen
schwatzten, so war es nur, um einander zu

fragen, ob, zum Beyspiel, das gestrige Stück
nicht schön gewesen sey? und einander zu
antworten: ja, es sey sehr schön gewesen —
und was die Schauspielerin, welche die Ifigenia oder Andromache vorgestellt, (denn zu Abdera wurden die weiblichen Rollen von wirklichen Frauenzimmern gespielt, und das war
eben nicht so Abderitisch) für ein schönes
neues Kleid angehabt habe? Und das gab dann
Gelegenheit zu tausend kleinen interessanten
Anmerkungen, Reden und Gegenreden, über
den Putz, die Stimme, den Anstand, den
Gang, das Tragen des Kopfs und der Arme,
und zwanzig andre Dinge dieser Art, an den
Schauspielern und Schauspielerinnen. Mitunter sprach man auch wohl von dem Stücke
selbst, sowohl von der Musik als von den
Worten, (wie sie die Poesie davon nannten)
das ist, ein jedes sagte, was ihm am besten oder
wenigsten gefallen hätte; man hob die vorzüg-
lich rührenden und erhabnen Stellen
aus; tadelte auch wohl hier und da einen
Ausdruck, ein allzu niedriges Wort,
oder einen Gedanken, den man übertrieben
oder anstößig fand. Aber immer endigte sich
die Kritik mit dem ewigen Abderitischen *Re-
frein:* Es bleibt doch immer ein schönes Stück — und hat viel Moral in
sich. Schöne Moral! pflegte der

kurze dicke Rathsherr hinzu zu setzen —
und immer traf sichs, dafs die Stücke, die
er ihrer schönen Moral wegen selig pries,
gerade die elendesten waren.

Man wird vielleicht denken: da die besondern Ursachen, die man zu Abdera gehabt
habe, alle einheimische Stücke, ohne Rücksicht
auf Verdienst und Würdigkeit, aufzumuntern,
bey auswärtigen nicht Statt gefunden, so
hätte doch wenigstens die grofse Verschieden-
heit der Athenischen Schauspieldichter, und
der Abstand eines Astydamas von einem
Sofokles etwas dazu beytragen sollen, ihren
Geschmack zu bilden, und ihnen den
Unterschied zwischen gut und schlecht, vortrefflich und mittelmäfsig, — besonders den
mächtigen Unterschied zwischen natürlichem
Beruf und blofser Prätension und Nachäfferey,
zwischen dem muntern, gleichen, aushalten-
den Gang des wahren Meisters, und dem Stel-
zenschritt oder dem Nachkeichen, Nachhinken
und Nachkriechen der Nachahmer — anschau-
lich zu machen. Aber, fürs erste, ist der Geschmack eine Sache, die sich ohne natürliche
Anlage, ohne eine gewisse Feinheit
des Seelenorgans, womit man schmek-
ken soll, durch keine Kunst noch Bildung
erlangen läfst; und wir haben gleich zu Anfang

dieser Geschichte schon bemerkt, daſs die Natur den Abderiten diese Anlage ganz versagt zu
haben schien. Ihnen schmeckte Alles. Man
fand auf ihren Tischen die Meisterstücke des
Genies und Witzes mit dem Abgang der schalsten Köpfe, den Tagelöhnerarbeiten der elendesten Pfuscher, unter einander liegen. Man
konnte ihnen in solchen Dingen weiſs machen
was man wollte; und es war nichts leichter,
als einem Abderiten die erhabenste Ode von
Pindar für den ersten Versuch eines Anfän-
gers, und umgekehrt das sinnloseste Geschmier,
wenn es nur den Zuschnitt eines Gesangs in
Strofen und Antistrofen hatte, für ein Werk
von Pindar zu geben. Daher war bey einem
jeden neuen Stücke, das ihnen zu Gesicht kam,
immer ihre erste Frage: Von wem? und man
hatte hundert Beyspiele, daſs sie gegen das
vortrefflichste Werk gleichgültig geblieben waren, bis sie erfahren hatten daſs es einem berühmten Nahmen zugehöre.

Dazu kam noch der Umstand, daſs der Nomofylax Gryllus, des Cyniskus Sohn, der
an der Errichtung des Abderitischen Nazionaltheaters den meisten Antheil gehabt hatte und
der Oberaufseher über ihr ganzes Schauspielwe-
sen war, Anspruch machte ein groſser Musik-

verständiger und der erste Komponist seiner Zeit
zu seyn — ein Anspruch, gegen welchen die
gefälligen Abderiten um so weniger einzuwenden halten, weil er ein sehr popularer
Herr war, und weil seine ganze Komposi-
zionskunst in einer Anzahl melodischer
Formen oder Leisten bestand, die er allen
Arten von Texten anzupassen wufste, so dafs
nichts leichter war, als seine Melodien zu singen und auswendig zu lernen.

Die Eigenschaft, auf welche sich Gryl-
lus am meisten zu gut that, war seine Be-
hendigkeit im Komponieren. — „Nu, wie
gefällt Ihnen meine Ifigenia, Hekuba,
Alceste, (oder was es sonsten war) he?“
— O, ganz vortrefflich, Herr Nomofylax! —
„Gelt! da ist doch reiner Satz! fliefsende
Melodie! hä, hä, hä! Und wie lange denken
Sie dafs ich daran gemacht habe? — Zählen
Sie nach! — Heute haben wir den 13ten —
Den 4ten Morgens um fünf Uhr — Sie wissen
ich bin früh auf — setzt' ich mich an mein Pult
und fing an — und gestern Punkt zehn Uhr
Vormittags macht' ich den letzten Strich! —
Nun zählen Sie nach, 4, 5, 6, 7, 8, 9, 10,
11, 12, — macht, wie Sie sehen, nicht
volle 9 Tage, und darunter zwey Rathstage,

und zwey oder drey wo ich zu Gaste gebeten war; andre Geschäfte nicht gerechnet —
Hm! was sagen Sie? Heißt das nicht fix
gearbeitet? — Ich sag' es eben nicht um
mich zu rühmen: aber das getrau' ich mir,
wenns eine Wette gälte, daß kein Komponist im ganzen Europäischen und Asiati-
schen Griechenland eher mit einem Stücke
fertig werden soll als ich! — Es ist nichts!
Aber es ist doch so eine eigne Gabe die ich
habe, hä, hä, hä!" —

Wir hoffen, unsre Leser sehen den Mann
nun vor sich, und wenn sie einige Anlage
zur Musik haben, so muß ihnen seyn, sie
hätten ihn bereits seine ganze Ifigenia, Hekuba und Alceste herunter orgeln gehört.

Nun hatte dieser große Mann noch ne-
benher die kleine Schwachheit, daß er keine
Musik gut finden konnte als — seine eigene.
Keiner von den besten Tonsetzern zu Athen,
Theben, Korinth u. s. w. konnt' es ihm zu
Danke machen. Den berühmten Damon selbst,
dessen gefällige, geistreiche und immer zum
Herzen sprechende Art zu komponieren außer-
halb Abdera alles was eine Seele hatte be-
zauberte, nannte er unter seinen Vertrauten

nur den Bänkelsängerkomponisten.
Bey dieser Art zu denken, und vermöge der
unendlichen Leichtigkeit womit er seinen
musikalischen Leich von sich gab, hatte er
nun binnen wenig Jahren zu mehr als sechzig Stücken von berühmten und unberühmten
Athenischen Schauspieldichtern die Musik gemacht. Denn die Abderitischen Nazionalprodukte überließ er meistens seinen Schülern
und Nachahmern, und begnügte sich bloß
mit der Revision ihrer Arbeit. Freylich fiel
seine Wahl, wie man denken kann, nicht
immer auf die besten Stücke; die Hälfte wenigstens waren mißlungene bombastische Nach-
ahmungen des Äschylus; oder abge-
schmackte Possenspiele, Jahrmarktsstücke, die
von ihren Verfassern selbst bloß für die Be-
lustigung des untersten Pöbels bestimmt waren. Aber genug, der Nomofylax, ein
Haupt der Stadt, hatte sie komponiert;
sie wurden also unendlich beklatscht; und wenn
sie denn auch bey der öftern Wiederhohlung
mitunter gähnen und hojahnen machten daß
die Kinnladen hätten aus einander gehen mögen, so versicherte man einander doch beym
Herausgehen sehr tröstlich: es sey gar ein
schönes Stück und gar eine schöne Musik
gewesen!

Und so vereinigte sich denn alles bey diesen griechenzenden Thraciern, nicht
nur gegen die Arten und Stufen des Schönen,
sondern gegen den innern Unterschied des Vortrefflichen und Schlechten selbst, jene mecha-
nische Kaltsinnigkeit hervorzubrin-
gen, wodurch sie sich als durch einen festen
Nazionalkarakterzug von allen übrigen
policierten Völkern des Erdbodens auszeichne-
ten; eine Kaltsinnigkeit, die dadurch desto
sonderbarer wurde, weil sie ihnen gleichwohl
die Fähigkeit lieſs, zuweilen von dem wirklich Schönen auf eine gar seltsame Art afficiert
zu werden — wie man in kurzem aus einem
merkwürdigen Beyspiel ersehen wird.

3. Kapitel.

Beyträge zur Abderitischen Litterargeschichte. Nachrichten von ihren ersten theatralischen Dichtern, Hyperbolus, Paraspasmus, Antifilus und Thlaps.

Bey aller dieser anscheinenden Gleichgültigkeit, Toleranz, Apathie, Hedypathie, oder wie mans nennen will, müssen wir uns die Abderiten gleichwohl nicht als Leute ohne allen Geschmack vorstellen. Denn ihre fünf Sinne hatten sie richtig und voll gezählt: und wiewohl ihnen unter den angegebnen Umständen Alles gut genug schmeckte; so däuchte sie doch, dieses oder jenes schmecke ihnen besser als ein andres; und so hatten sie denn ihre Lieblingsstücke und Lieblingsdichter so gut als andre Leute.

Damahls, als ihnen der kleine Verdruſs mit dem Arzt Hippokrates zustieſs, waren

unter einer ziemlichen Anzahl von Theaterdichtern, welche Handwerk davon machten,
(die Freywilligen nicht gerechnet) vor-
nehmlich zwey im Besitz der höchsten Gunst
des Abderitischen Publikums. Der eine machte
Tragödien und eine Art Stücke, die man
jetzt komische Opern nennt; der andere,
Nahmens Thlaps, fabricierte eine Art von
Mitteldingen, wobey einem weder wohl noch
weh geschah, wovon er der erste Erfinder
war, und die deſswegen nach seinem Nahmen
Thlapsödien genannt wurden.

Der erste war eben der Hyperbolus,
dessen schon zu Anfang dieser eben so wahr-
haften als wahrscheinlichen Geschichte als des
berühmtesten unter den Abderitischen Dichtern gedacht worden ist. Er hatte sich zwar
auch in den übrigen Gattungen hervorgethan;
die außerordentliche Parteylichkeit seiner
Landsleute für ihn hatte ihm in allen den Preis
zuerkannt: und eben dieser Vorzug erwarb ihm
den hochtrabenden Zunahmen Hyperbolus;
denn von Haus aus nannte er sich Hege-
sias.

Der Grund, warum dieser Mensch ein so
besondres Glück bey den Abderiten machte,
war der natürlichste von der Welt — nehm.

lich eben der, wefswegen er und seine
Werke an jedem andern Orte der Welt als in
Abdera ausgepfiffen worden wären.   Er war
unter allen ihren Dichtern derjenige, in welchem der eigentliche Geist von Abdera,
mit allen seinen Idiotismen und Abweichungen
von den schönern Formen, Proporzionen und
Lineamenten der Menschheit, am leibhafte-
sten wohnte; derjenige, mit dem alle übrigen
am meisten sympathisierten; der immer alles
just so machte wie sie es auch gemacht haben
würden, ihnen immer das Wort aus dem Munde
nahm, immer das eigentliche Pünktchen traf
wo sie gekitzelt seyn wollten; mit Einem Worte,
der Dichter nach ihrem Sinn und Herzen! Und
das nicht etwa in Kraft eines aufserordentlichen Scharfsinns, oder als ob er sich ein besondres Studium daraus gemacht hätte, sondern
lediglich, weil er unter allen seinen Brü-
dern im Marsyas am meisten — Abderit war. Bey ihm durfte man sich darauf verlassen, dafs der Gesichtspunkt, woraus er eine
Sache ansah, immer der schiefste war woraus
sie gesehen werden konnte; dafs er zwischen
zwey Dingen allemahl die Ähnlichkeit gerade da
fand, wo ihr wesentlichster Unterschied lag;
dafs er je und allezeit feierlich aussehen würde
wo ein vernünftiger Mensch lacht, und lachen
würde wo es nur einem Abderiten einfallen

kann zu lachen, u. s. w. Ein Mann, der des
Abderitischen Genius so voll war, konnte natürlicher Weise in Abdera alles seyn was er
wollte. Auch war er ihr Anakreon, ihr Al-
cäus, ihr Pindar, ihr Äschylus, ihr
Aristofanes, und seit kurzem arbeitete er an
einem großen Nazional-Heldengedicht
in acht und vierzig Gesängen, die Abderiade genannt — zu großer Freude des ganzen
Abderitischen Volkes! Denn, sagten sie, ein
Homer ist das einzige was uns noch abgeht;
und wenn Hyperbolus mit seiner Abderiade fertig seyn wird, so haben wir Ilias und Odyssee
in Einem Stücke beysammen; und dann laß die
andern Griechen kommen, und uns noch über
die Achseln ansehen, wenn sie das Herz haben! Sie sollen uns dann einen Mann
stellen, dem wir nicht einen aus unserm Mittel gegenüber stellen wollen!

Indessen war doch die Tragödie das
eigentliche Fach des Hyperbolus. Er hatte
deren hundert und zwanzig (vermuthlich
auch groß und klein in einander gerechnet) verfertigt — ein Umstand, der
ihm bey einem Volke, das in allen Dingen nur
auf Anzahl und körperlichen Umfang
sah, allein schon einen außerordentlichen Vorzug geben mußte. Denn von allen seinen

Nebenbuhlern hatte es keiner auch nur auf das Drittel dieser Zahl bringen können. U geach- tet ihn die Abderiten wegen des Bombasts sei- ner Schreibart ihren Äschylus zu nen- nen pflegten, so wufste er sich selbst doch nicht wenig mit seiner Originalität. Man weise mir, sprach er, einen Karakter, einen Gedanken, ein Gefühl, einen Ausdruck, in allen meinen Werken, den ich aus einem an- dern genommen hätte! — Oder aus der Na- tur, setzte Demokrit hinzu — „O! (rief Hyperbolus) was das betrifft, das kann ich Ih- nen zugeben, ohne dafs ich viel dabey verliere. Natur! Natur! Die Herren klappern immer mit ihrer Natur und wissen am Ende nicht was sie wollen. Die gemeine Natur — und die meinen Sie doch — gehört in die Komödie, ins Possenspiel, in die Thlapsödie, wenn Sie wollen! Aber die Tragödie mufs über die Natur gehen, oder ich gebe nicht eine hohle Nufs darum.“ Von den seinigen galt diefs im vollesten Mafs. So wie seine Personen hatte nie ein Mensch ausgesehen, nie ein Mensch gefühlt, gedacht, gesprochen noch gehandelt. Aber das wollten die Abderi- ten eben — und daher kam es auch, dafs sie unter allen auswärtigen Dichtern am wenigsten aus dem Sofokles machten. „Wenn ich auf- richtig sagen soll, wie ich denke, — sagte einst

Hyperbolus in einer vornehmen Gesellschaft,
wo über diese Materie auf gut Abderitisch räsoniert wurde — ich habe nie begreifen können, was an dem Ödipus oder an der Elek-
tra des Sofokles, besonders was an seinem
Filoktet so aufserordentliches seyn soll. Für
einen Nachfolger eines so erhabnen Dichters
wie Äschylus, fällt er wahrlich gewaltig ab!
Nun ja, Attische Urbanität, die streit'
ich ihm nicht ab! Urbanität so viel Sie wollen!
Aber der Feuerstrom, die wetterleuchtenden
Gedanken, die Donnerschläge, der hinreifsende
Wirbelwind — kurz, die Riesenstärke, der
Adlersflug, der Löwengrimm, der Sturm und
Drang, der den wahren tragischen Dichter
macht, wo ist der?" — Das nenn' ich wie
ein Meister von der Sache sprechen, sagte
einer von der Gesellschaft. — O, über solche
Dinge verlassen Sie Sich auf das Urtheil des
Hyperbolus, rief ein andrer; wenn ers nicht
verstehen sollte! — Er hat hundert und
zwanzig Tragödien gemacht, flüsterte eine Ab-
deritin einem Fremden ins Ohr; er ist der erste
Theaterdichter von Abdera!

Indessen hatte es doch unter allen seinen
Nebenbuhlern, Schülern und Kaudatarien
ihrer zweyen geglückt, ihn auf dem tragischen
Thron, auf den ihn der allgemeine Beyfall hin-

auf geschwungen, wanken zu machen — Dem
einen durch ein Stück, worin der Held gleich
in der ersten Scene des ersten Akts s e i n e n V a-
ter ermordet, im zweyten seine leib li-
che Schwester heirathet, im dritten
entdeckt dafs er sie mit seiner Mutter
gezeugt hatte, im vierten sich selber
Ohren und Nase abschneidet, und im
fünften, nachdem er die Mutter vergif-
tet und die Schwester erdrosselt, von
den Furien unter Blitz und Donner
in die Hölle gehohlt wird — Dem
andern durch eine Niobe, worin aufser
einer Menge Ω! Ω! $A\iota$, $A\iota$! $\Phi\varepsilon\tilde{\upsilon}$, $\Phi\varepsilon\tilde{\upsilon}$, und
$E\lambda\varepsilon\lambda\varepsilon\lambda\varepsilon\tilde{\upsilon}$, und einigen Blasfemien, wobey
den Zuhörern die Haare zu Berge standen, das
ganze Stück in lauter Handlung und Pantomime gesetzt war. Beide Stücke hatten
den erstaunlichsten Effekt gethan. — Nie
waren binnen drey Stunden so viele Schnupf-
tücher voll geweint worden, seit ein Abdera
in der Welt war. — Nein, es ist nicht zum
Aushalten, schluchzten die schönen Abderitinnen — Der arme Prinz! wie er heulte, wie
er sich herum wälzte! Und die Rede, die er
hielt, da er sich die Nase abgeschnitten hatte,
rief eine andere — Und die Furien, die Furien, schrie eine dritte — ich werde vier Wochen lang kein Auge vor ihnen zuthun können!

— Es war schrecklich, ich muſs gestehen,
sagte die vierte; aber, o die arme Niobe!
wie sie mitten unter ihren über einander her-
gewälzten Kindern da stebt, sich die Haare aus-
rauft, sie über die dampfenden Leichen hin-
streut, dann sich selbst auf sie hinwirft, sie
wieder beleben möchte, dann in Verzweiflung
wieder auffährt, die Augen wie feurige Räder
im Kopf herum rollt, dann mit ihren eigenen
Nägeln sich die Brust aufreiſst, und Hände voll
Bluts unter entsetzlichen Verwünschungen gen
Himmel wirft! — Nein, so was rührendes
muſs nie gesehen worden seyn! Was das für
ein Mann seyn muſs, der Paraspasmus, der
Stärke genug hatte, so eine Scene aufs Theater zu bringen! — Nun, was die Stärke anbe-
trifft, sagte die schöne Salabanda, darauf
läſst sich eben nicht immer so sicher schlieſsen.
Ich zweifle, ob Paraspasmus alles halten
würde was er zu versprechen scheint; groſse
Prahler, schlechte Fechter. — Man kannte
die schöne Salabanda für eine Frau, die so
was nicht ohne Grund sagte; und dieser ge-
ringfügige Umstand brachte so viel zuwege,
daſs die Niobe des Paraspasmus bey der
zweyten Vorstellung nicht mehr die Hälfte der
vorigen Wirkung that; ja der Dichter selbst
konnte sich in der Folge nicht wieder von dem
Schlag erhollen, den ihm Salabanda durch ein

einziges Wort in der Einbildungskraft der Abderitinnen gegeben hatte.

Indessen blieb ihm und seinem Freunde
Antifilus doch immer die Ehre, der Tragödie zu Abdera einen neuen Schwung gegeben zu haben, und die Erfinder zweyer neuer
Gattungen, der griesgramischen, und
der pantomimischen, zu seyn, in welchen den Abderitischen Dichtern eine Lauf-
bahn eröffnet wurde, wo es um so viel sich-
rer war Lorbern einzuernten, da im Grunde
nichts leichter ist als — Kinder zu erschrek-
ken, und seine Hulden vor lauter Affekt —
gar nichts sagen zu lassen.

Wie aber die menschliche Unbeständigkeit
sich an allem, was in seiner Neuheit noch
so angenehm ist, gar bald ersättiget, so fingen
auch die Abderiten bereits an es überdrüssig
zu werden, dafs sie immer und alle Tage gar
schön finden sollten, was ihnen in der That
schon lange gar wenig Vergnügen machte: als
der junge Thlaps auf den Einfall kam,
Stücke aufs Theater zu bringen, die weder Komödie noch Tragödie noch Posse, sondern eine
Art von lebendigen Abderitischen Familien-
gemählden wären; wo weder Helden noch
Narren, sondern gute ehrliche hausgebackne

Abderiten auftreten, ihren täglichen Stadt-
Markt - Haus - und Familiengeschäften nach-
gehen, und vor einem löblichen Spektatorium
gerade so handeln und sprechen sollten, als ob
sie auf der Bühne zu Hause wären, und es
sonst keine Leute in der Welt gäbe als sie.
Man sieht, daſs dieſs ungefähr die nehmliche
Gattung war, wodurch sich Menander in
der Folge so viel Ruhm erwarb. Der Unterschied bestand bloſs darin: daſs er Athener
und jener Abderiten auf die Bühne
brachte; und daſs er Menander, und jener Thlaps war. Allein da dieser Unterschied den Abderiten nichts verschlug, oder
vielmehr gerade zu Thlapsens Vortheil ge-
reichte: so wurde sein erstes Stück ¹) in dieser Gattung mit einem Entzücken aufgenommen, wovon man noch kein Beyspiel gesehen
hatte. Die ehrlichen Abderiten sahen sich
selbst zum ersten Mahl auf der Schaubühne

¹) Es hieſs Eugamia, oder die vierfache Braut. Eugamia war von ihrem Vater an
einen, von der Mutter an den andern, und von
einer Tante, an deren Erbschaft ihr gelegen war,
an den dritten Mann versprochen worden. Am
Ende kam heraus, daſs das voreilige Mädchen sich
selbst in aller Stille bereits an einen vierten ver-
schenkt hatte.

in puris Naturalibus, ohne Stelzen, ohne Lö-
wenhäute, ohne Keule, Zepter und Diadem,
in ihren gewöhnlichen Hauskleidern, ihre gewöhnliche Sprache redend, nach ihrer ange-
bornen eigenthümlichen Abderitischen Art und
Weise leiben und leben, essen und trinken,
freyen und sich freyen lassen, u. s. w. und das
war eben was ihnen so viel Vergnügen machte.
Es ging ihnen wie einem jungen Mädchen, das
sich zum ersten Mahl in einem Spiegel sieht;
sie konntens gar nicht genug bekommen. Die
vierfache Braut wurde vier und zwanzigmahl hinter einander gespielt, und eine lange
Zeit wollten die Abderiten nichts als Thlapsödien sehen.   Thlap's, dem es nicht so
frisch von der Faust ging wie dem grofsen Hyperbolus und dem Nomofylax Gryllus,
konnte deren nicht so viele fertig machen, als
sie von ihm zu haben wünschten.   Aber da er
seinen Mitbrüdern einmahl den Ton angegeben
hatte, so fehlte es ihm nicht an Nachahmern.
Alles legte sich auf die neue Gattung; und in
weniger als drey Jahren waren alle mögliche
Süjets und Titel von Thlapsödien so erschöpft,
dafs es wirklich ein Jammer war die Noth der
armen Dichter zu sehen, wie sie drucksten und
schwitzten, um aus dem Schwamme, den
schon so viele vor ihnen ausgedruckt hatten,

noch einen Tropfen trübes Wasser heraus zu pressen.

Die natürliche Folge davon war, daſs unvermerkt alle Dinge wieder ins gehörige Gleichgewicht kamen. Die Abderiten, die, nach ziemlich allgemeiner menschlicher Weise, Anfangs für jede Gattung eine ausschlieſsende Neigung faſsten, fanden endlich, daſs es nur desto besser sey, wenn sie dem Überdruſs durch Abwechslung und Mannigfaltigkeit wehren könnten. Die Tragödien, gemeine, griesgramische und pantomimische, die Komödien, Operetten und Possenspiele kamen wieder in Umlauf; der Nomofylax komponierte die Tragödien des Euripides; und Hyperbolus (zumahl da ihm das Projekt Abderitischer Homer zu werden im Kopfe steckte) lieſs sichs, weils doch nicht zu ändern war, am Ende gern gefallen, die höchste Gunst des Abderitischen Parterre mit Thlapsen zu theilen; zumahl, da dieser durch die Heirath mit der Nichte eines Oberzunftmeisters seit kurzem eine wichtige Person geworden war.

———

4. Kapitel.

Merkwürdiges Beyspiel von der guten Staatswirthschaft der Abderiten. Beschluß der Digression über
ihr Theaterwesen.

Ehe wir von dieser Abschweifung zum Ver-
folg unsrer Geschichte zurückkehren, möchte
es nöthig seyn, dem geneigten Leser einen
kleinen Zweifel zu benehmen, der ihm während vorstehender kurzen Abschattung des Abderitischen Schauspielwesens aufgestoßen seyn
möchte.

Es ist nicht wohl zu begreifen, wird man
sagen, wie das Ärarium von Abdera, dessen Einkünfte eben nicht so gar beträchtlich
seyn konnten, eine so ansehnliche Nebenaus-
gabe, wie ein tägliches Schauspiel mit allen
seinen Artikeln ist, in die Länge habe bestreiten können; gesetzt auch, daß die Dichter
ohne Sold noch Lohn, aus purem Patriotismus,
oder um die bloße Ehre gedient hätten. Wofern aber dieß letztere war, wird man kaum

glaublich finden, daſs es so manchen Theaterdichter von Profession in Abdera gegeben, und
daſs der groſse Hyperbolus, mit allem seinem
Patriotismus und Eigennutz, es bis auf ein
hundert und zwanzig dramatische Stücke sollte
getrieben haben.

Um nun den günstigen Leser nicht ohne
Noth aufzuhalten, wollen wir ihm nur gleich
unverhohlen gestehen, daſs ihre Theaterdichter keineswegs umsonst arbeiteten, (denn das
groſse Gesetz, „dem Ochsen, der da
drischt, sollst du nicht das Maul
verbinden!‟ ist ein Naturgesetz, dessen
allgemeine Verbindlichkeit auch sogar die Abderiten fühlten) und daſs, vermöge einer besondern Finanzoperazion, das Stadtärarium des
Theaters halben eigentlich keine neue Ausgabe
zu bestreiten hatte, sondern dieser Aufwand
gröſsten Theils an andern nöthigern und
nützlichern Artikeln erspart wurde.

Die Sache verhielt sich so. So bald die
Gönner des Theaters sahen, daſs die Abderiten
Feuer gefaſst hatten, und Schauspiele zum
Bedürfniſs für sie geworden waren, ermangelten sie nicht, dem Volke durch die Zunftmeister vorstellen zu lassen: daſs das Ärarium einem
so groſsen Zuwachs von Ausgaben ohne neue

Einnahmsquellen oder Einziehung andrer Ausgaben nicht gewachsen sey. Diefs veranlafste denn, dafs eine Kommission niedergesetzt wurde, welche, nach mehr als sechzig zahlbaren Sitzungen, endlich einen Entwurf einer Einrichtung des gemeinen Abderitischen Theaterwesens vor Rath legte, den man so gründlich und wohl ausgesonnen fand, dafs er stracks in einer allgemeinen Versammlung der Bürgerschaft zu einem Fundamentalgesetz der Stadt Abdera gestempelt wurde.

Wir würden uns ein Vergnügen daraus machen, dieses Abderitische Meisterstück auch vor unsre Leser zu legen, wenn wir ihnen Geduld genug zutrauen dürften es zu lesen. Sollte aber irgend ein gemeines Wesen in oder aufser dem heiligen Römischen Reiche die Mittheilung desselben wünschen: so ist man erbötig, solche auf erfolgte Requisizion, gegen blofse Erstattung der Schreibauslagen unentgeldlich mitzutheilen. Alles, was wir hier davon sagen können, ist: dafs, vermöge dieser Einrichtung, *sine aggravio Publici*, — durch blofse Ersparung einer Menge anderer Ausgaben, die man freylich in jedem andern Staate für nöthiger und nützlicher als die Unterhaltung eines Nazionaltheaters angesehen hätte — hinlängliche Fonds ausgemacht wurden, „die Abderiten

wöchentlich viermahl mit Schauspielen zu trak-
tieren; sowohl Dichter, Schauspieler und
Orchester, als die Herren Deputierten und
den Nomofylax gehörig zu remunerieren;
und überdiefs noch die beiden untersten Klassen der Zuschauer bey jeder Vorstellung
viritim mit einem Pfennigbrot und zwey
trocknen Feigen zu gratificieren." — Der
einzige Fehler dieser schönen Einrichtung war,
dafs die Herren von der Kommission sich in Be-
rechnung der Einnahme und Ausgabe (wegen
deren Richtigkeit man sich auf ihre be-
kannte Dexterität verliefs) um achtzehn
tausend Drachmen (ungefähr dritthalb tausend Thaler schwer Geld) verrechnet hatten,
die das Ärarium mehr bezahlen mufste, als
die angewiesenen Fonds betrugen. Das war
nun freylich kein ganz gleichgültiger Rech-
nungsverstofs! Indessen waren die Herren von
Abdera gewohnt, so glattweg und *bona fide*
bey ihrer Staatswirthschaft zu Werke zu gehen, dafs etliche Jahre verstrichen, bis man
gewahr wurde, woran es liege, dafs sich alle
Jahre ein Deficit von zwey tausend fünf hundert Thalern in der Hauptrechnung ergab. Wie
man es endlich mit vieler Mühe heraus gebracht hatte, fanden die Häupter für nöthig,
die Sache vor das gesammte Volk zu bringen,
und *pro forma* auf Einziehung der Schau-

bühne anzutragen. Allein die Abderiten geberdeten sich zu diesem Vorschlag, als ob man
ihnen Wasser und Feuer nehmen wolle. Kurz,
es wurde ein Plebiscitum errichtet, daſs
die jährlich abgängigen dritthalb Talente aus
dem gemeinen Schatz, der im Tempel der Latona niedergelegt war, genommen werden
sollten; und derjenige, der sich künftig unter-
fangen würde, auf Abschaffung der Schaubühne anzutragen, sollte für einen Feind
der Stadt Abdera angesehen werden.

Die Abderiten glaubten nun ihre Sache
recht klug gemacht zu haben, und pflegten gegen Fremde sich viel darauf zu gut zu thun,
daſs ihre Schaubühne jährlich achtzig Talente
(achtzig tausend Thaler) und gleichwohl der
Bürgerschaft von Abdera keinen Häller koste.
„Es kommt alles auf eine gute Einrichtung an,
sagten sie. Aber dafür haben wir auch ein
Nazionaltheater, wie kein andres in der Welt
seyn muſs!“ — Das ist eine groſse Wahrheit,
sagte Demokrit: solche Dichter, solche
Schauspieler, solche Musik, und wöchentlich
viermahl, für achtzig Talente! Ich wenigstens
habe das an keinem andern Ort in der Welt angetroffen.

Was man ihnen lassen muſste, war, daſs
ihr Theater für eines der prächtigsten in Grie-

chenland gelten konnte.   Freylich hatten sie
dem Könige von Macedonien ihr bestes Amt
versetzt, um es bauen zu können.   Aber da
ihnen der König zugestanden, daſs der Amt-
mann, der Amtsschreiber und der Rentmeister
allezeit Abderiten bleiben sollten, so konnte ja
niemand was dagegen einzuwenden haben.

Wir bitten es den Lesern ab, wenn sie
mit dieser allgemeinen Nachricht von dem Abderitischen Theaterwesen zu lange aufgehalten
worden sind.   Die Schauspielstunde ist inzwischen herbey gekommen, und wir versetzen
uns also ohne weiters in das Amſitheater dieser preiswürdigen Republik, wo der geneigte
Leser nach Gefallen, entweder bey dem kleinen dicken Rathsherrn, oder bey dem Priester
Strobylus, oder bey dem Schwätzer Antistrepsiades, oder bey irgend einer von den schönen
Abderitinnen, mit welchen wir sie in den vorigen Kapiteln bekannt gemacht haben, Platz zu
nehmen belieben wird.

———————

---

5. Kapitel.

Die Andromeda des Euripides wird aufgeführt. Großer Sukzeß des Nomofylax, und was die Sängerin Eukolpis dazu beygetragen. Ein paar Anmerkungen über die übrigen Schauspieler, die Köre und die Dekorazion.

Das Stück, das diesen Abend gespielt wurde, war die Andromeda des Euripides; eines von den sechzig oder siebzig Werken dieses Dichters, wovon nur wenige kleine Späne und Splitter der Vernichtung entronnen sind. Die Abderiten trugen, ohne eben sehr zu wissen warum, große Ehrerbietung für den Nahmen Euripides und alles was diesen Nahmen trug. Verschiedne seiner Tragödien oder Singspiele (wie wir sie eigentlich nennen sollten) waren schon öfters aufgeführt, und allemahl sehr schön gefunden worden. Die Andromeda, eines der neuesten, wurde jetzt zum ersten Mahl auf die Abderitische Schaubühne gebracht. Der Nomofylax hatte die

Musik dazu gemacht, und (wie er seinen
Freunden ziemlich laut ins Ohr sagte) diefsmahl sich selbst übertroffen; das heifst, der
Mann hatte sich vorgesetzt, alle seine Künste
auf einmahl zu zeigen, und darüber war ihm
der gute Euripides unvermerkt ganz aus den
Augen gekommen. Kurz, Herr Gryllus
hatte sich selbst komponiert; unbekümmert, ob seine Musik den Text, oder der Text
seine Musik zu Unsinn mache — welches
denn gerade der Punkt war, der auch die Abderiten am wenigsten kümmerte. Genug, sie
machte grofsen Lärm, hatte (wie seine Brüder, Vettern, Schwäger, Klienten und Haus-
bedienten, als sämmtliche Kenner, versicherten) sehr erhabne und rührende Stellen,
und wurde mit dem lautesten entschiedensten
Beyfall aufgenommen. Nicht, als ob nicht sogar in Abdera noch hier und da Leute gesteckt
hätten, die — weil sie vielleicht etwas dün-
nere Ohren auf die Welt gebracht als ihre Mitbürger, oder weil sie anderswo was besseres
gehört haben mochten — einander unter vier
Augen gestanden: dafs der Nomofylax, mit
aller seiner Anmafsung ein Orfeus zu seyn,
nur ein Leiermann, und das beste seiner
Werke eine Rhapsodie ohne Geschmack
und meistens auch ohne Sinn sey. Diese
Wenigen hatten sich ehmahls sogar erkühnt,

etwas von dieser ihrer Heterodoxie ins Publikum erschallen zu lassen: aber sie waren jedesmahl von den Verehrern der Gryllischen Muse so übel empfangen worden, daſs sie, um mit heiler Haut davon zu kommen, für gut befanden, sich in Zeiten der Majorität zu submittieren; und nun waren diese Herren immer die, die bey den elendesten Stellen am ersten und lautesten klatschten.

Das Orchester that dieſsmahl sein Äuſserstes, um sich seines Oberhauptes würdig zu zeigen. „Ich hab' ihnen aber auch alle Hände voll zu thun gegeben," sagte Gryllus, und schien sich viel darauf zu gut zu thun, daſs die armen Leute schon im zweyten Akt keinen trocknen Faden mehr am Leibe hatten.

Im Vorbeygehen gesagt, das Orchester war eins von den Instituten, worin die Abderiten es mit allen Städten in der Welt aufnahmen. Das erste, was sie einem Fremden davon sagten, war: daſs es hundert und zwanzig Köpfe stark sey. „Das Athenische, pflegten sie mit bedeutendem Akzent hinzu zu setzen, soll nur achtzig haben: aber freylich mit hundert und zwanzig Mann läſst sich auch was ausrichten!" — Wirklich fehlte es unter

so vielen nicht an geschickten Leuten, wenigstens an solchen, aus denen ein Vorsteher,
wie — in Abdera keiner war noch seyn
konnte, etwas hätte machen können. Aber
was half das ihrem Musikwesen? Es war nun
einmahl im Götterrathe beschlossen, daſs im
Thracischen Athen nichts an seinem Platze,
nichts seinem Zweck entsprechend, nichts
recht und nichts ganz seyn sollte. Weil
die Leute wenig für ihre Mühe hatten, so
glaubte man auch nicht viel von ihnen fordern
zu können; und weil man mit einem jeden zufrieden war, der sein Bestes that, (wie
sies nannten) so that Niemand sein Bestes.
Die Geschickten wurden lässig, und wer noch
auf halbem Wege war, verlor den Muth und
zuletzt auch das Vermögen weiter zu kommen.
Wofür hätten sie sich am Ende auch Mühe um
Vollkommenheit geben sollen, da sie für
Abderitische Ohren arbeiteten? — Freylich
hatten die leidigen Fremden auch Ohren:
aber sie hatten doch keine Stimme zu geben;
fandens auch nicht einmahl der Mühe werth,
oder waren zu höflich oder zu politisch, gegen den Geschmack von Abdera Sturm laufen
zu wollen. Der Nomofylax, so dumm er war,
merkte zwar selbst so gut als ein andrer, daſs
es nicht so recht ging wie es sollte. Aber
auſserdem, daſs er keinen Geschmack hatte,

oder (welches auf Eins hinaus lief) daſs ihm
nichts schmeckte was er nicht selbst gekocht
hatte, und er also immer die rechten Mittel,
wodurch es besser werden konnte, verfehlte —
war er auch zu träge und zu ungeschmeidig,
sich mit andern auf die gehörige Art abzuge-
ben. Vielleicht mocht' ers auch am Ende wohl
leiden, daſs er, wenn sein Leierwerk (wie
wohl zuweilen geschah) sogar den Abderiten
nicht recht zu Ohren geben wollte, die Schuld
aufs Orchester schieben, und die Herren und
Damen, die ihm ehrenhalben ihr Kompliment
deſswegen machten, versichern konnte: daſs
nicht eine Note, so wie er sie gedacht und
geschrieben habe, vorgetragen worden sey.
Allein das war doch immer nur eine Feuer-
thüre für den Nothfall. Denn aus dem nase-
rümpfenden Tone, womit er von allen andern
Orchestern zu sprechen pflegte, und aus den
Verdiensten, die er sich um das Abderitische
beylegte, muſste man schlieſsen, daſs er so gut
damit zufrieden war, als es — einem patriotischen Nomofylax von Abdera ziemte.

Wie es aber auch mit der Musik dieser Andromeda und ihrer Ausführung beschaffen seyn
mochte: gewiſs ist, daſs in langer Zeit kein
Stück so allgemein gefallen hatte. Dem Sänger, der den Perseus spielte, wurde so

gewaltig zugeklatscht, dafs er mitten in der
schönsten Scene aus dem Tone kam, und in
eine Stelle aus dem Kyklops sich verirrete.
Andromeda — in der Scene, wo sie, an
den Felsen gefesselt, von allen ihren Freunden
verlassen und dem Zorn der Nereiden Preis
gegeben, angstvoll das Auftauchen des Unge-
heuers erwartet — mufste ihren Monolog dreymahl wiederhohlen. Der Nomofylax
konnte seine Freude über einen so glänzenden
Erfolg nicht bändigen. Er ging von Reihe zu
Reihe herum, den Tribut von Lob einzusam-
meln, der ihm aus allen Lippen entgegen schall-
te; und mitten unter der Versichrung dafs ihm
zu viel Ehre widerfahre, gestand er, dafs er
selbst mit keinem seiner Spielwerke (wie er
seine Opern mit vieler Bescheidenheit zu nennen beliebte) so zufrieden sey wie mit dieser
Andromeda.

Indessen hätt' er doch, um sich selbst und
den Abderiten Gerechtigkeit zu erweisen, wenigstens die Hälfte des glücklichen Erfolgs auf
Rechnung der Sängerin Eukolpis setzen
müssen, die zwar vorher schon im Besitz zu
gefallen war, aber als Andromeda Gelegenheit fand, sich in einem so vortheilhaften
Lichte zu zeigen, dafs die jungen und alten
Herren von Abdera sich gar nicht satt an ihr —

sehen konnten. Denn da war so viel zu sehen, daſs ans Hören gar nicht zu denken
war. Eukolpis war eine groſse wohl ge-
drehte Figur — zwar um ein nahmhaftes ma-
terieller, als man in Athen zu einer Schönheit
erforderte — aber in diesem Stücke wären die
Abderiten (wie in vielen andern) ausgemachte
Thracier; und ein Mädchen, aus welchem
ein Bildhauer in Sicyon zwey gemacht hätte,
war nach ihrem angenommenen Ebenmaſs ein
Wunder von einer Nymfenfigur. Da die Andromeda nur sehr dünn angezogen seyn durfte,
so hatte Eukolpis, die sich stark bewuſst war,
worin eigentlich die Kraft ihres Zaubers liege,
eine Draperie von rosenfarbnem Koi-
schem Zeug erfunden, unter welcher, ohne
daſs der Wohlstand sich allzu sehr beleidigt
finden konnte, von den schönen Formen, die
man an ihr bewunderte, wenig oder nichts
für die Zuschauer verloren ging. Nun hatte sie
gut singen. Die Komposizion hätte, wo möglich, noch abgeschmackter, und ihr Vortrag
noch zehnmahl fehlerhafter seyn können; immer würde sie ihren Monolog haben wiederhohlen müssen, weil das doch immer der ehrlichste Vorwand war, sie desto länger mit lüs-
ternen Blicken — betasten zu können. Wahrlich, beym Jupiter, ein herrliches Stück! sagte
einer zum andern mit halb geschloſsnen Augen;

ein unvergleichliches Stück! — Aber finden
Sie nicht auch, daß Eukolpis heute wie eine
Göttin singt? — „O über allen Ausdruck!
Es ist, beym Anubis! nicht anders als ob
Euripides das ganze Stück bloß um ihrentwillen gemacht hätte!" — Der junge Herr,
der dieß sagte, pflegte immer beym Anubis
zu schwören, um zu zeigen daß er in Ägypten
gewesen sey.

Die Damen, wie leicht zu erachten, fanden die neue Andromeda nicht ganz so wun-
dervoll als die Mannspersonen. — „Nicht
übel! Ganz artig! sagten sie. Aber wie kommts,
daß die Rollen dießmahl so unglücklich ausge-
theilt wurden? Das Stück verlor dadurch.
Man hätte die Rollen vertauschen und die Mutter der dicken Eukolpis geben sollen!
Zu einer Kassiopeia hätte sie sich trefflich
geschickt." — Gegen ihren Anzug, Kopfputz
u. s. w. war auch viel zu erinnern. — Sie war
nicht zu ihrem Vortheil aufgesetzt — der Gürtel war zu hoch, und zu stark geschürzt —
und besonders fand man die Ziererey ärgerlich,
immer ihren Fuß zu zeigen, auf dessen un-
proporzionierte Kleinheit sie sich ein
wenig zu viel einbilde, — sagten die Damen,
die aus dem entgegen gesetzten Grunde die ihrigen zu verbergen pflegten. Indessen kamen

doch Frauen und Herren sämmtlich darin überein, dafs sie überaus schön singe, und
dafs nichts niedlicher seyn könne als die
Arie, worin sie ihr Schicksal bejammerte.
Eukolpis, wiewohl ihr Vortrag wenig
taugte, hatte eine .gute, klingende und bieg-
same Stimme; aber was sie eigentlich zur Lieb-
lingssängerin der Abderiten gemacht hatte, war
die Mühe, die sie sich mit ziemlichem Erfolge
gegeben, den Nachtigallen gewisse Läu-
fer und Tonfälle abzulernen, in welchen sie
sich selbst und ihren Zuhörern so wohl gefiel,
dafs sie solche überall, zu rechter Zeit und zur
Unzeit, einmischte, und immer damit will-
kommen war. Sie mochte zu thun haben was
sie wollte, zu lachen oder zu weinen, zu klagen oder zu zürnen, zu hoffen oder zu fürchten: immer fand sie Gelegenheit, ihre Nachtigallen anzubringen, und war immer gewifs
beklatscht zu werden, wenn sie gleich die besten Stellen damit verdorben hatte.

Von den übrigen Personen, die den Perseus als den ersten Liebhaber, den Agenor,
vormahligen Liebhaber der Andromeda, den
Vater, die Mutter, und einen Priester
des Neptuns vorstellten, finden wir nicht
viel mehr zu sagen, als dafs man im Einzelnen

zwar sehr viel an ihnen auszusetzen hatte, im
Ganzen aber sehr wohl mit ihnen zufrieden war. Perseus war ein schön gewachsner Mensch, und hatte ein grofses Talent
einen — Abderitischen Pickelhäring,
zu machen. Der vorerwähnte Kyklops, im
Satirenspiele dieses Nahmens, war seine Meis-
terrolle. Er spielt den Perseus gar schön, sagten die Abderitinnen; nur Schade dafs ihm immer unvermerkt der Kyklops dazwi-
schen kommt. — Kassiopeia, ein kleines zieraffiges Ding, voll angemafster Grazien, hatte keinen einzigen natürlichen Ton;
aber sie galt alles bey der Gemahlin des zweyten Archon, hatte eine gar drollige Manier
kleine Liedchen zu singen, und that ihr
Bestes. — Der Priester des Neptuns
brüllte einen ungeheuern Matrosenbafs; und
Agenor — sang so elend als einem zweyten Liebhaber zusteht. Er sang zwar auch
nicht besser, wenn er den ersten machte; aber
weil er sehr gut tanzte, so hatte er eine Art
von Freybrief erhalten, desto schlechter singen
zu dürfen. Er tanzt sehr schön, war
immer die Antwort der Abderiten, wenn jemand anmerkte, dafs sein Krächzen unerträglich sey; indessen tanzte Agenor nur selten,

und sang hingegen in allen Singspielen und
Operetten.

Um die Schönheit dieser Andromeda ganz
zu übersehen, muſs man sich noch zwey Köre,
einen von Nereiden, und einen von den
Gespielinnen der Andromeda, einbilden, beide aus verkleideten Schuljun-
gen bestehend, die sich so ungeberdig dazu anschickten, daſs die Abderiten (zu ihrem
groſsen Troste) genug und satt zu lachen bekamen. Besonders that der Kor der Nereiden, durch die Erfindungen, die der Nomofylax dabey angebracht hatte, die schnurrigste
Wirkung von der Welt. Die Nereiden erschie-
nen mit halbem Leib aus dem Wasser hervor
ragend, mit falschen gelben Haaren, und mit
mächtigen falschen Brüsten, die von fern recht
natürlich wie — ausgestopfte Bälle und also
sich selbst vollkommen gleich sahen. Die
Symfonie, unter welcher diese Meerwunder
heran geschwommen kamen, war eine Nachahmung des berühmten *Wreckeckeck Koax
Koax* in den Fröschen des Aristofanes; und, um die Illusion vollkommner
zu machen, hatte Herr Gryllus verschiedene Kuhhörner angebracht, die von Zeit
zu Zeit einfielen, um die auf ihren Schnecken-

muscheln, blasenden Tritonen nachzuahmen.

Von den Dekorazionen wollen wir, beliebter Kürze halben, weiter nichts sagen, als daſs sie — von den Abderiten, sehr schön gefunden wurden. Insonderheit bewunderte man einen Sonnenuntergang, den sie vermittelst eines mit langen Schwefelhölzern besteckten Windmühlenrades zuwege brachten; welches einen guten Effekt gethan hätte, sagten sie, wenn es nur ein wenig schneller umgetrieben worden wäre. Bey der Art, wie Perseus mit seinen Merkurstiefeln aufs Theater angeflogen kam, wünschten die Abderitischen Kenner, daſs man die Stricke, in denen er hing, luftfarbig angestrichen hätte, damit sie nicht sogar deutlich in die Augen gefallen wären.

6. Kapitel.

Sonderbares Nachspiel, das die Abderiten mit einem
unbekannten Fremden spielten, und dessen höchst
unvermuthete Entwicklung.

So bald das Stück geendigt war, und das be-
täubende Klatschen ein wenig nachließ, fragte
man einander, wie gewöhnlich: Nun, wie
hat Ihnen das Stück gefallen? und erhielt
überall die gewöhnliche Antwort: Sehr
wohl! Einer von den jungen Herren, der für
einen vorzüglichen Kenner galt, richtete die
grofse Frage auch an einen etwas bejahrten
Fremden, der in einer der mittlern Reihen
safs, und dem Ansehen nach kein gemeiner
Mann zu seyn schien. Der Fremde, der
sichs vielleicht schon gemerkt hatte was man
zu Abdera auf eine solche Frage antworten
mufste, war so ziemlich bald mit seinem Sehr
wohl heraus: aber weil seine Miene diesen
Beyfall etwas verdächtig machte, und sogar
eine unfreywillige, wiewohl ganz schwache

Bewegung der Achseln, womit er ihn begleitete, für ein Achselzucken ausgedeutet
werden konnte, so ließ ihn der junge Abderitische Herr nicht so wohlfeil durchwi-
schen. — „Es scheint, sagte er, das Stück
hat Ihnen nicht gefallen? Es passiert doch für
eine der besten Piecen von Euripides!“

Das Stück mag nicht so übel seyn,
erwiederte der Fremde.

„So haben Sie vielleicht an der Musik etwas auszusetzen?“

An der Musik? — O was die Musik
betrifft, die ist eine Musik — wie man
sie nur zu Abdera hört.

„Sie sind sehr höflich! In der That, unser
Nomofylax ist ein großer Mann in seiner Art.“

Ganz gewiß!

So sind Sie vermuthlich mit den Schauspielern nicht zufrieden?“

Ich bin mit der ganzen Welt zufrieden.

„Ich dächte doch, die Andromeda hätte
ihre Rolle scharmant gemacht?“

O sehr scharmant!

„Sie thut einen großen Effekt: nicht wahr?“

Das werden Sie am besten wissen; ich bin dazu nicht mehr jung genug.

„Wenigstens gestehen Sie doch, daß Perseus ein großer Schauspieler ist?“

In der That, ein hübscher wohl gewachsner Mensch!

„Und die Köre? das waren doch Köre, die dem Meister Ehre machten! Finden Sie zum Beyspiel den Einfall, wie die Nereiden eingeführt werden, nicht ungemein glücklich?“

Der Fremde schien des Abderiten satt zu seyn. Ich finde, versetzte er mit einiger Ungeduld, daß die Abderiten glücklich sind, an allen diesen Dingen so viel Freude zu haben.

„Mein Herr, sagte der Gelschnabel in einem spöttelnden Tone, gestehen Sie nur, daß das Stück die Ehre und das Glück nicht gehabt hat, Ihren Beyfall zu erhalten.“

Was ist Ihnen an meinem Beyfall gelegen? Die Majora entscheiden.

„Da haben Sie Recht.   Aber ich möchte doch um Wunders willen hören, was Sie denn gegen unsre Musik oder gegen unsre Schauspieler einwenden könnten.“

Könnten? sagte der Fremde etwas schnell, hielt aber gleich wieder an sich — Verzeihen Sie mir, ich mag niemand sein Vergnügen abdisputieren. Das Stück, wie es da gespielt wurde, hat zu Abdera allgemein gefallen; was wollen Sie mehr?

„Nicht so allgemein, da es Ihnen nicht gefallen hat!“

Ich bin ein Fremder —

„Fremd oder nicht, Ihre Gründe möcht' ich hören! Hi, hi, hi! Ihre Gründe, mein Herr, Ihre Gründe! Die werden doch wenigstens keine Fremde seyn? Hi, hi, hi, hi!“

Dem Fremden fing die Geduld an auszugehen. Junger Herr, sagte er, ich habe für meinen Antheil an Ihrem Schauspiel bezahlt; denn ich habe geklatscht wie ein andrer.

Lassen Sies damit gut seyn! Ich bin im Begriff wieder abzureisen. Ich habe meine Geschäfte.

Ey, ey, sagte ein andrer Abderitischer junger Mensch der dem Gespräch zugehört hatte,
Sie werden uns ja nicht schon verlassen wollen? Sie scheinen ein grofser Kenner zu seyn;
Sie haben unsre Neugier, unsre Lehrbegierde
(er sagte diefs mit einem dumm - naseweisen
Hohnlächeln) gereitzt; wir lassen Sie wahrlich nicht gehen, bis Sie uns gesagt haben, was
Sie an dem heutigen Singspiel zu tadeln finden.
Ich will nichts von den Worten, sagen;
ich bin kein Kenner: aber die Musik,
dächt' ich, war doch unvergleichlich?

Das müfsten am Ende doch wohl d i e
W o r t e entscheiden, wie Sies nennen, sagte
der Fremde.

„Wie meinen Sie das? Ich denke Musik ist Musik, und man braucht nur Ohren
zu haben, um zu hören was schön ist."

Ich gebe Ihnen zu, wenn Sie wollen, erwiederte jener, dafs schöne Stellen in dieser
Musik sind; es mag überhaupt eine gelehrte,
nach allen Regeln der Kunst zugeschnittene,
schulgerechte, artikelmäfsige Musik seyn: ich

habe dagegen nichts; ich sage nur, daſs
es keine Musik zur Andromeda des
Euripides ist!

„Sie meinen, daſs die Worte besser
ausgedrückt seyn sollten?“

O die Worte sind zuweilen nur zu
sehr ausgedrückt; aber im Ganzen, meine
Herren, im Ganzen ist der Sinn und Ton
des Dichters verfehlt. Der Karakter
der Personen, die Wahrheit der Leidenschaften und Empfindungen, das eigene
Schickliche der Situazionen — das, was
die Musik seyn kann und seyn muſs, um Sprache der Natur, Sprache der Leidenschaft zu
seyn — was sie seyn muſs, damit der Dichter
auf ihr wie in seinem Elemente schwimme,
und empor getragen, nicht ersäuft
werde — das alles ist durchaus verfehlt —
kurz, das Ganze taugt nichts! — Da
haben Sie meine Beichte in drey Worten!

„Das Ganze, schrien die beiden Abderiten, das Ganze taugt nichts? Nun,
das ist viel gesagt! Wir möchten wohl hören,
wie Sie das beweisen wollten?“

Die Lebhaftigkeit, womit unsre beiden Verfechter ihres vaterländischen Geschmacks dem

graubärtigen Fremden zusetzten, hatte bereits
verschiedne andre Abderiten herbey gezogen;
jedermann wurde aufmerksam auf einen Streit,
der die Ehre ihres Nazionaltheaters zu betreffen schien. Alles drängte sich hinzu; und der
Fremde, wiewohl er ein langer stattlicher
Mann war, fand für nöthig sich an einen Pfeiler zurückzuziehen, um wenigstens den Rüken
frey zu behalten.

Wie ich das beweisen wollte? erwiederte er ganz gelassen: ich werde es nicht
beweisen! Wenn Sie das Stück gelesen, die
Aufführung gesehen, die Musik gehört haben,
und können noch verlangen, daſs ich Ihnen
mein Urtheil davon beweisen soll: so würd' ich
Zeit und Athem verlieren, wenn ich mich weiter mit Ihnen einlieſse.

Der Herr ist, wie ich höre, ein wenig
schwer zu befriedigen, sagte ein Rathsherr, der
sich ins Gespräch mischen wollte, und dem die
beiden jungen Abderiten aus Respekt Platz
machten. — Wir haben doch hier in Abdera
auch Ohren! Man läſst zwar jedem seine Freyheit; aber gleichwohl —

Wie? was? was giebts da? schrie der
kurze dicke Rathsherr, der auch herbey

gewatschelt kam: hat der Herr da etwas wider
das Stück einzuwenden? Das möcht' ich hören! ha, ha, ha! Eins der besten Stücke, mein
Treu! die seit langem aufs Theater gekommen
sind! Viel Akzion! Viel — ä! — ä! — Was
ich sage! Ein schön Stück! Und schöne Moral!

Meine Herren, sagte der Fremde, ich
habe Geschäfte. Ich kam hierher, um ein
wenig auszurasten; ich habe geklatscht wies
der Landesgebrauch mit sich bringt, und wäre
still und friedlich wieder meines Weges gegangen, wenn mich diese jungen Herren hier
nicht auf die zudringlichste Art genöthigt hätten ihnen meine Meinung zu sagen.

„Sie haben auch vollkommnes Recht dazu,
erwiederte der andre Rathsherr, der im Grunde
kein großer Verehrer des Nomofylax war, und
aus politischen Ursachen seit einiger Zeit auf
Gelegenheit lauerte ihm mit guter Art weh zu
thun. Sie sind ein Kenner der Musik, wie es
scheint, und —"

Ich spreche nach meiner Überzeugung, sagte
der Fremde.

Die Abderiten um ihn her wurden immer
lauter.

Endlich kam Herr Gryllus, der von fern gehört hatte daſs die Rede von seiner Musik war, in eigner Person dazu. Er hatte eine ganz eigne Art die Augen zusammen zu ziehen, die Nase zu rümpfen, die Achseln zu zucken, zu grinsen und zu meckern, wenn er jemand, mit dem er sich in einen Wortwechsel einlieſs, seine Verachtung zum voraus zu empfinden geben wollte. — „So? sagte er, hat meine Komposizion nicht das Glück dem Herrn zu gefallen? — Er ist also ein Kenner? Hä, hä, hä! — Versteht ohne Zweifel die Setzkunst? Ha?"

Es ist der Nomofylax, — sagte jemand dem Fremden ins Ohr — um ihn durch die Entdeckung des hohen Rangs des Mannes, von dessen Werke er so ungünstig geurtheilt hatte, auf einmahl zu Boden zu schlagen.

Der Fremde machte dem Nomofylax sein Kompliment, wies in Abdera Sitte war, und schwieg.

„Nun, ich möchte doch hören, was der Herr gegen die Komposizion vorzubringen hätte? Für die Fehler des Orchesters geb' ich kein gut Wort; aber hundert Drachmen für einen Fehler in der Komposizion! Hä, hä, hä! Nun! Lassen Sie hören!"

Ich weiſs nicht was Sie Fehler nennen, sagte der Fremde; meines Bedünkens hat die ganze Musik, wovon die Rede ist, nur Einen Fehler.

„Und der ist?“ grinste der Nomofylax naserümpfend —

Daſs der Sinn und Geist des Dichters durchaus verfehlt ist, antwortete der Fremde.

„So? Nichts weiter? Hä, hä, hä, hä! Ich hätte also den Dichter nicht verstanden? Und das wissen Sie? Denken Sie daſs wir hier nicht auch Griechisch verstehen? Oder haben Sie dem Poeten etwa im Kopfe gesessen? hi, hi, hi!“

Ich weiſs was ich sage, versetzte der Fremde; und wenns denn seyn muſs, so erbiet' ich mich, von Vers zu Vers durchs ganze Stück mein Urtheil zu Olympia vor dem ganzen Griechenlande zu beweisen.

Das möchte zu viel Umstände machen, sagte der politische Rathsherr.

„Es brauchts auch nicht, rief der Nomofylax. Morgen geht ein Schiff nach Athen; ich schreibe an den Euripides, an den Dichter selbst! schicke ihm die ganze Musik! Der Herr wird das Stück doch wohl nicht besser verstehen wollen als der Dichter selbst? — Sie alle hier unterschreiben sich als Zeugen. — Euripides soll selbst den Ausspruch thun!"

Die Mühe können Sie Sich ersparen, sagte der Fremde lächelnd; denn, um dem Handel mit Einem Wort ein Ende zu machen, der Euripides, an den Sie appellieren — bin ich selbst.

Unter allen möglichen schlimmen Streichen, welche Euripides dem Nomofylax von Abdera hätte spielen können, war unstreitig der schlimmste, daß er — in dem Augenblicke, da man an ihn als an einen Abwesenden appellierte — in eigner Person da stand. Aber wer konnte sich auch einen solchen Streich vermuthen? Was, zum Anubis! hatte er in Abdera zu thun? Und gerade in dem Augenblicke, wo man lieber den Lernäischen Drachen gesehen hätte als ihn? Wär' er, wie man doch natürlicher Weise glauben mußte, zu Athen gewesen, wo er hin gehörte — nun so wäre alles seinen ordentlichen Weg gegangen. Der Nomofylax hätte seine Musik mit einem

hübschen Briefe begleitet, und seinem Nahmen alle seine Titel und Würden beygefügt.
Das hätte doch wirken müssen! Euripides
hätte eine urbane Attische Antwort gegeben;
Gryllus hätte sie in ganz Abdera lesen
lassen: und wer hätte ihm dann den Sieg über
den Fremden streitig machen wollen? — Aber
dafs der Fremde, der naseweise kritische
Fremde, der ihm so frisch ins Gesicht gesagt
hatte, was in Abdera niemand einem Nomofylax ins Gesicht sagen durfte, Euripides
selbst war: das war einer von den Zufällen,
auf die ein Mann wie er sich nicht gefafst gehalten hatte, und die vermögend wären, jeden
andern als — einen Abderiten zu Schanden zu
machen.

Der Nomofylax wufste sich zu helfen; indessen betäubte ihn doch der erste Schlag auf
einen Augenblick. Euripides! rief er und
prallte drey Schritte zurück; und Euripides! riefen im nehmlichen Augenblicke der
politische Rathsherr, der kurze dicke Rathsherr, die beiden jungen Herren und alle Um-
stehende, indem sie ganz erstaunt herum
guckten, als ob sie sehen wollten, aus welcher
Wolke Euripides so auf einmahl mitten unter
sie herab gefallen sey.

Der Mensch ist nie ungeneigter zu glauben, als wenn er von einer Begebenheit überrascht wird, an die er gar nicht als eine mögliche Sache gedacht hatte. — Wie? Das sollte Euripides seyn? Der nehmliche Euripides, von dem die Rede war? der die Andromeda gemacht? an den der Nomofylax zu schreiben drohte? — Wie konnte das zugehen?

Der politische Rathsherr war der erste, der sich aus dem allgemeinen Erstaunen erhohlte. — Ein glücklicher Zufall, wahrhaftig, rief er, beym Kastor! ein glücklicher Zufall, Herr Nomofylax! So brauchen Sie Ihre Musik nicht abschreiben zu lassen, und ersparen einen Brief.

·Der Nomofylax fühlte die ganze Wichtigkeit des Moments: und wenn der ein grofser Mann ist, der in einem solchen entscheidenden Augenblick auf der Stelle die einzige Partey ergreift, die ihn aus der Schwierigkeit ziehen kann; so mufs man gestehen, dafs Gryllus eine starke Anlage hatte, ein grofser Mann zu seyn. — Euripides! rief er — Wie? Der Herr sollte so auf einmahl Euripides geworden seyn? Hä, hä, hä! Der Einfall ist gut! Aber wir lassen uns hier in Abdera nicht so leicht Schwarz für Weifs geben. —

Das wäre lustig, sagte der Fremde, wenn ich mir in Abdera das Recht an meinen Nahmen streitig machen lassen müfste.

„Verzeihen Sie, mein Herr, fiel der Sykofant des Thrasyllus ein, nicht das Recht an Ihren Nahmen, sondern das Recht, Sich für den Euripides auszugeben auf den der Nomofylax provocierte. Sie können Euripides heifsen; ob Sie aber Euripides sind, das ist eine andere Frage.“

Meine Herren, sagte der Fremde, ich will alles seyn was Ihnen beliebt, wenn Sie mich nur gehen lassen wollen. Ich verspreche Ihnen, mit diesem Schritte gehe ich den geradesten Weg, den ich finden werde, zu Ihrem Thore hinaus, und der Nomofylax soll mich — komponieren, wenn ich in meinem Leben wieder komme!

„Nä, nä, nä, rief der Nomofylax, das geht so hurtig nicht! Der Herr hat sich für den Euripides ausgegeben, und nun da er sieht dafs es Ernst gilt, tritt er auf die Hinterbeine — Nä! so haben wir nicht gewettet! Er soll nun beweisen dafs er Euripides ist, oder — so wahr ich Gryllus heifse —“

Erhitzen Sie Sich nicht, Herr Kollege, sagte
der politische Rathsherr. Ich bin zwar
kein Fysiognomist: aber der Fremde sieht mir
doch völlig darnach aus daſs er Euripides seyn
könnte; und ich wollte unmaſsgeblich rathen,
piano zu gehen.

„Mich wundert, fing einer von den Umstehenden an, daſs man hier so viel Worte verlieren mag, da der ganze Handel in Ja und Nein
entschieden seyn könnte. Da, oben über dem
Portal, steht ja die Büste des Euripides leibhaftig. Es braucht ja nichts weiter,
als zu sehen ob der Fremde der Büste
gleich sieht.“

„Bravo, bravo! schrie der kleine
dicke Rathsherr; das ist doch ein Wort
von einem gescheuten Manne! Ha, ha, ha!
Die Büste! das ist gar keine Frage, die
Büste muſs den Ausspruch thun — wiewohl
sie nicht reden kann, ha, ha, ha, ha, ha!“

Die umstehenden Abderiten lachten alle aus
vollem Halse über den witzigen Einfall des kurzen runden Männchens, und nun lief alles was
Füſse hatte dem Portale zu. Der Fremde
ergab sich mit guter Art in sein Schicksal, ließ
sich von vorn und hinten betrachten, und

Stück für Stück mit seiner Büste vergleichen
so lange sie wollten. Aber leider! die Vergleichung konnte unmöglich zu seinem Vortheil
ausfallen; denn besagte Büste sah jedem andern Menschen oder Thier ähnlicher als ihm.

„Nun, schrie der Nomofylax triumfierend
— was kann der Herr nun zu seinem Vorstand
sagen?"

Ich kann etwas sagen, (versetzte der Fremde, den die Komödie nach gerade zu belustigen anfing) woran von Ihnen allen keiner zu
denken scheint: wiewohl es eben so wahr ist,
als dafs Sie — Abderiten und ich Euripides.
bin.

„Sagen, sagen! grinste der Nomofylax;
man kann freylich viel sagen wenn der Tag
lang ist, hä, hä, hä! — Und was kann der
Herr sagen?"

Ich sage, dafs diese Büste dem Euripides
ganz und gar nicht ähnlich sieht.

„Nein, mein Herr, rief der dicke Rathsherr, das müssen Sie nicht sagen! Die Büste
ist eine schöne Büste; sie ist von weifsem Marmor wie Sie sehen, Marmor von Paros, straf'
mich Jupiter! und kostet uns hundert bare

Dariken Species, das können Sie mir nachsagen! — Es ist ein schönes Stück von unserm Stadtbildhauèr — Ein geschickter
berühmter Mann! — nennt sich Moschion
— werden von ihm gehört haben? — ein berühmter Mann! — Und, wie gesagt, alle
Fremden, die noch zu uns gekommen sind, haben die Büste bewundert! Sie ist ächt, das
können Sie mir nachsagen! Sie sehen ja selbst,
es steht mit großen goldnen Buchstaben drun-
ter ΕΥΡΙΠΙΔΗΣ.“

Meine Herren, sagte der Fremde, der alle
seine angeborne Ernsthaftigkeit zusammen nehmen mußte um nicht auszubersten: darf ich
nur eine einzige Frage thun?

„Von Herzen gern,“ riefen die Abderiten.

Gesetzt, fuhr jener fort, es entstände zwischen mir und meiner Büste ein Streit
darüber, wer mir am ähnlichsten sehe — wem
wollen Sie glauben, der Büste oder mir?

„Das ist eine kuriose Frage,“ sagte der
Abderiten einer, sich hinter den Ohren krat-
zend. — „Eine kapziose Frage, beym Jupiter! rief ein andrer: nehmen Sie Sich in Acht,
was Sie antworten, Hochgeachter Herr Rathsherr!“

Ist der dicke Herr ein Rathsherr dieser berühmten Republik? — fragte der Fremde mit
einer Verbeugung — so bitte ich sehr um Verzeihung! Ich gestehe, die Büste ist ein schönes
glattes Werk, von schönem Parischen Marmor;
und wenn sie mir nicht ähnlich sieht, so
kommt es wohl blofs daher, weil Ihr berühmter Stadtbildhauer die Büste schöner gemacht hat als die Natur — mich. Es ist
immer ein Beweis seines guten Willens, und
der verdient alle meine Dankbarkeit.

Dieses Kompliment that eine grofse Wirkung; denn die Abderiten hattens gar zu gern,
wenn man fein höflich mit ihnen sprach. —
Es mufs doch wohl Euripides selber seyn,
murmelte einer dem andern ins Ohr; und der
dicke Rathsherr selbst bemerkte, bey nochmah-
liger Vergleichung der Büste mit dem Fremden,
dafs die Bärte einander vollkommen ähnlich
wären.

Zu gutem Glücke kam der Archon Onolaus und sein Neffe Onobulus dazu, der
den Euripides zu Athen hundertmahl gesehen
und öfters gesprochen hatte. Die Freude des
jungen Onobulus über eine so unverhoffte
Zusammenkunft, und seine positive Bejahung,
dafs der Fremde wirklich der berühmte Euripi-

das sey, hieb den Knoten auf einmahl durch;
die Abderiten versicherten nun einer den andern: sie hättens ihm gleich beym
ersten Blick angesehen.

Der Nomofylax, wie er sah, daſs Euripides gegen seine Büste Recht behielt, machte
sich seitwärts davon. — Ein verdammter
Streich! brummte er zwischen den Zähnen
vor sich her: wozu brauchte er aber auch
so hinterm Berge zu halten? Wenn er
wuſste daſs er Euripides war, warum lieſs
er sich mir nicht präsentieren? Da hätte
alles einen ganz andern Schwung genommen!

Der Archon Onolaus, der in solchen
Fällen gemeiniglich die Honneurs der Stadt
Abdera zu machen pflegte, lud den Dichter
mit groſser Höflichkeit ein das Gastrecht bey
ihm zu nehmen, und bat sich zugleich von
dem politischen und dicken Rathsherrn
die Ehre auf den Abend aus; welches beide
mit vielem Vergnügen annahmen.

„Dacht' ichs nicht gleich? (sagte der
dicke Rathsherr zu einem der Umstehenden)
Der leibhafte Euripides! Bart, Nase, Stirn,
Ohrenläppchen, Augenbrauen, alles auf ein
Haar! Man kann nichts gleichers sehen! Wo

doch wohl der Nomofylax seine Sinne hatte?
Aber, — ja, ja, er mochte wohl ein Bißchen
zu tief — Hm! Sie verstehen mich? — *Can-
tores amant humores* — Ha, ha, ha, ha! —
Basta! Desto besser, daß wir den Euripides
bey uns haben! Was ich sage, ein feiner
Mann, beym Jupiter! und der uns viel Spaß
machen soll! Ha, ha, ha!"

———

7. Kapitel.

Was den Euripides nach Abdera geführt hatte, nebst
einigen Geheimnachrichten von dem Hofe zu
Pella.

So möglich es an sich selbst war, daß sich
Euripides zu Abdera befinden konnte, und
eben so gut in dem Augenblicke, wo der Nomofylax Gryllus auf ihn provocierte als in jedem andern — und so gewohnt man dergleichen unvermutheter Erscheinungen a u f d e m
T h e a t e r ist: so begreifen wir doch wohl,
daß es eine andre Bewandtniß hat, wenn sich

eine solche Erscheinung im Parterre ereig-
net; und es ist solchen Falls der Majestät
der Geschichte *) gemäfs, den Leser zu
verständigen, wie es damit zugegangen sey. Wir
wollen alles was wir davon wissen getreulich
berichten: und sollte dem scharfsinnigen Leser
dem ungeachtet noch einiger Zweifel übrig
bleiben; so müfste es nur die allgemeine Frage
betreffen, die sich bey jeder Begebenheit unter
und über dem Monde aufwerfen läfst; nehmlich, warum zum Beyspiel just von einer
Mücke, und just von dieser individuellen
Mücke, just in dieser Sekunde — dieser
zehnten Minute — dieser sechsten Nach-
mittagsstunde, dieses 10ten Augusts — dieses 1778sten Jahres gemeiner Zeitrechnung,
just diese nehmliche Frau oder Fräulein von
*** nicht ins Gesicht, nicht in den Nacken,
Ellnbogen, Busen, nicht auf die Hand, noch
in die Ferse, u. s. w. sondern gerade vier
Daumen hoch über der linken Knie-
scheibe gestochen worden, u. s. w. — und

*) Ein Ausdruck, der vor kurzem von einem
Französischen Schriftsteller bey einer Gelegenheit
gebraucht worden ist, dafs er nun für unwieder-
bringlich ruiniert angesehen werden kann, und allein noch in einem Possenspiel auszustellen ist.

da bekennen wir ohne Scheu, daſs wir auf dieses Warum nichts zu antworten wissen. — Fragt die Götter! könnten wir allenfalls mit einem groſsen Manne sagen: aber weil dieses offenbar eine heroische Antwort wäre, so halten wirs für anständiger, die Sache lediglich auf sich beruhen zu lassen.

Also — was wir wissen. Der König Archelaus in Macedonien, ein groſser Liebhaber der schönen Künste und der schönen Geister, (wie man damahls gewisse verzärtelte Kinder der Natur nicht nannte, und wie man heutiges Tages einen jeden nennt, von dem man nicht sagen kann was er ist) — dieser König Archelaus war auf den Einfall gekommen ein eignes Hofschauspiel zu haben; und vermöge einer Zusammenkettung von Umständen, Ursachen, Mitteln und Zwecken, woran niemanden mehr viel gelegen seyn kann, hatte er den Euripides unter sehr vortheilhaften Bedingungen vermocht, mit einer Gesellschaft ausgesuchter Schauspieler, Virtuosen, Baumeister, Mahler und Maschinisten, kurz mit allem, was zu einem vollständigen Theaterwesen gehört, nach Pella an sein Hoflager zu kommen, und die Aufsicht über die neue Hofschaubühne zu übernehmen.

Auf dieser Reise war jetzt Euripides mit seiner ganzen Gesellschaft begriffen; und wiewohl der Weg über Abdera weder der einzige noch der kürzeste war, so hatte er ihn doch genommen, weil er Lust hatte, eine wegen des Witzes ihrer Einwohner so berühmte Republik mit eignen Augen zu sehen. Wie es aber gekommen, daſs er just an dem nehmlichen Tage eingetroffen, da der Nomofylax seine Andromeda zum ersten Mahle gab; davon können wir, wie gesagt, keine Rechenschaft geben. Dergleichen Apropo's tragen sich häufiger zu als man denkt; und es ist wenigstens kein gröſseres Mirakel, als daſs, zum Beyspiel, der junge Herr von ** eben im Begriff war seine Beinkleider hinauf zu ziehen, als unvermuthet seine Nähterin ins Zimmer trat, die seidnen Strümpfe, die er ihr zu stopfen geschickt hatte, zu überbringen — welches, wie Sie wissen, die Veranlassung zu einer zufälligen Begebenheit war, die in seiner hohen Familie wenigstens eben so groſse Bewegungen verursachte, als die unvorbereitete Erscheinung des Euripides in dem Abderitischen Parterre. Wer sich über so was wundern kann, muſs sich nicht viel auf die ΔΑΙΜΟΝΙΑ verstehen, wie eben dieser Euripides sagt.

Übrigens, wenn wir sagten, daſs der König Archelaus ein groſser Liebhaber der

schönen Künste und schönen Geister gewesen
sey, so muſs das eben nicht so genau und im
strengsten Sinne der Worte genommen werden;
denn es ist eigentlich nur so eine Art zu reden,
und dieser Herr war im Grunde nichts weniger
als ein Liebhaber der schönen Künste und
schönen Geister. Das Wahre davon war: daſs
besagter König Archelaus seit einiger Zeit öfters lange Weile hatte — weil ihn alle seine
vormahligen Belustigungen, als da sind — F**,
G**, H**, I**, K**, L**, M**, u. s. w.
nicht länger belustigen wollten. Überdem wár
er ein Herr von groſser Ambizion, der sich
von seinem Oberkammerherrn hatte sagen
lassen, daſs es schlechterdings unter die Zu-
ständigkeiten eines groſsen Fürsten gehöre,
Künste und Wissenschaften in seinen Schutz
zu nehmen. Denn, sagte der Oberkammer-
herr, Ihre Majestät werden bemerkt haben,
daſs man niemahls eine Statue, oder ein Brust-
bild eines groſsen Herrn auf einer Medallie
u. s. w. sieht, an dessen rechter Hand nicht
eine Minerva stände, neben einem Trofee
von Panzern, Fahnen, Spieſsen und Morgeu-
sternen — zur Linken knieen immer etliche
geflügelte Jungen oder halb nackte Mädchen,
mit Pinsel und Palet, Winkelmaſs, Flöte,
Leier und einer Rolle Papier in den Händen,
die Künste vorstellend, die sich dem groſsen

Herrn gleichsam zur Protekzion empfehlen;
oben drüber aber schwebt eine Fama mit der
Trompete am Mund, anzudeuten, daſs Könige
und Fürsten sich durch den Schutz, den sie
den Künsten angedeihen lassen, einen unsterb-
lichen Ruhm erwerben, u. s. w.

Der König Archelaus hatte also die Künste
in seinen Schutz genommen; und dem
zu Folge wissen uns die Geschichtschreiber ein
Langes und Breites davon zu erzählen, wie viel
er gebaut habe, und wie viel er auf Mahlerey
und Bildhauerey, auf schöne Tapeten und andre schöne Möbeln verwandt; und wie alles,
bis auf die Kommodität, bey ihm habe H e t r u-
r i s c h seyn müssen; und wie er berühmte
Künstler, Virtuosen und schöne Geister an seinen Hof berufen habe, u. s. w. welches alles
(sagen sie) er um so mehr that, weil ihm daran gelegen war, das Andenken der Übelthaten
auszulöschen, durch die er sich den Weg zum
Throne, zu dem er nicht geboren war, gebahnt
hatte — wie Euer Edeln aus Ihrem B a y l e
mit mehrerm ersehen können.

Nach dieser kleinen Abschweifung kehren
wir zu unserm Attischen Dichter zurück, den
wir unter einem schimmernden Zirkel von

Abderiten und Abderitinnen vom ersten Range, unter einem grünen Pavillion im Garten des Archon Onolaus antreffen werden.

***

8. Kapitel.

Wie sich Euripides mit den Abderiten benimmt. Sie machen einen Anschlag auf ihn, wobey sich ihre politische Betriebsamkeit in einem starken Lichte zeigt, und der ihnen um so gewisser gelingen muß, weil alle Schwierigkeiten, die sie dabey sehen, bloß eingebildet sind.

Es ist oben schon bemerkt worden, daß Euripides schon lange, wiewohl unbekannter Weise, bey den Abderiten in großem Ansehen stand. Jetzt, so bald es erschollen war, daß er in Person zugegen sey, war die ganze Stadt in Bewegung. Man sprach von nichts als von Euripides. — „Haben Sie den Euripides schon gesehen? — Wie sieht er aus? — Hat er eine große Nase? Wie trägt er den Kopf? Was hat er für Augen? Er spricht wohl in

lauter Versen? Ist er stolz?" — und hundert solche Fragen machte man einander schneller als es möglich war auf Eine zu antworten.
Die Neugier, den Euripides zu sehen, zog
noch aufser denen, die der Archon hatte bitten
lassen, verschiedene herbey die nicht geladen
waren. Alles drängte sich um den guten klatz-
köpfigen Dichter her, um zu beaugenscheini-
gen ob er auch so aussehe, wie sie sich vorgestellt hatten dafs er aussehen müsse. Verschiedne, insonderheit unter den Damen, schienen sich zu wundern, dafs er am Ende doch gerade so aussah wie ein andrer Mensch. Andre
bemerkten, dafs er viel Feuer in den Augen
habe; und die schöne Thryallis raunte ihrer Nachbarin ins Ohr, man seh' es ihm stark
an dafs er ein ausgemachter Weiberfeind [3]) sey. Sie machte diese Bemerkung mit einem Ausdruck von anticipiertem
Vergnügen über den Triumf, den sie sich davon versprach, wenn ein so erklärter Feind
ihres Geschlechts die Macht ihrer Reitzungen
würde bekennen müssen.

Die Dummheit hat ihr Sublimes so
gut als der Verstand, und wer darin bis zum

---

[3]) Es ist bekannt, dafs dieses häfsliche Laster
dem Euripides, wiewohl unverdienter Weise,
Schuld gegeben wurde.

Absurden gehen kann, hat das Erhabne in
dieser Art erreicht, welches für gescheute
Leute immer eine Quelle von Vergnügen ist.
Die Abderiten hatten das Glück im Besitz dieser Vollkommenheit zu seyn. Ihre Ungereimtheit machte einen Fremden Anfangs wohl zuweilen ungeduldig; aber so bald man sah, daſs
sie so ganz aus Einem Stücke war, und
(eben darum) so viel Zuversicht und Gutmüthigkeit in sich hatte: so versöhnte man sich
gleich wieder mit ihnen, und belustigte sich
oft besser an ihrer Albernheit als an andrer
Leute Witz.

Euripides war in seinem Leben nie bey
so guter Laune gewesen, als bey diesem Abde-
ritenschmause. Er antwortete mit der gröſsten
Gefälligkeit auf alle ihre Fragen, lachte über
alle ihre platten Einfälle, lieſs jeden so hoch
gelten als er sich selbst würdigte, und erklärte
sich sogar über ihr Theater und Musikwesen
so billig, daſs jedermann vollkommen mit ihm
zufrieden war. — „Ein feiner Gast! raunte
der politische Rathsherr der Dame
Salabanda, die über ihm saſs, ins Ohr; der
tritt leise auf!“ — „Und so höflich, so bescheiden, als ob er kein groſser Kopf wäre!“
erwiederte Salabanda. — „Der drolligste Mann
von der Welt, beym Jupiter! sagte der kurze

dicke Rathsherr, beym Aufstehen von Tische; ein recht kurzweiliger Mann! Hätt's ihm
nicht zugetraut, mein Seel!" — Die Damen,
die er schön gefunden hatte, waren dafür so
höflich, und thaten, als ob sie ihn um zwanzig Jahre jünger fänden als er war: kurz,
man war ganz von ihm bezaubert, und bedauerte nur, daſs man die Ehre und das
Vergnügen, ihn in Abdera zu sehen, nicht
länger haben sollte. Denn Euripides blieb dabey, daſs er sich nicht aufhalten könne.

Endlich nahm Frau Salabanda den politischen Rathsherrn und den jungen Onobulus auf die Seite. „Was meinen Sie, sagte
sie, wenn wir ihn dahin bringen könnten,
daſs er uns seine Andromeda gäbe? Er
hat seine eigne Truppe bey sich. Es sollen
ganz auſserordentliche Virtuosen seyn." —
Onobulus fand den Einfall göttlich. —
Ich hatte ihn eben selbst gehabt, sagte der
politische Rathsherr, und war im Begriff es Ihnen vorzutragen. Aber es wird
Schwierigkeiten absetzen. Der Nomofylax —
„O, dafür lassen Sie mich sorgen, fiel Salabanda ein; ich will ihm schon warm machen!"

Für meinen Oheim steh' ich, sagte Onobulus; und noch in dieser Nacht will ich

unter unsern jungen Leuten eine Partey zusammen trommeln, die Lärms genug in der Stadt machen soll.

„Nur nicht zu hitzig, munkelte der politische Rathsherr mit dem Kopfe wakkelnd; wir wollen uns nichts merken lassen! Erst das Terrain sondiert, und fein leise aufgetreten! Das ist was ich immer sage."

„Aber, wir haben keine Zeit zu verlieren, Herr Froschpfleger! 4) Euripides geht fort — "

Wir wollen ihn schon aufhalten, erwiederte Salabanda; er soll morgen bey mir seyn! — Eine Gartenpartie, und alle unsre hübschen Leute dazu eingeladen — Lassen Sie nur mich machen; es soll gewiſs gehen.

Frau Salabanda passierte in Abdera für eine gar weise Frau. Sie war stark *in Po-*

---

4) Der Rathsherr war einer von den Fürsorgern des geheiligten Froschgrabens, welches in Abdera eine sehr ansehnliche Stelle war. Man nannte sie die Batrachotrofen, welches zu Deutsch sehr füglich durch Froschpfleger gegeben werden kann.

liticis und hatte grofsen Einflufs auf den
Archon Onolaus. Der Oberpriester war ihr
Oheim, und fünf oder sechs Rathsherren,
die sie in ihrer Freundschaft zählte, gaben
selten eine andre Meinung im Rathe von sich,
als die sie ihnen des Abends zuvor einge-
trichtert hatte. Überdiefs standen ihr die
Liebhaber der schönen Thryallis, mit der
sie im engsten Vertrauen lebte, gänzlich zu
Gebote; nichts von ihren eignen zu sagen,
deren sie immer einige hatte die auf Hoffnung dienten, und also so geschmeidig waren wie Handschuhe. Ihr Haus, das unter
die besten in der Stadt gehörte, war der
Ort, wo alle Geschäfte vorbereitet, alle Händel geschlichtet, und alle Wahlen ins
Reine gebracht wurden: mit Einem Worte,
Frau Salabanda machte in Abdera was sie
wollte.

Euripides, ohne die mindeste Absicht, Gebrauch von der Wichtigkeit dieser Frau zu
machen, hatte sich diesen Abend so gut bey
ihr insinuiert, als ob er zum wenigsten eine
Froschpflegerstelle auf dem Korn gehabt hätte.
Brachte sie ein politisches Weidsprüchlein als
einen Gedanken vor, so fand er, dafs es
eine sehr scharfsinnige Bemerkung
sey; citierte sie den Simonides oder Homer,

so bewunderte er ihr Talent Verse zu deklamieren. Sie hatte ihn mit einigen Stellen seiner Werke aufgezogen, die ihn zu Athen in
den bösen Ruf eines Weiberfeindes gesetzt;
und er hatte, indem er sich gegen sie und die
schöne Thryallis verbeugte, versichert, daſs
es sein Unglück sey nicht eher nach Abdera
gekommen zu seyn. Kurz, er hatte sich so aufgeführt, daſs Frau Salabanda bereit war einen
Aufstand zu erregen, falls ihr mit dem politischen Rathsherrn eingefädeltes Projekt durch
kein gelinderes Mittel hätte durchgesetzt werden können.

Man säumte nicht, sich vor allen Dingen des Archons zu versichern, der gewöhnlich bald gewonnen war, wenn man ihm
sagte, daſs eine Sache der Republik Abdera zu
groſsem Ruhm gereichen und dem Volke sehr
angenehm seyn werde. Aber, weil er ein
Herr war der seine Ruhe liebte, so erklärte
er sich: er überlasse es ihnen, alles in die
gehörigen Wege einzuleiten; er seines Orts
möchte sich mit niemand deſswegen überwerfen,
am wenigsten mit dem Nomofylax, der ein
Grobian sey und unter dem Volk einen starken
Anhang habe. — „Wegen des Volkes machen
Sich Eure Herrlichkeit keine Sorge, flüsterte
ihm der Rathsherr zu; das will ich durch die

dritte Hand schon stimmen lassen wie wirs nur
wünschen können." — Und ich, sagte Salabanda, nehme die Rathsherren auf mich. —
Wir wollen sehen, sprach der Archon, indem
er zur Gesellschaft zurückkehrte.

Seyn Sie ruhig, sprach die Dame zum
politischen Rathsherrn, indem sie ihn auf die
Seite nahm: ich kenne den Archon. Wenn
man ihn haben will, so muſs man ihm nur des
Abends von einer Sache sprechen, und wenn
er Nein gesagt hat, des Morgens wieder kommen und, ohne den Mund zu verkrümmen, so
reden als ob er Ja gesagt habe, und ihm dabey
zeigen daſs man des Erfolgs gewiſs ist: so
kann man sich auf ihn verlassen wie auf
Gold. Es ist nicht das erste Mahl, daſs ich
ihn auf diese Art dran gekriegt habe.

„Sie sind eine schlaue Frau, versetzte der
Herr Froschpfleger, indem er sie sachte auf
den runden Arm klopfte. — Was Sie leise auftreten! — Aber man wird merken daſs wir
etwas vorhaben — und das könnte nachtheilig
seyn. — Wir müssen piano gehn!"

In diesem Augenblick trippelten ein paar
Abderitinnen herbey, denen bald alle übrigen
von der Gesellschaft folgten, um zu hören

wovon die Rede sey. Der politische Rathsherr schlich sich weg.

„Nun, wie gefällt euch Euripides? sagte
Frau Salabanda: nicht wahr, das ist ein
Mann?‘‘

O ein scharmanter Mann! riefen die Abderitinnen.

Nur Schade daſs er so kahl ist — setzte
eine hinzu; und daſs ihm ein paar Zähne fehlen, sagte die andre.

Närrchen, desto weniger kann er dich
beiſsen, sagte die dritte; und weil dieſs ein
witziger Einfall war, so lachten sie alle herzlich darüber.

Ist er schon verheirathet? fragte ein junges Ding, das so aussah, als ob es, wie ein
Pilz, in einer einzigen Nacht aus dem Boden
aufgeschossen wäre.

Möchtest Du ihn etwa haben? antwortete
ein andres Fräulein spöttisch; ich denke, er
hat schon Urenkel zu verheirathen.

O die will ich Dir überlassen, sagte jene
schnippisch; und der Stich war desto wespen-
artiger, weil das besagte Fräulein, wiewohl

sie so jung that als ein Mädchen von achtzehn, wenigstens ihre vollen fünf und dreyſsig auf dem Nacken trug,

„Kinder, unterbrach sie Frau Salabanda, von dem allen ist jetzt die Rede nicht. Es ist was ganz andres auf dem Tapete. Wie gefiel' es euch, wenn ich den fremden Herrn beredete etliche Tage hier zu bleiben, und uns mit der Truppe, die er bey sich hat, eine seiner Komödien zu geben?"

O das ist herrlich! riefen die Abderitinnen alle vor Freuden aufhüpfend; o ja, wenn Sie das machen könnten!

„Das will ich schon machen können, versetzte Salabanda; aber ihr müſst alle dazu helfen!"

O ja, o ja! schnatterten die Abderitinnen; und nun liefen sie in hellem Haufen auf den Euripides zu, und schrien alle auf einmahl: O ja, Herr Euripides, Sie müssen uns eine Komödie spielen! Wir lassen Sie nicht gehen, bis Sie uns eine Komödie gespielt haben. Nicht wahr? Sie versprechens uns?

Der arme Mann, dem diese Zumuthung auf den Hals kam wie ein Kübel Wassers

auf den Kopf, trat ein paar Schritte zurück,
und versicherte sie, es sey ihm nie in den
Sinn gekommen in Abdera Komödie zu spielen, er müsse seine Reise beschleunigen, u. s. w.
Aber das half alles nichts — O Sie müssen,
schrien die Abderitinnen; wir lassen Ihnen
keine Ruhe; Sie sind viel zu artig, als daſs
Sie uns was abschlagen sollten. Wir wollen
Sie so schön bitten —

„Im Ernst, sagte Frau Salabanda, wir
haben einen Anschlag auf Sie gemacht —‘‘
Und der nicht zu Wasser werden soll, fiel
Onobulus ein; oder ich will nicht Onobulus
heiſsen.

Was giebts? Was giebts? fragte der politische Rathsherr, der den Unwissenden
machte, indem er langsam und mit unstetem
Blick hinzu schlich; was haben Sie mit dem
Herrn vor? — Der kurze dicke Rathsherr
kam auch herbey gewatschelt. „Ich glaube
gar, straf' mich! sie wollen alle auf einmahl
sein Herz mit Arrest beschlagen, ha, ha,
ha!‘‘ — schrie er und lachte, daſs er sich
die Seiten halten muſste. Man verständigte
ihm, wovon die Rede sey. — „Ha, ha, ha,
ha! Ein schöner Gedanke! straf' mich Jupiter! Da komm' ich gewiſs auch, das ver-

sprech' ich Ihnen! Der Meister selbst! das
muſs der Mühe werth seyn! Wird recht
viel Ehre für Abdera seyn, Herr Euripides,
groſse Ehre! Haben uns glücklich zu schätzen, daſs unsre Leute von so einem geschickten Manne profitieren sollen!" — Noch ein
paar Herren von Bedeutung machten ihm ungefähr das nehmliche Kompliment.

Euripides, wiewohl er den Einfall nicht
so übel fand sich diese Lust mit den Abderiten zu machen, spielte noch immer den Erstaunten, und entschuldigte sich damit, daſs
er dem König Archelaus versprochen habe
seine Reise zu beschleunigen.

„Ey, was! sagte Onobulus, Sie sind ein
Republikaner, und eine Republik hat ein
näheres Recht an Sie."

„Sagen Sie dem Könige nur, schnarrte die
schöne Myris, daſs wir Sie so gar schön
gebeten haben. Er soll ein galanter Herr
seyn. Er wird Ihnen nicht übel nehmen,
daſs Sie sechs Frauenzimmern auf einmahl
nichts abschlagen konnten."

O du, Tyrann der Götter und der
Menschen, Amor! rief Euripides im Ton

der Tragödie, indem er zugleich die schöne
Thryallis ansah.

„Wenn das Ihr Ernst ist, sagte Thryallis,
mit der Miene einer Person, die nicht gewohnt ist weder abzuweisen noch abgewie-
sen zu werden; wenn das Ihr Ernst ist, so
beweisen Sie es dadurch daß Sie Sich von
mir erbitten lassen."

Dieß von mir verdroß die andern Abderitinnen.   Wir wollen nicht unbescheiden
seyn, sagte eine, indem sie die Lippen ein-
zog, und auf die Seite sah. — Man muß dem
Herrn nichts zumuthen was ihm unmöglich
ist, sagte eine andre.

Um Ihnen Vergnügen zu machen, meine
schönen Damen, sprach der Dichter, könnte
mir das Unmögliche möglich werden.

Weil dieß Unsinn war, so gefiel es allgemein.   Onobulus war hurtig mit seiner
Schreibtafel heraus, um sich den Gedanken aufzunotieren. Die Weiber und Mädchen warfen einen Blick auf Thryallis, als
ob sie sagen wollten: Ätsch! er hat uns
auch schön geheißen! Madam braucht sich
eben nicht so viel auf ihre Atalantenfigur

einzubilden; er bleibt so gut um unsertwil-
len hier als um ihrentwillen.

Salabanda machte endlich dem Handel ein
Ende, indem sie sich bloſs die Gefälligkeit
ausbat, daſs er ihr und ihren Freunden, die
alle seine groſsen Verehrer seyen, nur noch
den morgenden Tag schenken möchte. Weil
Euripides im Grunde nicht zu eilen hatte
und sich in Abdera sehr gut amüsierte, so
lieſs er sich nicht lange bitten, eine Einla-
dung anzunehmen, die ihm hübsche Beyträge
zu — Possenspielen für den Hof zu Pella versprach. Und so ging denn die Gesellschaft, auf
die Ehre sich morgen bey Frau Salabanda wieder zu sehen, gegen Mitternacht in allerseiti-
gem Vergnügen aus einander.

9. Kapitel.

Euripides besieht die Stadt, wird mit dem Priester Strobylus bekannt, und vernimmt von ihm
die Geschichte der Latonenfrösche. Merkwürdiges
Gespräch, welches bey dieser Gelegenheit zwischen Demokrit, dem Priester und dem Dichter
vorfällt.

Inzwischen führte Onobulus, in Begleitung
etlicher junger Herren seines Schlages, seinen
Gast in der Stadt herum, um ihm alles was
darin sehenswürdig wäre zu zeigen. Unterwegs begegnete ihnen Demokrit, mit welchem Euripides schon von langem her bekannt
war. Sie gingen also mit einander; und da die
Stadt Abdera ziemlich weitläufig war, so hatten
die beiden Alten Gelegenheit genug, von den
jungen Herren zu profitieren, die immer den
Mund offen hatten, über alles entschieden,
alles wußten, und sich gar nicht zu Sinne kommen ließen, daß es ihres gleichen in Gegenwart von Männern anständiger sey zu hören
als sich hören zu lassen.

Euripides hatte also diesen Morgen genug
zu hören und zu sehen. Die jungen Abderiten,
die nie weiter als bis an die äußersten Schlag-
bäume ihrer Vaterstadt gekommen waren, sprachen von allem, was sie ihm zeigten, als von
Wundern die gar nicht ihres gleichen in der
Welt hätten. Onobulus hingegen, der die
große Reise gemacht hatte, verglich alles mit
dem, was er in eben dieser Art zu Athen, Korinth und Syrakus gesehen, und brachte in
einem albernen Tone von Entschuldigung eine
Menge lächerlicher Ursachen hervor, warum
diese Dinge in Athen, Korinth und Syrakus schöner und prächtiger wären als in
Abdera.

Junger Herr, sagte Demokrit, es ist
hübsch daß Sie Ihre Vater- und Mutterstadt
in Ehren haben; aber wenn Sie uns einen Beweis davon geben wollen, so lassen Sie Athen,
Korinth und Syrakus aus dem Spiele. Nehmen
wir jedes Ding wie es ist, und keine Vergleichung, so brauchts auch keine Entschuldigung.

Euripides fand alles, was man ihm zeigte,
sehr merkwürdig; und das war es auch. Denn
man zeigte ihm eine Bibliothek, worin viele
unnütze und ungelesene Bücher, ein Münzka-

binet, worin viel abgegriffene Münzen, ein
reiches Spital, worin viel übel verpflegte Arme,
ein Arsenal, worin wenig Waffen, und einen
Brunnen, worin noch weniger Wasser war.
Man zeigte ihm auch das Rathhaus, wo die gute
Stadt Abdera so wohl berathen wurde, den
Tempel des Jasons, und ein vergoldetes
Widderfell, welches sie, wiewohl wenig Gold
mehr daran zu sehen war, für das berühmte
goldne Vlies ausgaben. Sie nahmen auch
den alten rauchigen Tempel der Latona
in Augenschein, und das Grabmahl des Abderus, der die Stadt zuerst erbaut haben sollte,
und die Gallerie, wo alle Archonten von
Abdera in Lebensgröfse gemahlt standen,
und einander alle so ähnlich sahen, als ob
der folgende immer die Kopie von dem vorhergehenden gewesen wäre. Endlich, da sie alles
gesehen hatten, führte man sie auch an den
geheiligten Teich, worin auf Unkosten
gemeiner Stadt die gröfsten und fettesten Frösche gefüttert wurden die man je gesehen hat,
und die, wie der Oberpriester Stroby-
bylus sehr ernsthaft versicherte, in gerader
Linie von den Lycischen Bauern ab-
stammten, die der umher irrenden, nirgends
Ruhe findenden, und vor Durst verschmach-
tenden Latona nicht gestatten wollten aus
einem Teiche, der ihnen zugehörte, zu

trinken, und dafür von Jupiter zur Strafe
ihrer Ungeschlachtheit in Frösche verwandelt wurden.

O Herr Oberpriester, sagte Demokrit,
erzählen Sie doch dem fremden Herrn die
Geschichte dieser Frösche, und wie es zugegangen, daſs der geheiligte Teich aus Lycien
über das Ionische Meer herüber bis nach Abdera versetzt worden ist; welches, wie Sie
wissen, eine ziemliche Strecke Wegs über
Länder und Meere ausmacht, und (wenn
man so sagen darf) beynahe ein noch gröſseres Wunder ist, als die Froschwerdung der
Lycischen Bauern selbst.

Strobylus sah Demokriten und dem Fremden mit einem bedenklichen Blick unter die
Augen. Weil er aber nichts darin sehen
konnte, das ihn berechtigt hätte sie für Spötter zu erklären, welche nicht verdienten zu so
ehrwürdigen Mysterien zugelassen zu werden:
so bat er sie, sich unter einen groſsen wilden
Feigenbaum zu setzen, der eine Seite des kleinen Latonentempels beschattete, und erzählte
ihnen hierauf mit eben der Treuherzigkeit, womit man die alltäglichste Begebenheit erzählen
kann, alles was er von der Sache zu wissen
glaubte.

„Die Geschichte des Latonendienstes
in Abdera, sagte er, verliert sich im Nebel des
grauesten Alterthums. Unsre Vorfahren, die
Tejer, die sich vor ungefähr hundert und vierzig Jahren von Abdera Meister machten, fanden ihn bereits seit undenklichen Zeiten eingeführt; und dieser Tempel hier ist vielleicht
einer der ältesten in der Welt, wie Sie
schon aus seiner Bauart und andern Zeichen eines hohen Alterthums schließen können. Es ist, wie Sie wissen, nicht erlaubt,
mit strafbarem Vorwitz den heiligen Schleier
aufzuheben, den die Zeit um den Ursprung der Götter und ihres Dienstes geworfen
hat. Alles verliert sich in Zeiten, wo die
Kunst zu schreiben noch nicht erfunden war.
Allein die mündliche Überlieferung, die von
Vater zu Sohn durch so viele Jahrhunderte
fortgepflanzt wurde, ersetzt den Abgang schrift-
licher Urkunden mehr als hinlänglich, und
macht, so zu sagen, eine lebendige Urkunde
aus, die dem todten Buchstaben billig noch
vorzuziehen ist. Diese Tradizion sagt: als
die vorerwähnte Verwandlung der Lycischen
Bauern vorgegangen, hätten die benachbarten
Einwohner und einige von den besagten Bauern
selbst, welche an dem Frevel der übrigen keinen Theil genommen, als Zeugen des vorge-
gangenen Wunders, Latonen mit ihren noch

an der Brust liegenden Zwillingen, Apollo und
Diana, für Gottheiten erkannt, ihnen an dem
Teiche, wo die Verwandlung geschehen, einen
Altar errichtet, auch die Gegend und das Ge-
büsche, das den Teich umgab, zu einem Hain
geheiligt. Das Land hiefs damahls noch Mi-
lia, und die in Frösche verwandelten Bauern
waren also, eigentlich zu reden, Milier; als
aber lange Zeit hernach Lycus, Pandions
des Zweyten Sohn, sich mit einer Attischen
Kolonie des Landes bemächtigte, bekam es von
ihm den Nahmen Lycia, und der ältere Nahme verlor sich gänzlich. Bey dieser Gelegenheit verliefsen die Einwohner der Gegend, wo
der Altar und Hain der Latona stand, weil sie
sich der Herrschaft des besagten Lycus nicht
unterwerfen wollten, ihr Vaterland, setzten
sich zu Schiffe, irrten eine Zeit lang auf dem
Ägeischen Meere herum, und liefsen sich
lich zu Abdera nieder, welches kurz
durch die Pest beynahe gänzlich entvölkert
worden war. Bey ihrem Abzuge schmerzte sie,
wie die Tradizion sagt, nichts so sehr, als dafs
sie den geheiligten Hain und Teich der Latona
zurück lassen mufsten. Sie sannen hin und her,
und fanden endlich, das Beste wäre, einige
junge Bäume aus dem besagten Haine mit Wurzeln und Erde, und eine Anzahl von Fröschen
aus dem besagten Teich in einer Tonne voll

geheiligten Wassers mitzunehmen. So bald sie
zu Abdera anlangten, war ihre erste Sorge
einen neuen Teich zu graben, welches eben
dieser ist den Sie hier vor Sich sehen.

„Sie leiteten einen Arm des Flusses Nes-
tus in denselben, und besetzten ihn mit den
Abkömmlingen der in Frösche verwandelten
Lycier oder Milier, die sie in dem geweihten
Wasser mit sich gebracht hatten. Um den
neuen Teich her, dem sie sorgfältig die völlige
Gestalt und Gröfse des alten gaben, pflanzten
sie die mitgebrachten heiligen Bäume, weihe-
ten sie aufs neue der Latona zum Hain, bauten
ihr diesen Tempel, und verordneten einen
Priester, der den Dienst desselben versehen,
und des Hains und Teiches warten sollte, welche sich auf diese Weise, ohne ein so grofses
Wunder als Herr Demokrit für nöthig hielt,
aus Lycien nach Abdera versetzt fanden.
Dieser Tempel, Hain und Teich erhielt sich,
vermöge der Ehrfurcht welche sogar die benachbarten wilden Thracier für denselben hegten,
durch alle Veränderungen und Unfälle, denen
Abdera in der Folge unterworfen war, bis die
Stadt endlich von den Tejern, unsern Vorfahren, zu den Zeiten des grofsen Cyrus wieder
hergestellt, und (wie man ohne Ruhmredig-
keit sagen kann) zu einem Glanz erhoben

wurde, daſs sie keine Ursache hat irgend eine
andre in der Welt zu beneiden.“

Sie reden wie ein wahrer Patriot, Herr
Oberpriester, sagte Euripides. Aber wenn
es erlaubt wäre, eine bescheidene Frage zu
thun —

„Fragen Sie was Sie wollen, fiel ihm Strobylus ein; ich werde Gott Lob! nie verlegen
seyn Antwort zu geben.“

Mit Euer Ehrwürden Erlaubniſs also, fuhr
Euripides fort; die ganze Welt kenut die edle
Denkart und die Liebe zur Pracht und zu den
schönen Künsten, die den Tejischen Abderiten
eigen ist, und wovon ihre Stadt überall die
merkwürdigsten Beweise darstellt. Wie kommt
es also, da zumahl die Tejer schon von alten
Zeiten her im Ruf einer besondern Ehrfurcht
für Latonen stehen, daſs die Abderiten nicht
auf den Gedanken gekommen sind, ihr einen
ansehnlichern Tempel aufzubauen?

„Ich vermuthete mir diesen Einwurf,“
sagte Strobylus mit einem Lächeln, wobey er die Augenbrauen in die Höhe zog und
mächtig weise aussehen wollte.

Es soll kein Einwurf seyn, versetzte Euripides, sondern blofs eine bescheidene Frage.

„Ich will sie Ihnen beantworten, sagte der Priester. Ohne Zweifel wäre es der Republik leicht gewesen, der Latona als einer Göttin vom ersten Rang einen so prächtigen Tempel aufzubauen, wie sie dem Jason, der doch nur ein Heros ist, gebaut hat. Aber sie hat mit Recht geglaubt, dafs es der Ehrfurcht, die wir der Mutter des Apollo und der Diana schuldig sind, gemäfser sey, ihren uralten Tempel zu lassen wie sie ihn gefunden; und er ist und bleibt dem ungeachtet der oberste und heiligste Tempel von Abdera, was auch immer der Priester Jasons dagegen einwenden mag.“

Strobylus sagte dieses letzte mit einem Eifer und einem *Crescendo il Forte*, dafs Demokrit für nöthig fand ihn zu versichern, dafs diefs wenigstens bey allen gesund denkenden eine ausgemachte Sache sey.

„Indessen, fuhr der Oberpriester fort, hat die Republik gleichwohl solche Beweise ihrer besondern Devozion für den Tempel der Latona und dessen Zubehörden gegeben, dafs gegen die Lauterkeit ihrer Absichten nicht der gering-

ste Zweifel übrig seyn kann. Sie hat zu Ver-
sehung des Dienstes nicht nur ein Kollegium
von sechs Priestern, deren Vorsteher zu seyn
ich unwürdiger Weise die Ehre habe, sondern
auch aus dem Mittel des Senats drey Pfleger
des geheiligten Teichs angeordnet, von welchen der erste allezeit eines von den Häuptern
der Stadt ist. Ja, sie hat, aus Beweggründen,
deren Richtigkeit streitig zu machen nicht länger erlaubt ist, die Unverletzlichkeit der Frösche des Latonenteichs auf alle Thiere dieser
Gattung in ihrem ganzen Gebiet ausgedehnt,
und zu diesem Ende das ganze Geschlecht der
Störche, Kraniche und aller andern Frosch-
feinde aus ihren Grenzen verbannt.“

Wenn die Versicherung, daſs es nicht länger erlaubt ist an der Richtigkeit dieses Verfah-
rens zu zweifeln, mir nicht die Zunge bände,
sagte Demokrit, so würde ich mir die Freyheit
nehmen zu erinnern, daſs selbiges mehr in einer,
zwar an sich selbst löblichen, aber doch aufs
äuſserste getriebenen Deisidämonie, 5) als

5) Der Apostel Paul bedient sich des von diesem Worte abgeleiteten Beywortes, da er die Athener, ironischer oder wenigstens zweydeutiger
Weise, wegen ihrer unbegrenzten Religiosität zu

in der Natur der Sache, oder der Ehrfurcht,
die wir der Latona schuldig sind, gegründet
zu seyn scheint. Denn in der That ist nichts
gewisser, als dafs die Frösche zu Abdera und
in der Gegend umher, die den Einwohnern bereits sehr beschwerlich sind, mit der Zeit sich
unter einem solchen Schutze so überschweng-
lich vermehren werden, dafs ich nicht begreife,
wie unsre Nachkommen sich mit ihnen werden
vergleichen können. Ich rede hier blofs
menschlicher Weise, und unterwerfe
meine Meinung dem Urtheile der Obern, wie
einem recht gesinnten Abderiten zukommt.

Daran thun Sie wohl, sagte Strobylus, es
mag nun Ihr Ernst seyn oder nicht; und Sie
würden, nehmen Sie mirs nicht übel, noch
besser thun, wenn Sie dergleichen Meinungen
gar nicht laut werden liefsen. Übrigens kann
nichts lächerlicher seyn als sich vor Fröschen
zu fürchten; und unter dem Schutze der Latona können wir, denke ich, gefährlichere
Feinde verachten, als diese guten unschuldigen
Thierchen jemahls seyn könnten, wenn sie
auch unsre Feinde würden.

loben scheint. Apostelgeschichte, XVII, 22. Man
könnte es Götterfurcht oder Dämonenfurcht
übersetzen.

Das sollt' ich auch denken, sagte Euripides. Mich wundert, wie einem so grofsen Naturforscher als Demokrit unbekannt seyn kann,
dafs die Frösche, die sich von Insekten und
kleinen Schnecken nähren, dem Menschen vielmehr nützlich als schädlich sind.

Der Priester Strobylus nahm diese Anmerkung so wohl auf, dafs er von diesem Augenblick an ein hoher Gönner und Beförderer unsers Dichters wurde. Die Herren hatten sich
kaum von ihm beurlaubt, so ging er in einige
der besten Häuser, und versicherte, Euripides
sey ein Mann von grofsen Verdiensten. Ich
habe sehr wohl bemerkt, sagte er, dafs er mit
Demokriten nicht zum besten steht; er gab
ihm ein- oder zweymahl tüchtig auf die Kol-
be. Er ist wirklich ein hübscher verständiger
Mann — für einen Poeten.

10. Kapitel.

Der Senat zu Abdera giebt dem Euripides, ohne daſs er darum angesucht Erlaubniſs, eines seiner Stücke auf dem Abderitischen Theater aufzuführen. Kunstgriff, wodurch sich die Abderitische Kanzley in solchen Fällen zu helfen pflegte. Schlaues Betragen des Nomofylax. Merkwürdige Art der Abderiten, einem, der ihnen im Wege stand, allen Vorschub zu thun.

Nachdem Euripides die Wahrzeichen von Abdera sämmtlich in Augenschein genommen hatte, führte man ihn nach dem Garten der Salabanda, wo er den Rathsherrn ihren Gemahl, (einen Mann, der bloſs wegen seiner Gemahlin bemerkt wurde) und eine groſse Gesellschaft von Abderitischem *Beau-Monde* fand, alle sehr begierig zu sehen, wie man es machte, um Euripides zu seyn.

Euripides sah nur Ein Mittel sich mit Ehren aus der Sache zu ziehen; und das war — in so guter Abderitischer Gesellschaft nicht

Euripides — sondern so sehr Abderit
zu seyn als ihm nur immer möglich war. Die
wackern Leute wunderten sich, ihn so gleich-
artig mit ihnen selbst zu finden. Es ist ein
scharmanter Mann, sagten sie; man dächte, er
wäre sein Leben lang in Abdera gewesen.

Die Kabale der Dame Salabanda ging inzwischen tapfer ihren Gang, und des folgenden
Morgens war schon die ganze Stadt des Ge-
rüchtes voll, der fremde Dichter würde mit
seinen Leuten eine Komödie aufführen, wie
man in Abdera noch keine gesehen habe.

Es war ein Rathstag. Die Herren versammelten sich, und einer fragte den andern,
wenn Euripides sein Stück geben würde? Keiner wollte was davon wissen, wiewohl jeder
positiv versicherte, daß bereits die Zurüstun-
gen dazu gemacht würden.

Als der Archon die Sache in Vortrag brachte, formalisierten sich die Freunde des Nomofylax nicht wenig darüber. „Wozu, sagten
sie, brauchts uns noch zu fragen, ob wir erlauben wollen was schon beschlossen ist, und
wovon jedermann als von einer ausgemachten
Sache spricht?“

Einer der hitzigsten behauptete, daß der Senat eben deßwegen Nein dazu sagen, und dadurch zeigen sollte daß Er Meister sey.

„Das wäre mir ein sauberes *Participium*, rief der Zunftmeister Pfriem; weil die ganze Stadt für die Sache bordiert ist, und die fremden Komödianten zu hören wünscht, so soll der Senat Nein dazu sagen? Ich behaupte gerade das Gegentheil. Eben weil das Volk sie zu hören wünscht, so sollen sie aufspielen! *Fox pópulus, Fox Deus!* Das ist immer mein Simplum gewesen, und soll es bleiben, so lange ich Zunftmeister Pfriem heißen werde!“

Die meisten traten auf des Zunftmeisters Seite. Der politische Rathsherr zuckte die Achseln, sprach dafür und dawider, und beschloß endlich: Wenn der Nomofylax nichts dabey zu erinnern hätte, so glaubte er, man könnte für diesmahl *conniyendo* geschehen lassen, daß die Fremden auf dem Stadttheater spielten.

Der Nomofylax hatte bisher bloß die Nase gerümpft, gegrinst, seinen Knebelbart gestrichen, und einige abgebrochne Worte mit untermischtem Hä, hä, hä, gemeckert. Er mochte nicht gern dafür angesehen werden, als

ob ihm daran gelegen sey die Sache zu hinter-
treiben. Allein, je mehr ers verbergen wollte,
desto stärker fiels in die Augen. Er schwoll
zusehends auf, wie ein Truthahn dem man ein
rothes Tuch vorhält; und endlich, da er entweder bersten oder reden mufste, sagte er:
„Die Herren mögen nun glauben was sie wollen — aber ich bin wirklich der erste, der
das neue Stück zu hören wünscht. Ohne Zweifel hat der Poet den Text und die Musik selbst
gemacht, und da mufs es ja wohl ein ganzes
Wunderding seyn. Indessen, weil er sich nicht
aufhalten kann, wie man sagt, so seh' ich
nicht, wie man mit den Dekorazionen wird
fertig werden können. Und wenn wir zu den
Kören unsre Leute hergeben sollen, wie zu
vermuthen ist: so bedaur' ich, dafs ich sagen
mufs, vor vierzehn Tagen wird nicht daran zu
denken seyn."

Dafür lassen wir den Euripides sorgen,
sagte einer von den Vätern, aus deren Sprach-
röhren die Stimme der Dame Salabanda sprach;
man wird ihm ohnehin Ehren halber die ganze
Direkzion seines Schauspiels überlassen müssen. — Den Rechten eines zeitigen Nomofylax
und der Theaterkommifsion in alle Wege un-
präjudicierlich, setzte der Archon hinzu.

„Ich bin alles zufrieden, sagte Gryllus; die Herren wollen was neues — Gut! wünsche daſs es wohl bekomme! Bin selbst begierig das Ding zu hören, wie gesagt. Es kommt freylich alles bloſs darauf an, ob man Glauben an die Leute hat — verstehen Sie mich? — Indessen wird Recht Recht, und Musik Musik bleiben; und ich wette was die Herren wollen, die Terzen und Quinten und Oktaven der Herren Athener werden gerade so klingen wie die unsrigen, hä, hä, hä, hä!“

Es ging also mit einem groſsen Mehr durch: „Daſs den fremden Komödianten, ein- für allemahl, und ohne daſs dieser Fall zu einiger Konsequenz sollte gezogen werden können, erlaubt seyn sollte, eine Tragödie auf der Nazional-Schaubühne aufzuführen; und daſs ihnen hierzu von Seiten der Theater-Deputazion aller Vorschub gethan, und die Kosten von der Kassa bestritten werden sollten.“ — Allein, weil der Ausdruck „erlaubt seyn sollte“ dem Euripides, der nichts verlangt hatte, sondern sich bloſs erbitten lassen, hätte anstöſsig seyn können: so veranstaltete Frau Salabanda, daſs der Rathsschreiber (der ihr besonderer Freund und Diener war) im Bescheid die Worte erlaubt seyn sollte in ersucht werden sollte, und die frem-

den Komödianten in den berühmten
Euripides verwandelte — Alles übrigens
dem Rathsschluſs und der Kanzley unprä-
judicierlich und *citra consequentiam.*

So wie der Senat aus einander ging, begab
sich der Nomofylax zum Euripides, überschüt-
tete ihn mit Komplimenten, bot ihm seine
Dienste an, und versicherte ihn, daſs ihm
aller möglicher Vorschub gethan werden sollte, um sein Stück recht bald aufführen
zu können. Die Wirkung dieser Versicherung
war, daſs ihm, ohne daſs jemand Schuld daran haben wollte, alle mögliche Hindernisse in
den Weg gelegt wurden, und daſs es immer
an allem fehlte was er nöthig hatte. Be-
schwerte er sich, so wies ihn immer einer an
den andern, und jeder betheuerte seine Unschuld und seinen guten Willen, indem er ganz
deutlich zu verstehen gab, daſs der Fehler bloſs
an diesem oder jenem liege, der eine Viertelstunde zuvor seinen guten Willen eben so stark
betheuert hatte.

Euripides fand die Abderitische Art, allen
möglichen Vorschub zu thun, so beschwerlich,
daſs er sich nicht entbrechen konnte, der Dame
Salabanda am Morgen des dritten Tages zu erklären: seine Meinung sey, sich mit dem

ersten Winde, woher er auch blasen möchte, wieder einzuschiffen, wofern sie nicht einen Rathsschluſs auswirkte, der den Herren von der Kommission anbeföhle ihm keinen Vorschub zu thun. Da der Archon, wiewohl eigentlich alle exekutive Gewalt von ihm abhing, kein Mann von Exekuzion war, so war das einzige Mittel in dieser Noth, den Zunftmeister Pfriem und den Priester Strobylus, welche sehr viel beym Volke vermochten, in Bewegung zu setzen. Salabanda übernahm beides mit so guter Wirkung, daſs binnen Tag und Nacht alles, was von Seiten der Theaterkommission besorgt werden muſste, fertig und bereit war; welches um so leichter geschehen konnte, da Euripides seine eignen Dekorazionen bey sich hatte, und also beynahe nichts weiter zu thun war, als sie dem Abderitischen Theater anzupassen.

11. Kapitel.

Die Andromeda des Euripides wird endlich trotz
aller Hindernisse von seinen eignen Schauspielern
aufgeführt. Aufserordentliche Empfindsamkeit der
Abderiten, mit einer Digression, welche unter die
lehrreichsten in diesem ganzen Werke gehört, und
folglich von gar keinem Nutzen seyn wird.

Die Abderiten hatten ein neues Stück erwartet, und waren daher übel zufrieden, da sie
hörten, dafs es eben die Andromeda war,
die sie vor wenig Tagen schon gesehen zu
haben glaubten. Noch weniger wollten ihnen
Anfangs die fremden Schauspieler einleuchten, deren Ton und Akzion so natürlich war,
dafs die guten Leute — gewohnt ihre Helden und Heldinnen wie Besessene herum fahren zu sehen, und schreyen zu hören wie
der verwundete Mars in der Iliade — gar
nicht wufsten was sie daraus machen sollten.
Das ist eine wunderliche Art zu agieren, flüsterten sie einander zu; man merkt gar nicht

daſs man in der Komödie iſt; es klingt ja ordentlich als ob die Leute ihre eignen Rollen spielten. Indessen bezeigten sie doch ihr Erstaunen über die Dekorazionen, die zu Athen von einem berühmten Meister in der Theaterperspektiv gemahlt waren; und da die meisten in ihrem Leben nichts gutes in dieser Art gesehen hatten, so glaubten sie bezaubert zu seyn, wie sie das Ufer des Meers, den Felsen wo Andromeda angefesselt war, und den Hain der Nereiden an einer kleinen Bucht auf der einen Seite, und den Palast des Königs Cefeus in der Ferne auf der andern, so natürlich vor sich sahen, daſs sie geschworen hätten, es sey alles wirklich und wahrhaftig so wie es sich darstellte. Da nun überdieſs die Musik vollkommen nach dem Sinne des Dichters, und also das alles war, was die Musik des Nomofylax Gryllus — nicht war; da sie immer gerad aufs Herz wirkte, und ungeachtet der gröſsten Einfalt und Singbarkeit doch immer neu und überraschend war: so brachte alles dieſs, mit der Lebhaftigkeit und Wahrheit der Deklamazion und Pantomime und mit der Schönheit der Stimmen und des Vortrags vereinigt, einen Grad von Täuschung bey den guten Abderiten hervor, wie sie noch in keinem Schauspiel erfahren hatten. Sie vergaſsen gänzlich, daſs sie in ihrem Nazionaltheater saſsen, glaubten

unvermerkt mitten in der wirklichen Scene der
Handlung zu seyn, nahmen Antheil an dem
Glück und Unglück der handelnden Personen,
als ob es ihre nächsten Blutsfreunde gewesen
wären, betrübten und ängstigten sich, hofften
und fürchteten, liebten und haſsten, weinten
und lachten, wie es dem Zauberer, unter dessen Gewalt sie waren, gefiel; — kurz, Andromeda wirkte so außerordentlich auf sie,
daſs Euripides selbst gestand, noch niemahls des Schauspiels einer so vollkommnen
Empfindsamkeit genossen zu haben.

Wir bitten — in Parenthesi — die empfindsamen Frauenzimmerchen und Jüngelchen
unsrer vor lauter Empfindsamkeit höchst un-
empfindsamen Zeit [6]) sehr um Verzeihung! —
Aber es war in der That unsre Meinung nicht,
durch diesen Zug der außerordentlichen Empfindsamkeit der Abderiten — Ihnen
einen Stich zu geben — und gleichsam dadurch einigen Zweifel gegen ihren guten
Verstand bey ihnen selbst oder bey andern
Leuten zu erwecken. — In ganzem Ernst,
wir erzählen die Sache bloſs wie sie sich zutrug; und wem eine so groſse Empfindsamkeit

6) Man vergesse nicht daſs dieſs im Jahre 1777
geschrieben worden.

an Abderiten befremdlich vorkommt, den
ersuchen wir höflichst — zu bedenken, daſs
sie, bey aller ihrer Abderitheit, am Ende
doch Menschen waren wie andre; ja, in gewissem Sinne, nur desto mehr Menschen
— je mehr Abderiten sie waren. Denn
gerade ihre Abderitheit machte, daſs es eben
so leicht war sie zu betrügen, als die Vögel, die in die gemahlten Trauben
des Zeuxis hinein pickten; indem sie
sich jedem Eindruck, besonders den Täuschun-
gen der Kunst, viel ungewahrsamer und treu-
herziger überlieſsen, als feinere und kältere,
folglich auch gescheutere Leute zu thun pflegen, welche man so leicht nicht verhindern
kann, durch jeden Zauberdunst, den man um
sie her macht, durchzusehen.

Übrigens macht der Verfasser dieser Geschichte hier die Anmerkung: „Die groſse Dis-
posizion der Abderiten, sich von den Künsten
der Einbildungskraft und der Nachahmung täu-
schen zu lassen, sey eben nicht das, was er
am wenigsten an ihnen liebe.“ Er mag aber
wohl dazu seine besondern Ursachen gehabt
haben.

In der That haben Dichter, Tonkünstler,
Mahler, einem aufgeklärten und verfeinerten

Publikum gegen über, schlimmes Spiel; und
gerade die eingebildeten Kenner, die
unter einem solchen Publikum immer den gröſsten Haufen ausmachen, sind am schwersten zu
befriedigen. Anstatt der Einwirkung still zu
halten, thut man alles was man kann um sie zu
verhindern. Anstatt zu genieſsen was da is,t,
räsoniert man darüber was da seyn könnte.
Anstatt sich zur Illusion zu bequemen, 7) wo
die Vernichtung des Zaubers zu nichts dienen
kann als uns eines Vergnügens zu berauben,
setzt man ich weiſs nicht welche kindische
Ehre darein, den Filosofen zur Unzeit zu machen; zwingt sich zu lachen, wo Leute, die
sich ihrem natürlichen Gefühl überlassen, Thränen im Auge haben, und, wo diese lachen,
die Nase zu rümpfen, um sich das Ansehen
zu geben als ob man zu stark oder zu fein
oder zu gelehrt sey, um sich von so
was aus seinem Gleichgewicht setzen zu
lassen.

7) Es versteht sich von selbst, daſs der Dichter
das Seinige gethan haben muſs, um die Illusion zu
bewirken und zu unterhalten; denn sonst hat er
freylich kein Recht, von uns zu verlangen, daſs
wir, ihm zu Gefallen, thun sollen als ob wir
sähen, was er uns nicht zeigt, fühlten, was er uns
nicht fühlen macht, u. s. w.

Aber auch die wirklichen Kenner verküm-
mern sich selbst den Genuſs, den sie von tausend Dingen, die in ihrer Art gut sind,
haben könnten, durch Vergleichungen
derselben mit Dingen anderer Art; Vergleichungen, die meistens ungerecht und immer
wider unsern eignen Vortheil sind. Denn das,
was unsre Eitelkeit dabey gewinnt, ein Vergnügen zu verachten, ist doch immer
nur ein Schatten, nach welchem wir schnap-
pen indem uns das Wirkliche entgeht.

Wir finden daher, daſs es allezeit unter
noch rohen Menschen war, wo die Söhne des
Musengottes jene groſsen Wunder thaten, wovon man noch immer spricht ohne recht zu
wissen was man sagt. Die Wälder in Thracien tanzten zur Leier des Orfeus, und die
wilden Thiere schmiegten sich zu seinen
Füſsen, nicht weil Er — ein Halbgott
war, sondern weil die Thracier — Bä-
ren waren; nicht, weil Er übermensch-
lich sang, sondern weil seine Zuhörer wie
bloſse Naturmenschen hörten; kurz,
aus eben dem Grunde, warum (nach For-
sters Bericht) eine Schottische Sackpfeife
die guten Seelen von Tahiti in Entzücken
setzte.

Die Anwendung dieser nicht sehr neuen,
aber sehr praktischen Bemerkung, die man so
oft gehört hat und doch fast immer aus der
Acht läfst, wird der geneigte Leser selbst
machen, wenns ihm beliebt. Unser eignes
Gewissen mag uns sagen, ob und in wie fern
wir in andern Dingen mehr oder weniger Thracier und Abderiten sind: aber wenn wirs in
diesem einzigen Punkte wären, so möcht' es
nur desto besser für uns — und freylich
auch für den gröfsten Theil unsrer poetischen
Sackpfeifer, seyn.

12. Kapitel.

Wie ganz Abdera vor Bewunderung und Entzük-
ken über die Andromeda des Euripides zu Narren
wurde. Filosofisch-kritischer Versuch über diese
seltsame Art von Frenesie, welche bey den Alten
insgemein die Abderitische Krankheit genannt wird,
— den Geschichtschreibern ergebenst zugeeignet.

Als der Vorhang gefallen war, sahen die Abderiten noch immer mit offnem Aug' und Munde
nach dem Schauplatze hin; und so groſs war
ihre Verzückung, daſs sie nicht nur ihrer
gewöhnlichen Frage: Wie hat Ihnen das
Stück gefallen? vergaſsen, sondern sogar
des Klatschens vergessen haben würden, wenn
Salabanda und Onolaus (die bey der allgemeinen Stille am ersten wieder zu sich selbst
kamen) nicht eilends diesem Mangel abgehol-
fen, und dadurch ihren Mitbürgern die Beschä-
mung erspart hätten, gerade zum ersten Mahle,

wo sie wirklich Ursache dazu hatten, nicht geklatscht zu haben. Aber dafür brachten sie auch das Versäumte mit Wucher ein. Denn so bald der Anfang gemacht war, wurde so laut und so lange geklatscht, bis kein Mensch mehr seine Hände fühlte. Diejenigen, die nicht mehr konnten, pausierten einen Augenblick, und fingen dann wieder desto stärker an, bis sie von andern, die inzwischen ausgeruht hatten, wieder abgelöst wurden.

Es blieb nicht bey diesem lärmenden Ausbruch ihres Beyfalls. Die guten Abderiten waren so voll von dem, was sie gehört und gesehen hatten, daſs sie sich genöthiget fanden, ihrer Überfüllung noch auf andere Weise Luft zu machen. Verschiedene blieben im nach Hause gehen auf öffentlicher Straſse stehen, und deklamierten überlaut die Stellen des Stücks, wovon sie am stärksten gerührt worden waren. Andre, bey denen die Leidenschaft so hoch gestiegen war daſs sie singen muſsten, fingen zu singen an, und wiederhohlten, wohl oder übel, was sie von den schönsten Arien im Gedächtniſs behalten hatten. Unvermerkt wurde (wie es bey solchen Gelegenheiten zu gehen pflegt) der Paroxysmus allgemein; eine Fee schien ihren Stab

über Abdera ausgestreckt, und alle seine Einwohner in Komödianten und Sänger verwandelt zu haben. Alles was Odem hatte sprach,
sang, trallerte, leierte und pfiff, wachend und
schlafend, viele Tage lang nichts als Stellen
aus der Andromeda des Euripides. Wo
man hin kam, hörte man die grofse Arie —
O du, der Götter und der Menschen
Herrscher, Amor u. s. w. und sie wurde
so lange gesungen, bis von der ursprünglichen
Melodie gar nichts mehr übrig war, und die
Handwerksbursche, zu denen sie endlich herab
sank, sie bey Nacht auf der Strafse nach eigner
Melodie brüllten.

Wenn der Rath nicht (wie so viele andre,
die uns von den Weisen gegeben werden) den
einzigen Fehler hätte — dafs er nicht
praktikabel ist, so würden wir eilen was
wir könnten, allen Menschen den Rath zu geben: „niemahls von irgend einer Begebenheit,
die ihnen erzählt wird, ein Wort zu glauben.“
Denn unzählige Erfahrungen, die wir hierüber
seit mehr als dreyfsig Jahren gemacht, haben
uns überzeugt, dafs an solchen Erzählungen
ordentlicher Weise kein Wort wahr ist; und
wir wissen uns in ganzem Ernste nicht eines
einzigen Falles zu besinnen, wo eine Sache,
wiewohl sie sich erst vor wenigen Stunden

zugetragen, nicht von jedem, der sie erzählte,
anders, und also (weil doch ein Ding nur auf
Eine Art wahr ist) von jedem falsch erzählt
worden wäre.

Da es diese Bewandtnifs mit Dingen hat,
die zu unsrer Zeit, an dem Ort unsers Aufenthalts, und beynahe vor unsern sichtlichen Augen
geschehen sind: so kann man leicht ermes-
sen, wie es um die historisohe Treue und Zuverlässigkeit solcher Begebenheiten stehen
müsse, die sich vor langer Zeit zugetragen,
und für die wir keine andre Gewähr haben, als
was uns davon in geschriebenen oder gedruck-
ten Büchern vorgespiegelt wird. Weifs der
liebe Gott, wie sie da der armen ehrlichen
Wahrheit mitspielen, und was von ihr übrig
bleiben kann, wenn sie ein paar tausend Jahre
lang durch alle die verfälsohenden Fortpflan-
zungsmittel von Tradizionen, Kroniken, Jahrbüchern, pragmatischen Geschichten, kurzen
Inbegriffen, historischen Wörterbüchern, Anek-
dotensammlungen u. s. w. und durch so manche gewaschne oder ungewaschne Hände von
Schreibern und Abschreibern, Setzern und
Übersetzern, Censoren und Korrektoren u. s. w.
durchgebeutelt, geseigt und geprefst worden
ist! Ich meines Orts bin durch die genauere
Betrachtung dieser Umstände schon lange bewo-

gen worden ein Gelühde zu thun, keine andre
Geschichte zu schreiben, als von Personen, an
deren Existenz — und von Begebenheiten, an
deren Zuverlässigkeit — keinem Menschen in
der Welt etwas gelegen seyn kann.

Was mich zu dieser kleinen Expektora-
zion veranlaſst, ist gerade die Begebenheit
die wir vor uns haben, und die von den verschiedenen Schriftstellern, welche ihrer Erwähnung thun, so seltsam behandelt und miſshan-
delt worden ist, als ein gutherziger nichts arges wähnender Leser sich vorstellen kann.

Da ist nun, zum Beyspiel, dieser Yorick,
dieser Erfinder, Vater, Protoplastus und
Prototypus aller empfindsamen Reisen und
empfindelnden Wandersleute, die ohne Beutel
und Tasche, ja ohne nur ein Paar Schuhsolen
darüber abgenutzt zu haben, empfindsame Reisen, wer weiſs wohin? bloſs in der Absicht gethan haben, um mit deren Beschreibung ihre
Bier- und Tabaksrechnung zu saldieren — ich
sage, da ist nun dieser Yorick, der, um ein
hübsches Kapitelchen in sein berühmtes *Senti-
mental Journey* daraus zu machen, diese nehmliche Begebenheit so zubereitet hat, daſs sie
zwar so wunderbar und abenteuerlich als ein
Feenmährchen geworden ist, aber auch darüber

alle ihre individuelle Wahrheit, und
sogar alle Abderitische Familienähnlichkeit
verloren hat.

Man höre nur an! — „Die Stadt Abdera
(sagt er) war die schändlichste und
gottloseste Stadt in ganz Thracien —
wimmelte und brudelte von Giftmischerey,
Verschwörungen, Meuchelmord, Schmähschrif-
ten, Pasquillen und Tumult. Bey hellem
Tage war man seines Lebens nicht sicher; bey
Nacht wars noch ärger. Nun begab sichs,
(fährt er fort) als der Gräuel aufs höchste gestiegen war, daſs man zu Abdera die Andromeda des Euripides vorstellte. Sie gefiel allen
Zuschauern; aber von allen Stellen, die dem
Volke gefielen, wirkte keine stärker auf seine
Imaginazion als die zärtlichen Naturzüge, die
der Dichter in die rührende Rede des Perseus
verwebt hatte —

O du, der Götter und der Menschen Herrscher,

Amor!

Alle Welt sprach den folgenden Tag in Jamben, und von nichts als der rührenden Anrede
des Perseus: O Amor, du der Götter

und der Menschen Herrscher! 8) —
In jeder Gasse von Abdera, in jedem Hause:
O Amor, o Amor! — In jedem Munde
u. s. w. nichts als: O du, der Götter und
der Menschen Herrscher, Amor!
Das Feuer griff um sich, und die ganze Stadt,
gleich dem Herzen eines einzigen Mannes, öffnete sich der Liebe.   Kein Drogist konnte
einen Skrupel Niesewurz los werden — kein
Waffenschmid hatte das Herz, ein einziges
Werkzeug des Todes zu schmieden —
Freundschaft und Tugend begegneten
sich auf den Gassen — das goldne Alter kehrte
zurück, und schwebte über der Stadt Abdera.
Jeder Abderit nahm sein Haberrohr, und jede
Abderitin verließ ihr Purpurgewebe, und
setzte sich keusch und horchte auf den Gesang.“

8) Aufrichtig zu reden, dieser Vers ist der einzige rührende in dem ganzen Fragment der Rede
des Perseus, das zufälliger Weise noch vorhanden
ist, wie unsre des Griechischen kundige Leser
selbst urtheilen mögen — denn so lauten die Worte:

Αλλ' ω τυραννε Θεων τε κ'ανθρωπων, Ερως,

Η μη διδασκε τα κακα φαινεσθαι καλα,

Η τοις ερωσιν, ών συ δημιουργος ει,

Μοχθουσι μοχθους ευτυχως συνεκπονει, κ. τ. λ.

In der That ein sehr schönes Kapitelchen!
Alle junge Knaben und Mädchen fanden es de-
liciös — „O Amor, Amor! der Götter
und der Menschen Herrscher, Amor!"
— Und dafs ein einziger Vers aus dem Euripides — ein Vers, wie wahrlich, bey beiden
Ohren des Königs Midas! der geringste unter
euern Haberrohrsängern sich alle Augenblicke
zwanzig auf Einem Beine stehend zu machen
getrauen kann — ein Wunder gewirkt haben
soll, das alle Priester, Profeten und Weisen
der ganzen Welt mit gesammter Hand nicht im
Stande gewesen sind nur ein einziges Mahl zu
bewirken — das Wunder, eine so schändliche,
heillose und gottesvergessene Stadt und Republik, wie Abdera gewesen seyn soll, auf einmahl in ein unschuldiges, liebevolles Arkadien
zu verwandeln — das gefällt freylich den
gauchhaarigen, empfindsamen, gelschnäbli-
gen Turteltäubchen und Turteltaubern! Nur
Schade, wie gesagt, dafs am ganzen Histör-
chen, so wie es Bruder Yorick erzählt, kein
wahres Wort ist.

Das ganze Geheimnifs ist: der wunderliche
Mensch war verliebt als er sich das alles
einbildete; und so schrieb er (wie es jedem ehrlichen Amoroso und Virtuoso,
Steckenpferdler und Mondritter zu gehen

pflegt) alles was er sich einbildete für Wahrheit hin. Nur ists nicht hübsch an ihm, daß
er — um seinem Leibgötzen und Fetisch,
Amor, ein desto größeres Kompliment zu
machen — den armen Abderiten das ärgste
nachsagt, was sich von Menschen denken und
sagen läßt. Aber das ganze Griechische und
Römische Alterthum soll auftreten und zeugen,
ob jemahls so etwas auf die guten Leute gebracht worden sey! Sie hatten freylich, wie
man weiß, ihre Launen und Mucken, und,
was man im eigentlichen Verstande Klugheit
und Weisheit nennt, war nie ihre Sache gewesen: aber ihre Stadt deßwegen zu einer Mör-
dergrube zu machen, das geht ein wenig
über die Grenzen der berüchtigten Dichterfrey-
heit, die (so einen großen Tummelplatz man
ihr auch immer zugestehen will) doch am
Ende, wie alle andere Dinge in der Welt, ihre
Grenzen haben muß.

Lucian von Samosata, im Eingang
seines berühmten Büchleins, wie man
die Geschichte schreiben müßte —
wenn man könnte, erzählt die Sache
ganz anders, wiewohl, mit seiner Erlaub-
niß, nicht viel richtiger als Yorick.
Er muß, wie es scheint, etwas vom König Archelaus und von der Andromeda des
Euripides und von der seltsamen Schwärmerey,

die sich der Abderiten bemächtigte, gehört
haben; und daß man zuletzt genöthiget war,
den Hippokrates zu Hülfe zu rufeh, damit er
alles zu Abdera wieder ins alte Geleis setzen
möchte — Und nun sehe man einmahl, wie
der Mann das alles durch einander wirft! —
„Der Komödiant Archelaus (der damahls so
viel war, als wenn man bey uns Brockmann,
oder Schröter, oder der Deutsche Gar-
rick sagt) — dieser Archelaus kam in den Tagen des Königs Lysimachus nach Abdera, und
gab die Andromeda des Euripides. Es war gerade ein außerordentlich heißer Sommertag.
Die Sonne brannte den Abderiten auf ihre
Köpfe, die wahrlich ohnehin schon warm genug waren. Die ganze Stadt brachte ein star-
kes Fieber aus der Komödie nach Hause. Am
siebenten Tage brach sich bey den meisten die
Krankheit entweder durch heftiges Nasenblu-
ten oder einen starken Schweiß; hingegen
blieb ihnen eine seltsame Art von Zufall davon
zurück. Denn wie das Fieber vorbey war,
überfiel sie allesammt ein unwiderstehlicher
Drang, tragische Verse zu deklamieren. Sie
sprachen in lauter Jamben, schrieen wo sie
standen und gingen, aus vollem Halse ganze
Tiraden aus der Andromeda daher, sangen den
Monolog des Perseus" u. s. w.

Lucian, nach seiner spöttischen Art, macht sich sehr lustig mit der Vorstellung, wie närrisch es ausgesehen haben müsse, alle Strafsen in Abdera von bleichen, entbauchten, und vom siebentägigen Fieber ausgemergelten Tragikern wimmeln zu sehen, die aus allen ihren Leibeskräften, Du aber, der Götter und der Menschen Herrscher, Amor! u. s. w. gesungen; und er versichert, diese Epidemie habe so lange gedauert, bis der Winter und eine eingefallne grofse Kälte dem Unwesen endlich ein Ende gemacht.

Man mufs gestehen, Lucians Art den Hergang zu erzählen hat vor der Yorickschen vieles voraus. Denn so seltsam dieses Abderitische Fieber scheinen mag, so werden doch alle Ärzte gestehen, dafs es wenigstens möglich, und alle Dichter, dafs es karaktermäfsig ist. Es gilt also davon, was die Italiäner zu sagen pflegen: *Se non è vero, è ben trovato.* Aber wahr ists freylich nicht; wie schon aus dem einzigen Umstand erhellt, dafs um die Zeit, da sich diese Begebenheit in Abdera zugetragen haben soll, eigentlich kein Abdera mehr war, weil die Abderiten schon einige Jahre zuvor ausgezogen waren, und ihre Stadt den Fröschen und Ratten überlassen hatten.

Kurz, die Sache begab sich — wie wir sie erzählt haben: und wenn man den Paroxysmus, der die Abderiten nach der Andromeda des Euripides überfiel, ein Fieber nennen will; so war es wenigstens von keiner andern Art als das Schauspielfieber, womit wir bis auf diesen Tag manche Städte unsers werthen, Deutschen Vaterlandes behaftet sehen. Das Übel lag nicht so wohl im Blute, als in der Abderitheit der guten Leute überhaupt.

Indessen ist nicht zu läugnen, daß es bey einigen, bey denen es mehr Zunder und Nahrung als bey andern finden mochte, ernsthaft genug wurde um des Arztes zu bedürfen; woraus denn vermuthlich in der Folge der Irrthum Lucians entstanden seyn mag, die ganze Sache für eine Art von hitzigem Fieber zu halten. Zum Glück befand sich Hippokrates noch in der Nähe: und da er die Natur der Abderiten schon ziemlich kennen gelernt hatte; so setzten etliche Zentner Niesewurz alles in kurzem wieder in den alten Stand — das ist, die Abderiten hörten auf: O du, der Götter und der Menschen Herrscher, Amor! zu singen, und waren nun sammt und sonders wieder — so weise als zuvor.